GIRL

Girl in real life

Pour Felix

Édition originale publiée pour la première fois au Royaume-Uni par Usborne Publishing Ltd., Usborne House, en 2021.

Slalom, un département d'Édi8
92 avenue de France, 75013 Paris
www.slalom-editions.fr
Correction : Agathe Camus

Loi n° 49-956 du 16 juillet 1949 sur les publications destinées à la jeunesse, modifiée par la loi n° 2011-525 du 17 mai 2011.
ISBN : 978-2-37554-283-5
Achevé d'imprimer en France en mai 2022
par Normandie Roto Impression s.a.s. (2202656)
Dépôt légal : septembre 2022

Tamsin Winter

GIRL
Girl in real life

Traduit de l'anglais par
Diane Gagneret

Slalom

1

BIENVENUE SUR NOTRE CHAÎNE

J'aime autant vous prévenir : je n'ai rien, mais alors vraiment rien d'extraordinaire. C'est ce que les gens ont tendance à imaginer quand ils apprennent que je ne suis pas n'importe quelle Eva, mais *la* Eva Andersen, celle qui a une chaîne YouTube... mais c'est faux. Désolée de vous décevoir – même si, ces derniers temps, ça devient un peu une habitude.

Je sais bien que beaucoup adoreraient être à ma place. Ma vie est plutôt belle – de l'extérieur, en tout cas. Et on m'envoie des tonnes de trucs gratuits, tellement que je ne sais même plus quoi en faire. Le garage est plein de cartons de produits tout neufs qu'on n'a jamais ouverts. En novembre dernier, on a reçu des invitations au feu d'artifice géant du parc d'Alton Towers, et on a pu faire toutes les attractions. La descente verticale sur Oblivion en pleine nuit, c'était assez génial, même si ça m'a un peu donné envie de vomir. L'été dernier, on a eu la chance de passer la nuit dans une cabane de luxe au Portugal, sur un arbre dont certaines branches continuaient à pousser à l'intérieur de la chambre. J'ai un iPhone, une tablette et une Xbox rien qu'à moi, une station de charge customisée à mon nom, sans parler des tas et des tas de carnets (spécial bien-être, spécial organisation et d'autres à monogramme – je ne sais même pas à quoi ils peuvent bien servir, ceux-là) et de toutes les guirlandes lumineuses possibles et imaginables, des pandas aux ananas. La semaine dernière, on m'a même envoyé des sucettes avec des paillettes d'or comestible dedans. Il y a des fois où c'est super, tout ça...

... et d'autres fois où j'ai l'impression d'étouffer. Ça va sans doute vous paraître bizarre. Peut-être que ce serait plus rigolo sans cette caméra braquée sur moi en permanence. Sauf qu'elle est toujours là, à me fixer de son œil de géant qui ne se ferme jamais, scrutant le moindre de mes faits et gestes. Et il n'y a pas qu'elle : ils sont des centaines de milliers, les yeux rivés sur moi.

Tout serait tellement plus simple si j'étais extravertie... C'est ce que dit ma copine Hallie et elle a toujours raison (sauf quand elle ramasse ses tresses pour en faire un chignon très haut sur sa tête, et qu'elle se décrète plus grande que moi). Là-dessus, en tout cas, elle a tout juste : la vie est plus facile quand on aime se mettre en avant. Petite, je chantais des chansons, j'inventais des chorégraphies débiles et je faisais le show devant la caméra sans problème. C'est beaucoup plus simple d'être une star sur YouTube quand on se fiche de ce que les gens ont à dire – ou plutôt quand on n'en a pas encore conscience. Alors qu'aujourd'hui, je me sens comme un petit escargot qui rêve de se cacher dans sa coquille, sauf que quelqu'un l'a écrasée sous sa chaussure.

Pourtant, ce n'est pas comme si c'était nouveau. Mes parents ont commencé à raconter ma vie avant même que j'existe, sur un blog qui s'appelait *On attend le bébé*, avec déjà dix mille abonnés au moment où je suis née. Pendant les cinq ans qu'il leur avait fallu pour m'avoir, ils avaient tout partagé, y compris les trucs les plus dégueu. Cinq ans...

Même pour que mes cheveux poussent jusqu'en bas de mon dos, ça a pris moins longtemps. Ma mère a toujours l'échographie sur sa table de nuit, dans un cadre où il y a écrit « Notre petit miracle » – mais moi, je trouve qu'on dirait plutôt un extraterrestre. C'est la photo que mes parents montrent dans leur toute première vidéo YouTube : neuf minutes où on les voit pleurer et se serrer dans les bras pendant que des millions de smileys aux yeux en cœur se baladent dans le cadre. Chaque fois que je la regarde, c'est le malaise. Et à mon avis, je ne suis pas la seule. Mon père dit toujours que j'ai fait le buzz avant même de naître, comme s'il y avait vraiment de quoi en être fière...

Et encore, cette vidéo où j'avais une tête d'alien en pleine lévitation, ça n'était que le début. Mes parents ont appelé leur nouvelle chaîne YouTube *La Vie d'Eva*, et on peut dire qu'elle porte bien son nom. Ils ont documenté presque chaque jour de mon existence. Le seul truc, c'est que ça ne colle plus vraiment entre la Eva qu'il y a dans ces vidéos et moi.

C'est sûrement parce que ça fait déjà un moment que je rêve qu'elle me laisse tranquille. Petit exemple : le jour de la rentrée des grandes vacances, un garçon de ma classe, Alfie Stevens, est tombé sur la vidéo où je fais du toboggan au parc aquatique Tropical Islands : en pleine descente du X-Treme Blaster, une chute de six mètres droit dans une piscine, mon maillot remonte et on voit mes fesses pendant exactement 1,8 seconde. Spud, un copain, m'a dit que c'était normal vu que maillot + grande vitesse = culotte coincée dans le derrière. Apparemment, c'est de la physique pure et dure. Moi, j'ai toujours trouvé ça surtout dur, la physique.

Franchement, je me demande si ça n'est pas plus difficile de survivre à la rentrée de cinquième qu'au X-Treme Blaster.

Ce jour-là, en rentrant à la maison, j'ai supplié mon père de couper au montage la partie où on voyait mes fesses : il m'a répondu que c'étaient les seules images qu'ils avaient de ma descente sur ce fameux toboggan.

— Et de toute façon, aucune chance que les gens le remarquent, vu le plat que tu te prends à l'arrivée ! a-t-il ajouté, ce qui n'était pas ultra rassurant.

Du coup, mon gros plat et mon maillot coincé dans le derrière se sont retrouvés sur YouTube, entre autres grands moments de solitude dans ma vie – ce n'en est qu'un sur à peu près dix mille... Alors que mes parents, évidemment, ne publient jamais rien sur leur chaîne qui puisse leur mettre la honte à *eux*, du genre ma mère en train d'agiter les bras comme une poule pour faire sécher son déodorant, ou mon père qui s'épile les poils du nez à la tondeuse électrique.

Si par hasard, vous n'avez jamais vu aucune des vidéos de *La Vie d'Eva*, voici un petit déroulé des meilleurs moments :

Naissance – « Bienvenue, Eva ! », 325 000 likes.

Il me reste un bout de cordon ombilical, jaune mais qui vire au noir. On dirait une banane beaucoup trop mûre, et ce n'est même pas ce qu'il y a de plus répugnant dans cette vidéo. On voit aussi ma mère changer ma première couche.

Un an – « Eva fait ses premiers pas ! », 103 000 likes.

Je ne suis pas censée en parler, mais ce qu'on voit, ce ne sont pas vraiment mes tout premiers pas. Ça faisait plusieurs jours que ma mère filmait non-stop parce qu'elle était sûre que j'étais sur le point de marcher et, la seule fois où elle a posé la caméra, j'ai traversé le salon en titubant.

Des accidents de ce genre, ça énerve beaucoup mes parents : ils ont du mal à supporter que je passe des grandes étapes sans être filmée. Mes premiers pas, c'était il y a douze ans, mais ma mère en parle encore comme si c'était hier.

Quatre ans – « Les caprices les plus mimis d'Eva ! », 441 000 likes.

C'est une compilation de plus de quinze minutes où je ne fais que pleurer. Voilà le premier commentaire : *Attention, enfant pourrie gâtée !* Dans la dernière séquence, à table au dîner, je repousse mon assiette en hurlant : « JE VEUX PAS LE P'TIT POIS ! » Alfie Stevens en a fait sa sonnerie de téléphone pendant toute la sixième.

Six ans – « Eva se plaint au père Noël ! », 2,8 millions de likes.

Tout le monde connaît cette histoire, mais personne n'a jamais entendu ma version des faits : le seul cadeau que je voulais, c'était la Trousse de Toilette Deluxe pour mon hamster, Coco – vu que ma mère m'avait interdit de lui donner son bain dans le lavabo. C'est tout ce que j'ai demandé au père Noël quand je l'ai rencontré dans sa grotte. Sauf qu'à la place, sous le sapin, j'ai trouvé toute la collection des poupées Bratz. La vidéo où je me plains en criant à travers la cheminée a été partagée plus d'un million de fois. L'image tremble, tellement mon père riait derrière la caméra. Selon mes parents, c'est le premier grand succès de *La Vie d'Eva*, ou plutôt le moment où « *vi skød papegøjen!* », comme dirait papa, soit : « On a tiré sur le perroquet ! » (mais personne ne comprend les proverbes danois à part lui et ma grand-mère). La chaîne n'avait jamais récolté autant de vues, et ça lui a valu des milliers de nouveaux abonnés.

C'est un peu déprimant de se dire qu'on a atteint le top niveau à six ans...

Quelques semaines après la sortie de la vidéo, l'entreprise qui produisait la Trousse de Toilette Deluxe pour hamsters m'en a envoyé une en cadeau. Il n'y avait pas moins de cinq brosses à fourrure différentes, et une poudre spéciale à mettre au fond de la cage pour qu'ils puissent se rouler dedans (il paraît qu'ils en raffolent). Mais pour Coco, c'était trop tard. Il est mort quelques jours après Noël, de vieillesse selon mon père. Pour moi, c'était parce qu'on ne l'avait pas assez bichonné. La vidéo de son enterrement doit encore être sur YouTube.

Tout ce que ma mère a trouvé à me dire c'est que, de toute façon, Coco n'était pas très populaire sur la chaîne. Du coup, ils m'ont acheté un chaton. Mais j'ai quand même pu garder la trousse de toilette, et Miss Bubulle a fini par s'habituer à la brosse pour hamster. Je précise que j'avais six ans quand j'ai choisi son nom – maintenant, c'est un peu la honte. N'empêche que la seule vidéo que j'aime bien regarder, c'est celle où j'ouvre la boîte où mes parents l'avaient mise pour me l'offrir. Ma mère tente de lui attacher un ruban rose autour du cou, et la chatte lui siffle à la figure. Faut croire qu'on était faites pour s'entendre.

Neuf ans – « La lettre sur Instagram », 36 000 likes.

Je crois que c'est à ce moment-là que, pour moi, tout a commencé à changer. À la base, ce n'était qu'une lettre à la noix rédigée un soir avant d'aller me coucher. Une marque dont mes parents faisaient la promo sur Instagram m'avait envoyé un kit de correspondance, et j'avais décidé de m'écrire à moi-même. Je venais d'avoir une sale note en dictée, et Mr Eliot avait annoncé les résultats à toute la classe. J'avais besoin de me remonter le moral. Pour mon texte, je m'étais inspirée de quelques-unes des phrases de motivation que j'avais lues dans un des magazines de ma mère, même si je n'en comprenais pas la moitié : « Impossible n'est qu'une idée », « La destination, c'est le voyage », « Vous êtes le PDG de votre vie ! ». J'ai laissé la lettre sur mon bureau. Erreur fatale... Le lendemain, à mon retour du collège, ma mère m'a sorti que c'était le truc le plus adorable qu'elle ait jamais vu, puis annoncé qu'elle avait déjà 10 000 likes sur Instagram. C'était comme si le prof relisait ma copie à voix haute, mais pas seulement devant toute la classe, devant le monde entier.

Vous trouverez l'intégralité de mes treize années et quart d'existence sur Internet, si vous voulez y jeter un œil : chaque moment de ma vie, aussi bien conservé que les bocaux de chou rouge au vinaigre qui dorment depuis des années dans le garde-manger de ma *farmor*, ma grand-mère danoise. Tout y est, de mon premier souffle à la poussée d'acné sur mon menton hier. Si vous y tenez vraiment, vous pouvez lire des commentaires qui ont plus de dix ans, mais à votre place, j'éviterais. Bon, c'est possible qu'il y ait un bug dans mon cerveau, vu qu'il a tendance à ne garder en mémoire que les commentaires les plus méchants, sans retenir ceux qui sont sympas. Farmor me répète toujours que *La Vie d'Eva* n'est qu'« un tout petit point dans la grande tapisserie » que je suis, et qu'il ne faut pas que je prenne tout ça trop au sérieux. Elle dit aussi que c'est comme un ananas qui baigne dans son propre jus, mais ça, je n'ai jamais trop compris...

Même si j'en étais malade, ma mère n'a rien voulu entendre : elle a refusé de retirer ma lettre des réseaux sociaux. Pour elle, c'était pas la peine d'en faire toute une histoire, et j'allais m'en remettre. C'est ce qu'elle dit toujours sauf que, cette fois, même mon père était d'accord avec elle. Il m'a expliqué que le hashtag #selfcare était en vogue et que leur nombre d'abonnés était monté en flèche grâce à cette publication. Dans ma famille, on accorde en général plus d'importance au nombre de vues, de partages, de « j'aime » et de « j'aime pas », ou à des trucs comme la croissance des abonnés et le sacro-saint taux d'engagement, qu'aux sentiments ou aux culottes coincées dans les fesses. C'est pour ça que j'ai parfois l'impression que cette Eva-là (celle qu'on trouve sur Internet) compte plus que moi, la vraie. Je suis à peu près sûre que, si j'étais enlevée par des extraterrestres, mes parents feraient une vidéo YouTube avant même d'appeler la police.

Je sais qu'ils m'aiment, évidemment. Il faut dire qu'ils le crient un peu sur tous les toits à la moindre occasion, en plus de diffuser tout ce que je dis ou fais. J'ai beau être toute leur vie, ils me pourrissent la mienne, ce qui ne facilite pas franchement les choses.

2

TAGUÉE

Ça faisait déjà un moment que je voulais arrêter, sans doute à cause de toutes les heures de tournage que j'avais endurées pendant les vacances de Noël. Pas très festif de s'entendre dire que « Ça manque d'émotion ! » au moment d'ouvrir ses cadeaux – encore moins quand on porte un pyjama « On prend un selfie ? » identique à celui de ses parents. Pas évident non plus de devoir croquer encore et encore dans une part de roulé sans gluten à la crème légère comme si c'était un délice, alors qu'on a juste envie de tout recracher. La cerise sur le gâteau, c'était la vidéo qu'ils avaient postée quelques jours avant la rentrée : « Eva entre dans la puberté : pour survivre, interdiction de parler hormones ou poils pubiens ?!!!? » Autant signer mon arrêt de mort : dès le lendemain, Alfie Stevens et sa bande avaient rediffusé des extraits sur TikTok.

Et le jour suivant, les gens du collège en parlaient encore. Mon père emmenait Farmor à l'aéroport et, comme mes devoirs n'étaient pas faits, je n'avais pas le droit de venir. Installée dans la cuisine, j'ai fait défiler tous les commentaires sur le compte TikTok d'Alfie, en buvant un yaourt à la paille – pas facile, vu que plein de morceaux de noix de coco n'arrêtaient pas de se coincer dedans. Je n'aime pas trop la noix de coco, en plus, mais la marque de ces yaourts nous sponsorisait en échange d'une photo. Sauf que je n'étais pas du tout motivée pour la faire. J'en voulais toujours à mes parents pour cette publication spéciale pilosité, et j'étais sûre d'agacer ma mère si j'arrivais à finir le yaourt avant la séance – qui serait peut-être même annulée, avec un peu de chance. Le petit plus, c'était le bruit que je faisais en aspirant, qui lui tapait aussi sur les nerfs.

— Eva ! Ma chérie... Tu peux arrêter, s'il te plaît ? a-t-elle lancé pour la quatrième fois, sur ce ton qu'elle prend quand elle est en colère mais qu'elle se retient de crier, histoire de m'amadouer avant un de ses shootings promo.

J'ai attendu quelques secondes avant d'aspirer de plus belle. À ce stade, pousser mes parents à bout était devenu un de mes passe-temps préférés. Je ne sais plus trop quand ce petit jeu avait commencé mais, sans trop me vanter, depuis quelques semaines, je gérais plutôt bien.

Ma mère a fini par sortir de son bureau et a crié :

— EVA ! Ça suffit maintenant !

Quand elle a vu ce que j'étais en train de manger, elle est restée bouche bée.

— C'EST LE YAOURT DU TOURNAGE, ÇA !

— Ah bon ? Désolée, ai-je répondu de ma voix la plus innocente. Bah c'est vraiment un méga délice, en tout cas ! C'est pas de la publicité mensongère, au moins.

J'ai ramassé ce qui restait du yaourt avec le bout de ma paille et la lui ai tendue.

— J'en ai encore un petit peu.

Tout s'est écrasé sur la table.

— Oups...

Ma mère a serré les dents et s'est forcée à sourire.

— Je suis sûre de t'avoir dit qu'il ne fallait pas y toucher, chérie. J'ai l'impression que tu n'écoutes plus rien en ce moment !

Faux. Bien sûr que j'écoutais. C'est juste que je faisais exactement l'inverse de ce qu'elle disait.

— Tant pis, on va remplir le pot avec du yaourt normal.

Elle l'a raclé avec son doigt et a goûté.

— Ouh, c'est vrai que c'est bon, non ?

Je lui ai fait mon plus petit sourire.

Elle s'est mise à chercher un yaourt de substitution dans le frigo, et j'ai soupiré avant de réactualiser la page sur laquelle j'étais. Sous l'extrait de la vidéo sur les poils, une fille du collège avait laissé ce commentaire :

Sans vouloir en faire des tonnes, je serais morte de honte.

Quelqu'un d'autre avait écrit : *Nan mais imagine, si c'était ta mère…* 😱😱😱

Et Tyler Davidson m'avait taguée en ajoutant à peu près un million de smileys qui rient aux larmes.

Pile à ce moment-là, mon père est arrivé d'un pas chancelant, un énorme cactus dans les bras. Seule sa tête dépassait, alors qu'il fait un mètre quatre-vingt-dix-huit. Avant, il était dans l'équipe nationale de basket danoise. D'après mon oncle Gareth, c'était plus du bénévolat qu'un vrai boulot. Où qu'on aille, il y a toujours quelqu'un pour lui faire remarquer qu'il est grand (les adultes ont l'air de bien aimer les évidences de ce genre). Et il répond toujours la même chose : « Non, je suis Lars ! » On s'en lasse, au bout d'un moment… J'ai hérité de ses yeux bleus et de ses cheveux blonds. Pour la taille, je ne sais pas encore : pour l'instant, je suis dans la moyenne, en gros. Mais si je finis avec des poils blancs sous les aisselles, comme lui, je meurs de honte.

— Je suis là ! Farmor est dans l'avion pour Copenhague, et je suis passé récupérer ce cher Picote, comme on avait dit.

Tout sourire, il essayait d'échapper aux épines du cactus.

— Je l'adore ! a déclaré ma mère en riant.

Elle a posé un paquet de yaourts sur le plan de travail et l'a rejoint pour essayer d'écarter ses cheveux de son visage – sauf que les siens sont bien moins disciplinés que les miens. Ils sont tellement bouclés qu'on dirait qu'il a la tête coincée dans un nuage.

— Eva, a lancé mon père de l'autre côté de la plante, tu ne m'as pas vraiment l'air plongée dans tes devoirs.

Il n'y a que lui pour penser à ça alors qu'il est sur le point d'être empalé par un cactus géant.

Maintenant que je suis en cinquième, je suis censée travailler davantage à l'école. On ne peut pas dire que je ne faisais rien l'année dernière, c'est juste qu'il se passait toujours des trucs bien plus intéressants dehors : deux étourneaux picorant la pelouse du terrain de foot, des stalactites toutes tordues le long de la gouttière du vieux labo de sciences, les formes que dessine le vent dans les feuillages... Miss Wilson dit que c'est un don de remarquer toutes ces petites choses – forcément, vu qu'elle est prof d'arts plastiques. Pour les autres, c'est de la distraction, tout simplement. Mon père ne comprend pas pourquoi je ne suis pas première de la classe, étant donné que ma mère et lui ont fait des études à l'université, et tout et tout. Avec leurs gènes à tous les deux, il pensait que j'étais programmée pour être intelligente... mais non. Dommage, j'ai quand même hérité de ses sourcils presque invisibles, et du nombril qui ressort de ma mère.

— Oh, laisse-la tranquille, Lars, est-elle intervenue en souriant. Ça fait un bon moment qu'elle travaille. Et Farmor m'a dit qu'elle avait fait beaucoup de progrès en danois à Noël. Elle est presque meilleure que moi !

Elle m'a fait un clin d'œil, et mon père a ri. Dans la famille, c'est devenu une tradition de se moquer de l'accent de ma mère en danois : elle parle tellement mal que personne ne la comprend. Quand on est chez Farmor, c'est le prétexte parfait pour l'ignorer.

Mon père a précautionneusement posé le cactus à côté de la fenêtre, puis il a jeté un œil au jardin recouvert de givre et tapé dans ses mains.

— Bon. La lumière est parfaite ! On est prêts ?

Ma mère l'a regardé comme s'il venait de faire une mauvaise blague. Sur le mur derrière lui, elle a remplacé l'affiche « Tout ce qu'il faut, c'est de l'amour et du Prosecco » par une autre qui disait : « Il y a toujours une raison de sourire ! » Sauf que, pour moi qui n'arrêtais pas de repenser à tous les partages de leur vidéo sur TikTok, c'était plutôt : « Il y a toujours une raison de se prendre un cactus géant en pleine tête ! »

— Voilà ! a-t-elle fait en disposant stratégiquement quelques magazines sur la table basse. Eva, ma chérie, tu peux aller te changer ? Tu as du yaourt plein le T-shirt.

J'ai jeté un œil à ma poitrine toute tachée, fermé les manuels que j'avais à peine regardés et pris le chemin de l'escalier. Ma mère m'a crié :

— Surtout pas de gris ! Tu en portais déjà la semaine dernière dans la pub pour les stickers ongulaires.

— OK.

J'essayais de décoller de mon ongle ce qui ressemblait maintenant à un chat décapité, quand l'écran de mon téléphone s'est allumé : nouvelle notification. Alfie venait de me taguer sur la photo d'une énorme barbe à papa blanche :

@Eva2007 *La touffe !!!*

C'était comme si toutes les épines du cactus venaient de s'enfoncer dans ma peau. Du coup, c'est enfin sorti, là, au pied de l'escalier, avec des chats sans tête sur les ongles et des bouts de noix de coco plein le T-shirt.

— Je n'ai pas envie.

— Pardon ? Tu as dit quoi, chérie ? a fait ma mère sans même lever les yeux de son téléphone. Ton haut jaune avec des cœurs rouges, ça serait joli. J'arrive dans une seconde.

— Non. Je ne veux pas faire la photo.

Cette fois, elle m'a regardée : elle n'avait pas l'air de comprendre.

— Tu ne te sens pas bien, mon cœur ? Vu tout le yaourt que tu as mangé, ça ne m'étonne pas...

— C'est pas ça. Tout le monde se moque de moi sur TikTok à cause de la vidéo de l'autre jour, tu sais...

J'avais les joues en feu. Impossible de dire tout haut les mots « poils pubiens ».

— Ah, le truc sur la puberté, tu veux dire ? (J'ai eu droit à un sourire compatissant, puis à cette moue que je déteste, la bouche en avant.) Tu n'as aucune raison d'avoir honte, chérie... Et c'était censé être drôle !

— C'est pas drôle du tout. C'est super gênant... Regarde !

J'allais lui montrer la barbe à papa, mais mon père est venu mettre son grain de sel.

— Eva, tu penses vraiment que nous, on a honte de nos poils pubiens ? C'est complètement naturel ! Pas la peine d'en faire un tabou !

C'était à se demander si mes parents avaient un jour mis les pieds au collège.

— D'ici lundi, tout le monde sera passé à autre chose, a décrété ma mère. De toute façon, tu ne risques rien avec une pub pour du yaourt. Allez, ma chérie, on y va, sinon on va manquer cette lumière magnifique.

Sur ce, elle s'est remise à regarder son portable. J'ai supplié mon père des yeux, mais il s'est contenté de trottiner jusqu'à moi pour me faire un bisou sur la joue, avec sa petite barbe qui pique.

— On est tellement fiers de toi, Eva, mais il nous faut la lumière du matin et elle est en train de tourner, alors dépêche-toi ! Après, on t'écoutera : on pourra parler de tout ce que tu veux, poils pubiens ou autre, d'accord ?

Sauf que c'était un mensonge. Je ne pouvais jamais rien leur dire, vu qu'ils ne voulaient surtout pas entendre ce que je pensais vraiment de leur chaîne.

Le dimanche avant la rentrée, j'étais censée soutenir Hallie à une de ses compétitions de gymnastique. On est meilleures amies depuis le CE2 et, avant, on passait notre vie ensemble. Un jour, sa mère, Rose, avait même fait une tresse avec nos cheveux attachés ensemble, mais la mienne avait tout gâché en postant la photo sur Instagram sans demander la permission. Rose n'était pas du tout d'accord et lui avait demandé de la retirer. Et puis en CM2, j'ai été obligée d'arrêter la gym parce que les entraînements empiétaient sur les tournages. Ce n'est pas si grave, au fond, étant donné qu'à chaque compétition, j'étais tellement stressée que je ratais tout ; n'empêche que ça me manque de partager tout ça avec Hallie. C'était la première de notre groupe à réussir un salto arrière. Alors que moi, même le salto avant, je n'ai jamais su faire. Et maintenant, c'est avec Gabi Galloney qu'elle va aux entraînements, pendant que moi, je reste sur la touche à les regarder.

Dimanche matin, Hallie m'avait envoyé un texto pour me dire d'arriver tôt, histoire d'avoir une place au premier rang. Sauf que ma mère avait organisé une séance photo de dernière minute au domaine de Clevedon Hall, à environ une demi-heure du centre-ville. Elle m'avait promis qu'on serait de retour à temps pour voir « au moins la deuxième partie », mais vu l'heure qu'il était quand on est arrivées là-bas, je savais que ce n'était pas jouable.

On nous a fait porter des T-shirts assortis qui disaient « BELLES ET FIÈRES ». On se les gelait dans le manoir – avec tout leur argent, ils auraient au moins pu se payer un bon chauffage. J'avais la chair de poule quand la maquilleuse m'a mis un ruban énorme dans les cheveux et collé de petits brillants roses autour des yeux. Ça n'était pas si désagréable d'être traitée comme une star de cinéma, mais j'aurais préféré être le genre de star qui ne s'habille pas exactement comme sa mère.

On devait faire semblant de prendre le thé dans une pièce qui s'appelle la suite Morris, sous une coupole d'où pendaient de grands lustres. Sur la table, disposés sur des présentoirs à quatre étages, il y avait des mignardises et des sandwichs en triangle – des vrais, mais qu'il fallait manger pour de faux. Ma mère m'avait dit que je pourrais en avoir à la fin de la séance, sauf que, quand ça s'est enfin terminé, les coins étaient secs, tout le monde les avait tripotés et, de toute façon, j'avais mal à la mâchoire à force de sourire. Pendant que le photographe montrait les images à ma mère, j'ai enlevé mon maquillage. J'imaginais Hallie en train de scruter la foule à ma recherche, pour ne trouver qu'un siège vide.

Le lundi, au collège, elle m'a dit que ça n'était pas grave que je n'aie pas réussi à me libérer... Mais j'ai bien vu qu'elle m'en voulait, parce que quand Khalil a hurlé « BELLE ET FIÈRE ! » et Alfie « ELLE A LE MELOOOOOON ! » à mon arrivée en classe, elle n'a même pas essayé de me défendre.

Une fois assise, je suis allée voir les commentaires sur la page Instagram de *La Vie d'Eva*. Il y en avait plein de gentils – même si, à force de poster des smileys aux yeux en cœur, HappyMelon3000 finit par être flippant –, mais je suis aussi tombée sur un : *Bête et moche, tu veux dire !* J'ai remis mon portable dans ma poche. Je ne sais pas pourquoi je continue à lire ça... Mes parents m'ont dit d'arrêter, mais ça me démange : je veux toujours savoir ce que les gens pensent de moi même si, le plus souvent, ça me déprime.

Alfie m'a crié au moins cent fois « LE MELOOOOOON ! » ce jour-là. C'était presque aussi atroce qu'en sixième, quand j'ai dû me déguiser en avocat géant pour la Journée internationale du végétarisme. En souvenir du moment le plus honteux de toute ma vie, j'en ai toujours un gravé sur mon casier. Et si j'avais imprimé tous les emojis avocat que les gens ont postés sur mes réseaux perso cette semaine-là, j'en aurais sûrement eu assez pour tapisser les quatre murs de ma chambre.

Je m'étais déjà plaint d'Alfie à ma mère je ne sais combien de fois, mais elle répondait toujours la même chose : « Ne fais pas attention à lui, chérie. Il est jaloux que tu sois si populaire, c'est tout ! » Et puis elle se remettait à répondre à des messages sur son téléphone. La priorité, c'est souvent la Eva d'Internet, plutôt que moi et mes problèmes dans la vraie vie.

Quoi que je dise, mes parents n'ont pas l'air de se rendre compte que, pour moi, tout vire à la catastrophe à cause de leur chaîne. Ils ont tendance à oublier que je n'existe pas qu'en ligne. Ça fait longtemps que j'ai compris que je n'étais pas du tout la PDG de ma vie, mais maintenant, j'ai carrément l'impression qu'elle ne m'appartient plus, et il faut absolument que je reprenne les commandes.

3

LE BIZARRE

Une semaine après les photos pour Belles et Fières, j'ai passé presque tout mon samedi sur le canapé du petit salon avec Miss Bubulle. Il pleuvait et j'avais super mal au ventre, donc au lieu de réviser pour le contrôle de physique de lundi avec Mr Jacobs, j'étais en train de regarder de vieux épisodes de *Vampire Diaries* en dessinant des gouttes de pluie sur mon carnet. J'avais quand même cherché Isaac Newton sur Google, mais vu le nombre de résultats, je n'avais pas eu le courage de lire quoi que ce soit sur lui. Et comme le prof était fan de ses théories, il y avait des chances qu'elles ne soient pas franchement passionnantes.

J'ai envoyé un message à Hallie pour savoir si elle avait commencé à réviser (même si je me doutais bien de la réponse).

Hallie : *Tu veux dire que t'as même pas commencé ?? eva ! Le contrôle c'est lundi !!*

Elle m'a envoyé un lien vers un site de révisions, Éclair de génie.

J'ai répondu : *Merci bisous.* Mais j'avais toujours cette douleur au ventre, et les nouveaux diffuseurs de parfum que ma mère avait installés partout dans la maison me donnaient mal au crâne.

Encore un message : *Tu veux qu'on aille se prendre un milk-shake ? Je viens de finir mes devoirs. Comme ça je t'aide à réviser ?* 🙂

Je me suis demandé si Gabi serait là aussi : depuis le départ de Kaja en fin de sixième, elle suivait Hallie comme un petit chien. Elle avait même vu avec Miss Wilson si elle pouvait s'inscrire sur la liste d'attente du conseil des élèves (qui n'existe pas vraiment), juste parce que Hallie y siège. Je voyais bien qu'elle était prête à tout pour m'éjecter, même si j'étais la seule à m'en rendre compte. Pour Hallie, on pouvait être trois sans problème – et ça aurait sans doute pu marcher si Gabi n'était pas aussi insupportable.

J'ai regardé l'heure sur mon portable. Mon père n'allait pas tarder à rentrer de sa sortie en vélo.

— Maman ? Je peux aller prendre un milk-shake avec Hallie ? J'ai besoin de ses notes sur... (Je me suis creusé les méninges pour trouver quelque chose qui fasse scientifique)... l'échelle de pH.

Elle a froncé les sourcils en voyant le temps qu'il faisait.

— Mmm... Si tu vas au centre à pied, tu vas te mouiller, chérie.

— Je prends un parapluie !

— Hallie ne peut pas t'envoyer ses notes par mail ? J'aurais bien aimé qu'on installe dans nos dressings les boîtes de rangement que je t'ai montrées la semaine dernière. Tu sais, pour la vidéo du dimanche ?

— Mais le contrôle, c'est lundi...

Elle a soupiré par le nez.

— Et si Hallie venait faire la vidéo avec nous ? Comme ça, vous pourrez réviser après.

— Tu sais bien que sa mère veut pas qu'elle soit sur la chaîne, je lui ai rappelé en inclinant la tête.

Elle a haussé les épaules et fait semblant d'enlever une peluche de sa manche.

— Je pensais que Rose avait peut-être changé d'avis, depuis le temps.

— Ça m'étonnerait, ai-je marmonné dans ma barbe.

La mère de Hallie est psychologue pour enfants, et elle est convaincue que la chaîne YouTube est source de traumatismes pour moi. L'été dernier, elle m'a dit que si j'avais besoin d'en parler, je pouvais venir la voir, et elle m'a donné sa carte avec son adresse mail, son numéro de téléphone et tout en haut ses initiales, RW, dans un cercle doré. Ma mère n'a pas trop apprécié. Et Hallie ne vient plus chez nous aussi souvent, parce que Rose ne veut pas risquer de « l'exposer aux regards de tous », comme moi. Le résultat, c'est que pendant que je me retrouvais obligée à faire des trucs débiles devant une caméra, Hallie s'est mise à traîner de plus en plus avec Gabi après les cours. Et c'est encore pire depuis que mes parents ont décroché de nouveaux sponsors : il y a tellement de séances photo et de tournages que maintenant, je rate tout.

— S'te plaît, maman...

Je ne voulais vraiment pas laisser passer une chance de partager un milk-shake avec ma meilleure amie, surtout si pour une fois, c'était sans Gabi.

— Mr Jacobs va me donner des heures de colle si j'ai encore une mauvaise note...

Elle est restée insensible à cet argument.

— On pourrait aller au café qui vient d'ouvrir, tu sais, celui qui fait des crêpes, où tu voulais que je prenne des photos ?

— Ah, le *Bazar des Crêpes* !

Voilà qui l'intéressait beaucoup plus.

— Bonne idée ! Je vais leur dire que tu es en route. Mais prends bien le grand parapluie, sinon tu auras les cheveux tout raplapla.

J'ai soupiré en silence. J'en avais ras le bol qu'elle soit à ce point obsédée par mes cheveux. J'avais voulu les couper à Noël, mais elle avait refusé parce qu'ils venaient d'accepter un nouveau sponsor, une marque de masques capillaires faits pour « ranimer, rafraîchir et rajeunir les cheveux ternes et sans vie ! » (j'essaie de ne pas le prendre pour moi).

J'ai dit à Hallie de me retrouver au *Bizarre des Crêpes* (c'est comme ça qu'on l'appelle au collège), puis j'ai enfilé mes baskets.

— Eva ! a lancé ma mère. Attends une seconde. Tu ne peux pas y aller comme ça !

J'ai levé les yeux au ciel. Même pour aller prendre un milk-shake avec ma meilleure amie, j'avais droit à un relooking. Je l'ai suivie à l'étage et j'ai attendu qu'elle choisisse un autre haut. Pendant qu'elle me recoiffait et qu'elle appliquait du fond de teint sur mon menton, j'ai jeté un œil au pull qu'elle m'avait fait enfiler. Il y avait écrit « SRSLY ? » en très grosses lettres[1]. En la regardant dans le miroir, j'ai lancé :

— Sérieusement ?

— Très drôle, a-t-elle rétorqué en souriant.

Elle m'a embrassée sur le front et, en faisant la moue, elle a déplacé une mèche de mes cheveux pour qu'elle me tombe devant les yeux.

---

1. « SRSLY » est une abréviation du mot « SERIOUSLY », qui veut dire « sérieusement ».

— Il faut qu'on voie bien ton pull sur les photos, d'accord ?

J'ai acquiescé et, dès qu'elle a eu le dos tourné, j'ai replacé la mèche derrière mon oreille.

J'avais toujours mal au ventre en arrivant au *Bizarre des Crêpes*, et mes baskets étaient trempées. Il y avait presque une centaine d'ampoules suspendues au plafond, et tellement de buée sur les vitres que je voyais à peine Hallie. Elle était assise sur un tabouret et m'a fait un signe quand je suis entrée. En voyant que Gabi n'était pas là, je me suis tout de suite sentie soulagée. Elle s'est tournée vers moi, un menu à la main :

— Regarde ça, c'est dingue !

Son visage brun était rayonnant, et elle était en justaucorps sous un sweat à capuche qui portait son prénom en lettres majuscules. J'avais rangé le mien quelque part dans un tiroir au cas où on m'autoriserait un jour à reprendre l'entraînement, mais ça faisait tellement longtemps que je n'étais même plus sûre de rentrer dedans. Ça se serait peut-être passé autrement si j'avais été aussi forte que Hallie en gym. Mais je suis nulle en tout, ou presque. C'est l'histoire de ma vie... Selon ma mère, c'est ça qui fait que les gens s'identifient autant à moi. Et maintenant, tous mes ratages font partie de leur image de marque.

— Ils ont plusieurs goûts de pop-corn ! s'est écriée Hallie. J'ai trop envie d'en prendre au piment jalapeño.

— Ça a l'air dégueu ! ai-je répondu en plissant le nez.

— Eva ? a lancé un homme qui se tenait derrière moi.

Il avait un stylo derrière chaque oreille et portait un tablier « Le Bazar des Crêpes ».

— Je suis John. Merci beaucoup d'être venue !

Il ne m'avait pas l'air si bizarre que ça mais, dès qu'il a souri, j'ai vu sortir une de ses canines, aussi longue qu'une dent de vampire. Hallie a écarquillé les yeux, et j'ai fait de mon mieux pour ne pas rigoler.

— Vous pouvez commander *tout* ce que vous voulez. On vous l'offre !

Mon amie a laissé échapper un petit « Wouhou ! », et l'éclat de rire que je tentais de retenir m'est sorti par le nez.

— Si vous pouviez prendre nos crêpes signatures en photo... Par exemple... une crêpe pêche et gousse de vanille, avec de la glace ? a-t-il ajouté en souriant à Hallie.

— Parfait !

— Et pourquoi pas l'Extrême Chocolat-Fraise pour vous, Eva ?

— Merci ! Est-ce que mon amie peut aussi goûter le pop-corn au jalapeño ?

— Bien sûr ! Mais je vous préviens, c'est assez épicé !

Il a haussé les sourcils deux fois en récupérant nos menus avant de disparaître par une porte dont la pancarte indiquait « Réservé au personnel du *Bazar des Crêpes* ».

— OK... Je lui mets huit sur dix sur l'échelle du flip, a décrété Hallie. Il a carrément un côté suceur de sang.

J'ai rigolé, et elle a étiré les bras jusqu'à se faire craquer le dos.

— Mais ça reste trop cool. Et en plus, c'est *gratuit*.

J'ai souri. J'avais parfois l'impression qu'il y avait quand même un certain prix à payer pour tous ces trucs, même gratuits.

— Franchement, a-t-elle ajouté en me regardant du coin de l'œil, comme si elle lisait dans mes pensées, si là tout de suite, tu oses te plaindre de *La Vie d'Eva*, c'est toi que je mets dans ma crêpe.

Je me suis remise à rire, et ça m'a donné encore plus mal au ventre. Je me souviens qu'un jour, elle m'avait dit que d'autres se tuent au travail pour avoir une vie comme la mienne, alors que moi, je n'ai rien eu à faire à part venir au monde, et que tout m'est offert sur un plateau... C'est pour ça que je n'ai jamais osé lui raconter que plus ça va, plus la chaîne me rend malade – un peu comme la soupe de pomme de terre de mon père, trouble et épaisse. Encore un truc que personne ne voit, comme la petite plaque d'eczéma que j'ai derrière le genou gauche, où les boutons que ma mère recouvre de maquillage.

Et puis au fond, me suis-je dit alors que John le Bizarre nous apportait la commande, Hallie n'avait pas tort : être une star sur YouTube, ça avait ses bons côtés. J'ai tenté de prendre une photo où on voyait à la fois ma crêpe et le message sur mon haut – pas évident, surtout avec quelqu'un à côté qui essaie par tous les moyens d'étaler de la sauce au chocolat sur mon visage. J'ai jeté une poignée de pop-corn au piment sur Hallie avant d'envoyer les clichés à ma mère. Ensuite, j'ai pris une vidéo d'elle en train de tournoyer sur son tabouret, le sourire jusqu'aux oreilles, puis je l'ai mise sur TikTok, où j'ai accepté les demandes d'abonnement des gens dont je connaissais le nom et supprimé toutes les autres. Je faisais bien attention à ce que tous mes comptes perso restent privés : hors de question que les abonnés de mes parents me voient dans la vraie vie.

— Alors, c'est ça, tes notes de physique ? a fait Hallie en attrapant mon carnet.

— Euh, c'était l'idée... ai-je répondu en léchant mes doigts pleins de chocolat. Mais j'ai fini par juste faire des dessins.

— Heureusement que j'ai pris les miennes, hein ? a-t-elle ajouté en sortant de son sac toute une liasse de fiches colorées. Elles sont rangées par thème. Ne change surtout pas l'ordre : ça m'a pris super longtemps, et ma mère va m'interroger dessus ce soir.

J'ai hoché la tête et, juste à ce moment-là, un commentaire de Gabi est apparu sur mon écran : *Hey, vous êtes où avec Hals ???*

J'ai retourné mon portable : ça faisait trop longtemps qu'on n'avait pas passé un moment juste toutes les deux, et je n'avais aucune envie de voir débarquer la trouble-fête.

Hallie a pris une cuillerée de glace en feuilletant mon carnet.

— Ils sont vraiment super, tes dessins, Eva. Tu devrais les montrer à Miss Wilson.

Elle a enchaîné avec une poignée de pop-corn.

— Peut-être...

Tout en observant à travers la vitre les gens qui tentaient de s'abriter, je me suis dit que « Peut-être... » était l'unique réponse possible, parce que les arts plastiques, c'était la seule matière où j'étais un peu douée, et parce que je ne voulais pas trop que ça se sache. Sinon, la chaîne YouTube risquait encore de tout gâcher, comme pour les parcs aquatiques, la gym ou les avocats – même si ça, pour être honnête, ça n'était pas une si grande perte.

— Oh mon Dieu... a repris Hallie en plongeant de nouveau la main dans le pop-corn. Goûte-moi ça !

J'ai pris un seul flocon... qui m'a tout de suite mis la bouche en feu. Je me suis mise à tousser et, pendant que, morte de rire, elle me tapotait le dos (pas idéal pour mon mal de ventre), je me suis jetée sur mon milk-shake.

— Hallie ! ai-je lancé après en avoir englouti la moitié d'un coup. J'ai la langue brûlée au troisième degré à cause de toi !

— Désolée, a-t-elle répondu, hilare. J'avais oublié que t'étais une chochotte pour les trucs épicés... Oh là là, tu te souviens, chez moi, quand t'avais pris la harissa pour du ketchup ?

— Tu rigoles ? J'ai encore des cicatrices plein la bouche... Je vais faire pipi. Mange pas toute la glace, OK ? J'en ai besoin pour me refroidir la gorge.

Elle était toujours en train de glousser quand j'ai poussé la porte des toilettes, puis d'une des cabines.

Et là, j'ai vu l'état de ma culotte. Au début, je n'étais pas sûre à cent pour cent : je m'attendais à quelque chose de plus rouge et, là, ça tirait un peu sur le marron, comme les sandales Birkenstock que Farmor met l'été. Ça m'a pris quelques secondes, mais j'ai compris que j'avais mes règles pour la première fois.

Je suis restée assise sans trop savoir quoi faire. Je me sentais toute bizarre, à la fois soulagée et terrifiée. Au moins, j'étais sûre de ne pas être la dernière de la classe à les avoir, parce que Jenna Williams et Dinah Jackson m'avaient avoué il y a une ou deux semaines que les leurs n'étaient toujours pas arrivées. En cours d'éducation sexuelle, Miss Wilson avait bien insisté : « La puberté, ce n'est pas une course ! » Sauf que, comme presque tout ce que racontent les adultes, c'est faux. Je m'estimais déjà heureuse de ne pas les avoir eues pour la première fois au collège, comme

Susie Greenwood la semaine de la rentrée de sixième, en plein cours d'allemand : à midi, tout le monde était déjà au courant et elle était en pleurs à la cantine. Je crois que je n'oublierai jamais le mot « règles » en allemand, tellement je l'ai entendu. Alors que Susie n'est même pas dans ma classe... Depuis, apparemment, elle met toujours une brassière de sport pour les cours d'EPS : peut-être que mes seins à moi aussi allaient miraculeusement se manifester maintenant ? J'ai baissé les yeux sur ma poitrine toute plate : pour l'instant, rien à signaler.

J'ai envoyé un texto à Hallie : *Viens aux toilettes ! C'est urgent ! Bisous*

J'ai pris du papier pour en faire un rouleau que j'ai mis dans ma culotte avant de remonter mon jean. C'était assez épais, et j'avais peur que ça se voie.

La porte s'est ouverte à la volée.

— Eva ? Ça va ? T'es malade ?

Je suis sortie de ma cabine pour vérifier qu'on était seules.

— J'ai mes règles...

— Oh mon Dieu ! Enfin !

Elle m'a serrée tellement fort dans ses bras que j'ai failli décoller. Elle avait eu les siennes en CM2 et, depuis, j'attendais mon tour. Quand elle m'a lâchée, je lui ai fait un autre câlin. On était ensemble le jour où ça lui était arrivé, pendant le cours de Mr Eliot, et on l'était encore aujourd'hui. Juste toutes les deux, comme à l'époque où on construisait des cabanes dans son jardin avec des branches et des draps. Il n'y avait personne d'autre du collège, pas de caméra, pas d'abonnés. Ça faisait du bien.

D'un coup, elle s'est reculée et a crié :

— Oh non, Eva !

— Quoi ?

J'ai regardé de tous les côtés, de peur que quelqu'un soit entré sans que je m'en aperçoive.

— Tu te rends compte...

Elle m'a attrapé le bras et regardée droit dans les yeux.

— Tes premières règles, c'était au *BIZARRE DES CRÊPES* !

On s'est mises à rire tellement fort que tout le café a dû nous entendre.

4

JOYEUSES PREMIÈRES RÈGLES !

— Maman ! ai-je crié dès mon arrivée à la maison.

J'ai couru à l'étage fouiller le placard de la salle de bains : des serviettes démaquillantes réutilisables, du shampoing sans produits chimiques, des masques à l'argile, des gants de toilette en coton bio... mais rien pour parer à l'urgence du moment. Pas la moindre protection hygiénique. J'ai appelé ma mère une deuxième fois, mais c'est mon père qui est monté.

— Tout va bien, Eva ? Jen est au téléphone.

Il l'appelait toujours comme ça au lieu de juste dire « Maman », ça m'agaçait vu que c'était un de ces trucs qu'ils faisaient sur la chaîne.

— Tu as besoin de quelque chose ?

Je me suis sentie rougir, même derrière une porte fermée. Les mots « papa » et « règles » n'ont rien à faire dans la même phrase.

— Je veux maman, OK ? C'est urgent...

Il a marmonné un truc avant de redescendre et, quelques minutes plus tard, j'ai entendu la voix de ma mère de l'autre côté de la porte.

— Ça va, ma chérie ? Il y a un problème ?

J'ai défait le verrou et ouvert doucement, au cas où mon père se cacherait quelque part, la caméra à la main. Avec mes parents, faut se méfier...

— J'ai mes règles, ai-je murmuré.

— OH MON DIEU !

Elle m'a serrée si fort que j'ai failli étouffer.

— EVA ! C'EST GÉNIAL !

— Chut ! Papa va t'entendre !

Quand elle m'a enfin lâchée, elle avait les yeux humides.

— Maman... tu pleures pas, quand même ?

— Je sais, c'est bête !

Elle a reniflé et essuyé ses larmes avec une serviette réutilisable.

— Tout va bien ? a lancé papa.

— Tu lui dis pas ! ai-je ordonné très sérieusement à ma mère.

— Oh, Eva, n'importe quoi... C'est ton père ! Il va vouloir fêter ça aussi.

— Fêter ça ? Surtout pas. Je ne veux pas que les gens sachent, je veux juste, euh... des produits. Tu sais ?

Elle m'a serré la main.

— Ne bouge pas.

Une minute plus tard, elle était de retour avec une grande boîte rouge dans une main et la caméra dans l'autre.

— Voilà, ça fait déjà un moment que je t'ai préparé tout ça, et je voulais juste te dire que je suis très fière de toi !

— Maman, tu peux arrêter de filmer ?

Elle a baissé la caméra, mais ne l'a pas rangée.

— Sérieux, maman. Arrête !

— Eva, a-t-elle fait sur le ton de la blague, c'est une étape très importante ! Il faut bien que nos abonnés voient un peu ce qui se passe, non ?

— Hors de question !

— D'accord...

En soupirant, elle a posé la caméra et poussé la boîte vers moi.

— Vas-y, ouvre.

À l'intérieur, il y avait des serviettes, des tampons, une bouillotte, un masque pour les yeux, une énorme tablette de chocolat, une culotte avec des licornes pailletées dessus, des mouchoirs, un nounours... Et même un livre intitulé *Premières règles : (comment) garder son sang-froid.*

— Maman, ai-je commencé, c'est...

— La honte, je sais. Mais ça représente beaucoup pour moi. Pendant longtemps, j'ai cru que je ne pourrais jamais avoir d'enfant, et voilà où on en est...

Elle s'est encore tapoté les yeux avec la serviette.

— Tu es en train de devenir une femme.

Je l'ai prise dans mes bras.

— C'est super gentil, maman... Merci.

J'ai dû m'appuyer sur quelque chose parce que, tout à coup, des millions de tout petits tampons argentés ont jailli d'un canon à confettis. On a sursauté toutes les deux.

— J'avais oublié ça ! Je l'ai fait faire exprès pour l'occasion, a-t-elle expliqué en riant, pendant qu'elle retirait plein de minitampons de mes cheveux. Demain, on pourra fêter ça comme il se doit !

— Je pensais que c'était ça, la fête ?

— Oh, Eva... On peut quand même faire mieux qu'une explosion de confettis dans la salle de bains !

Elle m'a fait un bisou sur la tête, puis a retiré le bout de confetti collé à sa lèvre.

— Ça mérite quelque chose de spécial !

*

Le lendemain, j'ai fait la grasse matinée. La maison était étonnamment silencieuse. Je me suis assise dans mon lit pour regarder mon portable, et j'avais déjà trois messages de Hallie. Elle se lève toujours tôt le dimanche pour aller à l'église, et c'est justement pour ça que je suis ravie d'avoir des parents athées.

J'espère que tu te sens bien !

Je fais les cookies au citron vert de ma mamie guyanaise pour fêter tes R au collège demain !

J'ai dit à ma mère que c'était pour une vente de gâteaux à la bibliothèque 😄 et elle m'a dit pas de rhum, lol.

Elle avait ajouté une photo d'elle, spatule en bois à la main et grand sourire.

J'ai répondu : *Oh mon Dieu ! Tu es géniale ! MERCI* ❤❤❤

On a tapé à la porte, et ma mère a passé la tête par l'embrasure.

— Comment ça va, ma petite chérie ? Tu veux que je te fasse couler un bain ?

Je me suis frotté les paupières en bâillant.

— Oh, ne fais pas ça, mon cœur. Tu as la peau toute rouge, après.

J'ai plissé les yeux quand elle a ouvert les rideaux.

— J'ai envoyé ton père faire du vélo, pour qu'on se fasse une petite journée entre filles !

J'avais tellement envie de lever les yeux au ciel que c'était une souffrance de me retenir.

— Attends un peu de voir ce que je t'ai préparé en bas !

— C'est quoi ? ai-je demandé d'un ton méfiant.

— D'abord, prends ta douche et habille-toi !

Elle a ouvert mon armoire et tout passé en revue, avant de choisir un T-shirt et une robe salopette qu'elle a posés sur mon lit. Puis elle m'a serrée contre elle jusqu'à me vider les poumons.

— J'ai tellement hâte !

— Maman... ai-je dit en me dégageant. C'est juste mes règles.

— Oh, allez ! On ne les fête qu'une fois !

— Comment ça, on les fête ? Maman... T'as quand même pas invité tout le...

— Bien sûr que non ! Je n'ai invité personne.

— Parfait. Et surtout, pas un mot de tout ça à Spud.

On a toujours été voisins, avec Spud. Il y a un trou dans la haie qui sépare nos jardins, du coup on peut se frayer un chemin de l'un à l'autre. Son vrai nom, c'est Euan, mais tout le monde l'appelle Spud. C'est un peu comme avoir un frère... Ma mère raconte que, quand on était petits, on disait tout le temps qu'on allait se marier et faire une centaine de bébés, sauf que, maintenant qu'on a grandi, j'ai juste une centaine de raisons qui rendent ça impossible. À commencer par le fait qu'une fois, il a réussi à se coincer la tête dans notre chatière.

— Ne t'inquiète pas, a répété ma mère. Il n'y a que nous et Netflix. Pas de fête de règles sans marathon de films, hein ?

J'ai vu que mon père avait laissé un post-it sur mon bureau : « URGENT : RÉVISER LA PHYSIQUE ! » Le premier mot était souligné trois fois.

— Je suis censée travailler pour le contrôle, ai-je grogné.

Elle a lu le petit mot et l'a jeté à la poubelle en soupirant.

— Eva, tu en auras d'autres, des contrôles de physique. Mais tes premières règles, ça n'arrive qu'une fois. Et puis tu as déjà révisé hier avec Hallie, non ? Ça ne sert à rien d'en faire trop...

— Ah oui, c'est vrai...

J'ai omis de préciser que j'avais à peine jeté un œil aux fiches de révision.

— Allez, va te préparer. Il y a des choses plus importantes que la physique, dans la vie ! a ajouté ma mère avant de refermer la porte.

Elle prévoyait peut-être d'écrire ça dans un mot à Mr Jacobs si je ratais le contrôle du lendemain ?

J'ai rangé la tenue qu'elle avait choisie, et enfilé un legging et un sweat à capuche. C'était un peu bizarre de porter une serviette hygiénique. Pas sûre de pouvoir en mettre pendant trois à huit jours sans que personne ne remarque rien...

En bas, il y avait de la musique et, sur l'ardoise de la cuisine, ma mère avait écrit : « JOYEUSES PREMIÈRES RÈGLES, EVA ! »

Quelques ballons à hélium rouges flottaient au-dessus de la table, des pompons et des guirlandes de la même couleur étaient accrochés au mur. Il ne m'a fallu que quelques secondes pour comprendre ce qui se passait. Je suis restée au pied de l'escalier, les bras croisés.

— De rien, a lancé ma mère, tout sourire, derrière la caméra. Tu le vaux bien !

Sur ce, elle m'a fait pleuvoir tout un tas de confettis rouges dessus. J'ai secoué la tête pour m'en débarrasser.

— Arrête de filmer.

— Oh, Eva, tu ne vas pas recommencer. Regarde un peu tout ce que j'ai préparé !

— Je rigole pas, maman. Si tu mets la vidéo sur *La Vie d'Eva*, je vais réviser dans ma chambre.

J'étais déçue, même après tout ce temps, et même si ça n'était pas la première fois qu'ils me faisaient un coup pareil. Ils avaient invité certains de leurs abonnés « les plus fidèles » à mon dixième anniversaire. Enfin, aux « dix ans de *La Vie d'Eva* », je veux dire. Quand Farmor a appris ça, elle a refusé de venir. Pour elle, c'était dangereux de convier « des gens d'Internet » à la maison. Elle craignait peut-être qu'un d'entre eux me kidnappe, alors qu'ils étaient plutôt gentils dans l'ensemble – même si l'une avait carrément tricoté sa propre « poupée Eva » et lu des poèmes qu'elle avait écrits sur moi. Ça n'était peut-être pas une kidnappeuse mais, après ça, mes parents n'ont plus jamais invité aucun de mes fans à leurs événements.

— Désolée si ça ne te plaît pas... a dit ma mère en posant la caméra et en jouant avec une des guirlandes. Je te jure que tout ce que je veux, c'est t'offrir un jour pas comme les autres.

J'ai balayé la pièce du regard et remarqué tous les petits détails de la décoration. Ça avait dû lui prendre des heures, et elle avait même déniché un utérus gonflable – je ne voyais même pas comment c'était possible en si peu de temps.

— Mais si, ça me plaît, maman... Je ne veux pas que ça finisse sur YouTube, c'est tout. OK ?

— D'accord. Je comprends.

— Promis ?

Hochant la tête, elle m'a prise dans ses bras. J'ai repéré un énorme carton dans le coin du salon.

— Papa est pas caché là-dedans, j'espère ?

— Ha ha... Bien sûr que non ! J'ai juste commandé des ballons et deux trois petites choses spécialement pour fêter les cinq cent mille abonnés. Je sais, je m'y prends à l'avance. On vient seulement de passer les quatre cent mille, mais au moins, on sera prêts. Et ça continue de grimper tous les jours ! C'est génial, non ?

Des milliers et des milliers de personnes *en plus* à m'observer chaque jour... c'était loin de me mettre en joie. J'ai senti mon cœur se dégonfler d'un coup, comme un ballon qu'on perce.

Une heure plus tard, alors qu'on regardait un film sur le vidéoprojecteur en sirotant des smoothies aux fruits rouges, ma mère a commencé à jouer avec mes cheveux.

— J'ai écouté un podcast, l'autre jour, qui disait qu'il ne fallait pas que la menstruation reste un gros tabou, tu vois ? Ça se fait de plus en plus de la fêter, justement, parce que toutes les filles devraient...

— Nan, l'ai-je tout de suite coupée sans même quitter l'écran des yeux. Pas de vidéo sur mes règles.

Elle est restée silencieuse un moment, et puis :

— Tout ce que je dis, c'est qu'il n'y a rien à cacher.

— On en a déjà parlé, maman... S'il te plaît, ne mets rien sur YouTube, OK ? Si les gens du collège voient ça, c'est la fin de ma vie.

En posant mon smoothie, j'ai fait tomber deux trois gouttes de jus rouge sur la table basse.

— C'est juste que, a-t-elle commencé en me lançant un regard, c'est l'occasion de donner une image différente du corps des femmes et des filles grâce à notre audience...

— Maman ! ai-je crié cette fois-ci, en me redressant. Mes règles n'ont rien à faire sur Internet !

— D'accord, d'accord... Laisse-moi juste prendre quelques photos pour Lars, alors. Il était un peu triste de ne pas être invité.

— Tu as tout raconté à papa, c'est ça ?

— C'est complètement naturel, Eva. Tu grandis, c'est tout. Il n'y a rien de honteux là-dedans.

— Justement, j'aurais bien aimé avoir des parents qui sont du genre à avoir honte dans ce type de situations...

— J'ai mes règles depuis plus de trente ans, a-t-elle poursuivi, comme si elle ne voyait pas que j'étais super gênée. Lars est plus qu'habitué !

— Ça me dégoûte...

— Eva, ça n'a rien de dégoûtant ! C'est ce que j'essaie de t'expliquer. On pourrait se servir de la chaîne pour montrer aux gens que les règles, c'est...

— Je sais très bien comment c'est, maman ! Pas besoin des commentaires de vos abonnés !

J'ai croisé les bras et secoué la tête quand elle a voulu me tendre mon verre.

— Je suis désolée, a-t-elle fait en me prenant dans ses bras. *La Vie d'Eva*, on oublie. On n'a qu'à manger du gâteau et profiter de la fête.

Elle a levé son verre et, sans grande conviction, j'ai trinqué avec elle.

— Bienvenue au club des femmes, ma chérie. Et je te promets que tout ça, c'est pour toi et personne d'autre.

Elle a bu une gorgée avant de me recoiffer un peu à l'avant.

— Sauf si une de ces applis de suivi des règles ou une grande marque de tampons accepte de nous sponsoriser. Ça, ce serait cool !

Je lui ai lancé un regard noir.

— Ça va, je plaisante !

Elle m'a serrée contre elle et j'ai senti son souffle chaud dans mes cheveux.

— Ma petite Eva grandit...

Après tout ça, j'étais persuadée qu'elle tiendrait sa promesse. J'ai soufflé ses bougies rouges, mangé son gâteau et ouvert ses cadeaux ; j'ai même accepté de me mettre des autocollants en forme d'utérus sur le visage. Joyeuses premières règles, Eva... Prête pour la pire journée de ta vie ?

5

SPUD

Le lendemain, même avec une culotte menstruelle et une serviette hygiénique, j'avais toujours super peur des fuites. J'ai scruté mon reflet un million de fois dans le miroir de ma chambre, et une de plus dans les portes vitrées de la terrasse, en bas. Pour la première fois de ma vie, j'étais ravie que la jupe plissée soit obligatoire au collège. J'ai sorti mon agenda le plus discrètement possible de mon sac, mais mon père doit avoir une ouïe surdéveloppée parce qu'il s'est tout de suite retourné. Peut-être que plus on est grand, plus on perçoit d'ondes sonores...

— Eva ! s'est-il exclamé tout en s'essuyant les mains pour attraper la caméra. Lundi matin, ce n'est pas un peu tard pour vérifier si on a des devoirs ?

C'était sur le ton un peu blagueur qu'il prend systématiquement pour me demander quelque chose pendant que ça tourne.

Ils ne publient des « vidéos famille » que deux fois par semaine, mais filment presque en continu pour pouvoir poster à chaque nouvelle tendance – en plus des vlogs sponsorisés, des vidéos spéciales actus et des lives de temps en temps. Bref, je ne compte plus le nombre de fois où les gens m'ont regardée manger mon petit déj...

— Tu as eu tout le week-end pour faire ton travail ! a rappelé mon père au moment où je m'asseyais.

— Normalement, le week-end, c'est fait pour se reposer, ai-je répondu en souriant une demi-seconde, pas plus.

Il a tourné la caméra vers lui et, les sourcils froncés, a ajouté :

— Vous avez entendu ? Selon Eva, il faudrait ne rien faire de ses week-ends !

Et puis il s'est lancé dans une grande tirade pour expliquer qu'il travaillait très dur à l'école, lui.

J'ai fait semblant de ne pas écouter et, en feuilletant mon agenda, je suis tombée sur un devoir d'histoire que j'avais complètement oublié.

— Du coup, papa, tu peux m'expliquer toutes les causes de la première révolution anglaise ? Me faire un petit résumé ?

Je l'ai gratifié d'un autre faux sourire.

Il a lâché un énorme soupir face à l'objectif et m'a tendu son iPad.

— Qui d'autre a des enfants comme ça ? On attend vos commentaires !

Il s'est remis à me filmer et m'a dit de chercher le roi Charles Ier sur Google.

— Merci. Mrs Peters va être contente.

Je l'ai vu lever les yeux au ciel derrière la caméra.

— Heureusement que tes profs prennent ton travail au sérieux, eux !

— Faut croire que maman avait raison hier... Il y a des choses plus importantes que les devoirs dans la vie.

Et là, il a failli s'étouffer avec son smoothie.

La page Wikipédia sur Charles Ier est interminable. Ça lui ressemblait bien, à la prof d'histoire, de nous demander de faire des recherches sur quelqu'un d'aussi connu... J'ai continué à lire pendant quelques minutes pour trouver de bons passages à copier-coller, et j'ai zoomé sur une photo de lui. J'aimais bien sa cape ; par contre, sa barbe en pointe avait quelque chose de perturbant. Quelqu'un a frappé à la porte, et je savais qui c'était avant même qu'il entre.

— Salut, Spud, ai-je lancé sans même avoir besoin de lever les yeux. Tu sais, cette histoire de révolution... Charles Ier, c'était le méchant ?

— Disons que ça ne s'est pas très bien terminé pour lui.

Il m'attendait devant la porte.

— T'es vraiment en train de faire le devoir, là ?

— Plus ou moins...

J'ai transféré le lien Wikipédia sur mon iPhone en une seconde.

— Bonne journée, vous deux ! a fait mon père en me tendant mon déjeuner.

— Je me ferais bien la même coupe que les Têtes rondes, a annoncé Spud pendant que j'enfilais mes chaussures d'uniforme. T'en penses quoi ? Ma mère est contre...

— Les Têtes rondes ? C'est quoi ?

Ça l'a fait sourire.

— On sent que t'as pas fait ton travail, toi ! C'étaient les puritains qui soutenaient le Parlement. Regarde.

Il m'a montré une image sur son portable.

— Euh... on n'a pas eu la même conversation quand on étudiait les Romains ?

Il a pris le temps de réfléchir.

— À l'époque, je voulais une cagoule avec une crête iroquoise dessus.

— Spud... Ce que je veux dire, c'est que ça te faciliterait pas mal la vie de ne pas définir ton look en fonction de ce qu'on voit dans le cours de Mrs Peters.

— Hé, Spud ! a lancé ma mère en ouvrant la porte. Lars t'a proposé un petit déjeuner ?

— Pas besoin, madame Andersen. J'ai mangé quatre Weetabix avant de partir.

— Quatre ?

Elle a écarquillé les yeux.

— J'ai déjà du mal à en finir un !

Spud s'est retenu d'éclater de rire en me voyant grimacer. Manger seulement la moitié de sa nourriture, c'était son truc, à ma mère : une sorte de régime un peu bizarre qu'elle faisait plus ou moins tout le temps.

— Tu as tout ce qu'il te faut, chérie ? a-t-elle ajouté en me faisant un bisou sur la tempe.

J'avais les joues en feu ; qu'elle me tende un mégapack de serviettes là tout de suite, tant qu'à faire ! J'ai vite entraîné Spud.

— On y va ! Faut pas qu'on soit en retard.

— Très bien ! a commenté mon père au moment où on partait.

— Et tu sais qu'il faut rentrer tôt, Eva, a rappelé ma mère. On tourne la pub dont je t'ai parlé dès ton retour du collège, d'accord ? Alors ne traîne pas.

Elle a fermé la porte sans me laisser le temps de répondre.

— Je croyais que tu ne voulais plus faire toutes ces vidéos promo, m'a dit Spud alors qu'on entamait la montée vers le collège.

Il était là en chair et en os le jour où j'avais dû me déguiser en avocat géant : il avait même proposé de le faire à ma place. Vu que les gens se moquaient déjà de lui en cours, il ne voyait pas trop ce qu'un costume pourrait changer. Ma mère avait refusé, mais ça prouve quand même que c'est le meilleur voisin du monde.

— Tu les connais, ai-je répondu en enfilant mes gants. Tu crois qu'ils m'écoutent ? Déjà, ils m'ont promis que je n'aurais plus jamais à m'habiller en légume...

— L'avocat, c'est un fruit, a-t-il précisé, le sourire aux lèvres.

— C'est pareil, ai-je rétorqué en lui donnant un coup de sac-repas dans le bras. J'ai pas vraiment le choix, de toute façon...

J'ai vu Hallie qui m'attendait au coin de la rue et les copains de Spud sur le trottoir d'en face, devant l'épicerie. C'est un peu comme si on avait signé un pacte, lui et moi : on ne traîne pas ensemble au collège. Je ne sais plus trop quand ça a commencé, et on n'en a jamais vraiment discuté... mais dès qu'on arrive en haut de la rue, chacun part de son côté. J'ai quand même pris le temps de lui donner un conseil :

— Si jamais tes copains te disent de te faire la coupe au bol, les écoute surtout pas, OK ?

— D'accord, a-t-il répondu en agitant ses cheveux touffus au vent. À plus !

Il a traversé pour rejoindre son groupe, que tous les cinquièmes appellent les Geekophobes. Ils sont super sympas, en fait, sauf qu'ils citent beaucoup trop *Star Wars*... Spud n'arrête pas de dire qu'on devrait les appeler autrement, vu qu'un « geekophobe », en réalité, c'est quelqu'un qui a peur des geeks. J'ai déjà essayé de lui expliquer que ce genre de commentaire, c'est typiquement ce qui leur a valu ce surnom à la base.

— Je vais peut-être tester la coupe au bol sur Bubulle ! a-t-il crié une fois de l'autre côté de la rue. Ça ferait bien ressortir son côté agressif !

— C'est ça, ouais ! Et c'est *Miss* Bubulle, je te signale !

Je voulais avoir l'air sérieuse, mais j'ai pas pu m'empêcher de pouffer. C'est vrai qu'elle grogne dès qu'il tente de s'approcher d'elle. Malgré le bruit de la circulation, j'ai entendu Spud rigoler. Mais quand j'ai vu Gabi traverser dans l'autre sens, ça m'a ôté toute envie de rire. J'ai quand même essayé de faire bonne figure...

— Cookies maison, tout frais ! a fait Hallie en ouvrant la boîte qu'elle avait dans les mains.

— Oh là là, Hals... Ils ont l'air trop bons ! Merci.

— Il disait quoi, Spud ? est intervenue Gabi. J'en reviens pas que tu continues à faire la route avec lui... Il est trop bizarre.

J'étais prête à lui rabattre le caquet, mais je me suis ravisée quand j'ai vu le regard que me lançait Hallie. Avant Noël, je lui avais promis de faire plus d'efforts pour m'entendre avec Gabi. C'était plus ou moins facile selon les jours.

— Hé, mais tu as fait des gâteaux ? a lancé Gabi à Hallie.

Elle m'a presque donné un coup d'épaule en s'avançant, comme pour me virer de la conversation.

— Ouais ! C'est pour Eva, pour fêter... euh... (Elle m'a fait un sourire gêné.) Je l'ai dit à Gabi hier soir, désolée...

— C'est pas grave, ai-je répondu malgré un sursaut de colère.

Alors que je lui avais demandé de garder le secret, elle était allée raconter ça à Gabi la Zombie... Et en plus, elles s'étaient parlé en privé.

— Ah ouais, tes règles... Moi, je les ai depuis genre le CM2.

Et madame a dressé la tête comme si on venait de la couronner reine des Règles, ou un truc du genre.

— C'est tellement galère quand on fait de la gym...

— Ouais, ai-je fait en évitant le regard de Hallie. Bah, je vais peut-être pouvoir me faire dispenser d'EPS cet après-midi.

— Ça m'étonnerait... Même la fois où Lucie Simms s'est luxé l'épaule au netball, Mrs Marshall l'a forcée à continuer le match.

— Elle avait juste une crampe, non ?

— Laisse tomber... Elle était en pleurs pendant toute la deuxième mi-temps. Mais tu peux pas comprendre : t'es pas sportive comme nous.

J'ai dû me mordre la lèvre pour ne pas répondre. C'était physiquement impossible pour moi de la supporter. Elle m'a lancé un sourire sarcastique en prenant Hallie par le bras, et j'ai dû marcher sur le bord du trottoir. Hallie et moi, on était officiellement meilleures amies, mais chaque fois que Gabi était là, j'avais l'impression d'avoir été rétrogradée. Comme si ce lien si fort entre nous était tout distendu.

Pendant le cours, Miss Wilson nous a rappelé que, le mois prochain, c'était à nous d'organiser l'assemblée générale des cinquièmes.

— Et certains d'entre vous n'ont encore rien mis sur le Mur des Réussites ! a-t-elle lancé, tout sourire, en me regardant droit dans les yeux.

C'était une sorte de tableau d'affichage qu'elle avait installé au début du trimestre, où chacun était censé accrocher sous son nom des images de ses plus grandes fiertés. Sous celui de Hallie il y avait déjà plusieurs mots élogieux de ses professeurs, des photos de ses médailles de gym, et l'insigne du conseil des élèves ; sous celui de Gabi, une photo d'elles deux à l'entraînement, et des félicitations de profs super vieilles qui dataient en fait de l'année dernière (mais Miss Wilson n'avait peut-être pas fait attention). Pour Rami, c'était un prix en sciences, et pour Anjuli une photo d'elle et son équipe de hockey avec un trophée au premier plan. Tout le monde avait quelque chose de bien à mettre sur le tableau, sauf moi (et Spud, qui avait affiché une image trafiquée de son cochon d'Inde tenant un sabre laser). Je n'avais rien trouvé qui mérite d'aller sur le Mur des Réussites. Hallie m'avait conseillé de choisir un de mes dessins, mais c'était personnel, et je n'avais pas envie de les montrer à tout le monde. J'aurais voulu accrocher les félicitations officielles de Miss Wilson pour mon travail en arts plastiques... Sauf qu'elle refusait d'en faire par principe parce que, selon elle, l'art, ça n'a rien d'une compétition. Évidemment. Donc, à moins de faire du jour au lendemain des progrès miraculeux dans les autres matières, ma place sur le Mur des Réussites était condamnée à rester vide.

— Il me faut quelque chose *cette semaine*, Eva, a-t-elle poursuivi en agrafant au tableau les coins du certificat de lecture doré de Nadira. Il ne manque que toi, et je suis sûre que tu as plein de choses très cool à partager avec nous !

— Elle partage déjà tout sur sa page YouTube, Miss, a signalé Gabi en m'adressant un petit sourire narquois. T'as qu'à prendre des captures d'écran, Eva.

— C'est la chaîne de mes parents, pas la mienne !

Hallie m'a regardée comme si c'était moi qui avais fait quelque chose de mal.

— Bon, parlons un peu de notre assemblée générale ! a repris Miss Wilson en tapant dans ses mains.

Elle avait des bagues à chaque doigt, même au pouce, et des boucles d'oreilles à plumes qui lui tombaient presque sur les épaules.

— J'espère que vous avez tous réfléchi ce week-end comme prévu, et que vous avez des idées.

Gabi a aussitôt levé le doigt.

— Et si Hallie faisait son enchaînement de gym, Miss ? Elle s'est qualifiée pour la finale départementale !

Je lui ai lancé un regard qui voulait dire : « Tu m'as pas raconté ? » et, dans le sien, j'ai lu : « Tu m'as pas demandé ! » Puis elle a baissé les yeux et s'est mise à tripoter l'écusson « *Black Girl Magic* » sur sa trousse. En repensant à la séance photo de Clevedon Hall pour Belles et Fières et à mon siège vide à sa compétition, mon estomac s'est un peu noué. J'ai dégluti.

— C'est une très bonne suggestion, Gabi, et je serais ravie de voir ton enchaînement, Hallie... Mais l'idée, c'est que tout le monde participe.

Spud a levé la main à son tour.

— Pourquoi pas une démonstration de jujitsu ?

— Merci, Euan. Mais je ne suis pas sûre que ce soit possible, vu que le règlement du collège interdit la violence.

— Mais c'est un art martial non-violent ! a-t-il protesté.

Sans l'écouter, Miss Wilson s'est mise à taper sur son clavier.

— Il y a peut-être une journée de quelque chose qui tombe le mois prochain. La Journée nationale de la *tartine* ? Mon Dieu...

Spud a carrément jailli de sa chaise cette fois-ci.

— Je peux amener mon cochon d'Inde, Miss ! Il s'appelle Tartine, justement !

— Ce serait avec plaisir, Euan, a-t-elle répondu en riant, mais je ne pense pas que Mr Andrews accepte les animaux dans la salle de réunion.

— Ça devrait même pas être autorisé, les animaux de compagnie, aux gens comme lui... a ajouté Gabi à voix basse, ce qui lui a valu un petit coup de coude de Hallie.

— Et si on refaisait un tableau en direct, Miss ? a proposé Dinah. C'était trop bien l'année dernière !

— C'est vrai que c'était super ! a-t-elle concédé en souriant. Mais Mr Andrews n'était pas vraiment ravi que le sol soit couvert de peinture... (Elle a tapoté sur son clavier.) Ah, ça, ça a l'air intéressant : la Journée mondiale sans écrans. « Un jour où les gens sont invités à se déconnecter des nouvelles technologies, du lever au coucher du soleil. » C'est quelques semaines après l'assemblée générale, mais on pourrait très bien organiser notre propre journée hors ligne. Ça me semble parfait : vingt-quatre heures sans aucun écran !

Alfie a levé la main.

— Et comment on va faire pour se parler ?

— Il suffit d'ouvrir la bouche, a-t-elle rétorqué, hilare. À mon époque, on communiquait très bien sans tout ça. Pas besoin de FaceTime quand on se parle face à face...

Elle a continué, les bras croisés :

— Plus j'y pense, plus je suis convaincue que ça vous fera le plus grand bien de « débrancher ». On va tous participer, et on présentera un bilan de nos expériences à l'assemblée. C'est d'accord pour tout le monde ?

Pas une seule main ne s'est levée.

— Je vois. Raison de plus de le faire... Sortez vos agendas, s'il vous plaît, on va noter le jour où nous nous déconnecterons. Pourquoi pas le 31 janvier, vu que c'est un dimanche ?

Elle a écrit au tableau la date de la Journée hors ligne des 5e W, avant de se tourner soudain vers moi.

— Ah, Eva ! Je n'avais pas pensé à toi... Tu vas pouvoir participer ?

— Pas de problème, me suis-je empressée de répondre.

— T'es sûre ? a demandé Gabi d'un air faussement inquiet. Attention à ne pas perdre des abonnés...

Je n'ai rien répondu, mais Hallie m'a vue faire la grimace dans son dos.

*

À la cantine, je me suis mise à la même table qu'elles et deux trois autres filles de la classe. Je n'étais pas vraiment d'humeur à fêter quoi que ce soit, vu qu'on sortait du contrôle de physique, que j'étais à peu près sûre d'avoir raté. Je n'avais trouvé que quatre réponses – en comptant mon prénom... Mais quand Hallie a fait passer les cookies, je suis restée souriante et j'ai fait comme si ça ne me dérangeait pas que Gabi ait pris la place à côté d'elle.

— Ta mère a dit quoi, alors ? a demandé Jenna, presque collée à moi. À tous les coups, tu vas recevoir plein de trucs gratuits pour les règles maintenant !

— J'espère que non, ai-je fait en prenant une première bouchée. Elle a dit qu'elle ne posterait rien, donc...

— Oh mon Dieu, a lancé Gabi, qui mettait des miettes partout. T'imagines ? Rien que si ma mère écrivait le mot « règles » sur Facebook, je serais morte de honte.

On pensait pareil, pour une fois. À ce moment-là, j'étais encore persuadée que ma mère ne ferait rien, après sa promesse. Avec le recul, je vois bien que c'était complètement débile de lui faire confiance.

C'est arrivé juste après le déjeuner. Enfin, Alfie Stevens est arrivé, pour être plus précise. Il passait déjà son temps à rediffuser des extraits de vidéos de la chaîne : plein de vieux films de moi en train de me ridiculiser, soit en dansant soit juste en parlant. Après la publication de ma mère sur les crèmes antiacné, j'avais eu droit au surnom Eva Bouton pendant un mois. Et encore, Alfie n'avait pas besoin de tout ça pour trouver l'inspiration, étant donné que, dès les premiers cours d'éducation sexuelle, il s'était mis à se moquer de mes seins inexistants. Pendant la dernière interro de géographie, Mr Khatri avait demandé quel était l'endroit le plus plat de la planète, et il avait hurlé « La poitrine d'Eva ! » avant de se mettre à rire en mode mitraillette. Il avait passé tout le déjeuner en colle, et moi tout le trimestre à rêver de lui balancer la gomme géante de Spud en pleine tête.

Sauf que, d'habitude, je pouvais anticiper les railleries d'Alfie. Au moins, quand on s'attend à être humilié, c'est peut-être un peu moins difficile à encaisser...

En sortant de la cantine, on est allées en cours d'allemand. Mr Scott n'était pas encore dans la salle, mais Alfie si, assis sur une table, les pieds posés sur une chaise. Il avait ses copains autour de lui, tous penchés sur son téléphone. Ils lui ont donné des coups de coude quand je suis arrivée. J'ai vu une flamme s'allumer dans ses yeux, et il a tapoté l'écran pour relancer la vidéo qu'ils étaient en train de regarder. J'ai tout de suite reconnu la voix suraiguë de ma mère, qui hurlait « MA PETITE FILLE CHÉRIE EST UNE FEMME ! », et mon cœur s'est arrêté.

6

MERCI D'AVOIR REGARDÉ !

Tous les regards étaient rivés sur moi, et j'avais l'étrange sensation que tout ça n'était pas vraiment réel : et si j'étais en plein cauchemar ? Mais la voix de ma mère ne s'est pas arrêtée, et mon cœur battait maintenant si fort que les autres l'entendaient sûrement : « Mon bébé a passé une sacrée étape ce week-end. Eh oui, notre petite Eva n'est plus si petite ! Elle a eu ses règles ! »

Alfie a brandi son portable pour que tout le monde puisse voir l'écran.

— Eva... Tu as fait une fête pour tes règles ? *Sérieux* ? m'a-t-il lancé, du dégoût plein la voix, avant de tendre le téléphone à Buddy, Khalil et Lucas. Par contre, sa mère est super canon, vous trouvez pas ?

J'avais le visage en feu, écarlate, et je sentais les larmes me monter aux yeux. Si seulement j'avais pu lui arracher son portable et le balancer par la fenêtre – et son propriétaire avec, si possible... Sauf que j'avais l'impression d'être clouée au sol. Et de toute façon, la salle d'allemand est au rez-de-chaussée.

— Fais pas ton gamin, Alfie, a lâché Hallie en s'avançant vers lui.

Elle a tenté d'attraper son téléphone, mais il s'est mis debout sur la chaise et la vidéo a continué. J'ai entendu quelques bribes – « produits », « kits de règles », et le titre de ce bouquin qu'elle m'avait donné. Si la chaîne n'était vraiment qu'« un tout petit point dans la grande tapisserie » que je suis, comme disait Farmor, alors pourquoi est-ce que j'avais l'impression que toutes les coutures de mon cœur étaient en train de craquer ? Chaque mot de ma mère, chaque reniflement, chaque soupir m'enfonçaient un peu plus. J'ai battu des paupières pour retenir les larmes qui me brûlaient les yeux.

— Alfie ! a crié Hallie. Stop !

Complètement paralysée, je suis restée plantée devant une affiche de grammaire allemande, à écouter ma mère annoncer mes premières règles au monde entier.

« On a fêté ça tranquillement toutes les deux. Désolée pour Lars, mais Eva a été claire : interdit au papa ! J'attends vos commentaires : les pères ont aussi leur place, à votre avis ? J'avais préparé une boîte cadeau spécialement pour l'occasion, vu qu'on ne sait jamais quand ça va arriver ! Eva était rassurée de savoir que tout était déjà prêt. C'est à nous de montrer à nos filles que ça peut les rendre plus libres et plus fortes ! Que ce n'est ni honteux, ni dégoûtant ! On est des guerrières des règles ! Comme d'habitude, je vous mets les liens vers tous ces produits dans la description. Non mais regardez-moi cette culotte menstruelle trop mignonne avec des licornes ! Elle est géniale, non ? La marque s'appelle Laisse Couler. C'est joli, c'est confort, et surtout, ça empêche les fuites ! »

— Beeeeeeurk ! a lancé Alfie en grimaçant.

Ses copains étaient morts de rire. Hallie a refait une tentative pour lui arracher son portable, sans succès.

— Des guerrières des règles ?! a répété Lucas.

Hilarité générale. Luttant toujours pour ne pas éclater en sanglots, j'ai senti Jenna me prendre le bras.

Et c'est là que tout a basculé : les semelles clouées à la moquette marron de ma salle d'allemand, j'ai senti monter en moi vague après vague de colère et de honte, alors que toute la classe avait les yeux braqués sur ma nouvelle culotte menstruelle antifuites. En essuyant une larme, j'ai remarqué que mes mains tremblaient. J'avais des tonnes de choses à dire mais, pour l'instant, tout ce qui sortirait si j'ouvrais la bouche, ce seraient des hurlements. J'avais envie de *tuer* ma mère.

J'ai entendu Hallie répéter à Alfie d'arrêter la vidéo, puis Mr Scott demander ce qui se passait d'un ton sévère. Alfie est descendu de la chaise, et tout le monde a aussitôt filé s'asseoir.

En me serrant le bras, Jenna m'a murmuré avant d'aller s'installer :

— C'est un gros abruti. Ta mère est trop géniale !

— Ça va ? m'a glissé Hallie quand on s'est assises à notre bureau. Il est tellement immature...

Mon cahier était plein de petits dessins mais, pour une fois, je n'en ai pas fait un de tout le cours. J'ai juste écouté le prof nous parler allemand sans rien y comprendre, comme d'habitude. J'entendais mon cœur tambouriner jusque dans mes oreilles et je ravalais mes larmes toutes les deux minutes.

— T'inquiète pas, a chuchoté Hallie en cherchant la bonne page dans le manuel. Il n'y a qu'Alfie qui en fait tout un plat, et il est complètement débile. Tout le monde aura oublié demain.

Quand elle a vu ma tête, elle a ajouté en souriant :

— Bon, OK, peut-être pas demain, mais à la fin de la semaine. C'est pas grave, Eva... T'es pas la seule à avoir tes règles.

— Non... mais je suis la seule dont la mère le dit sur YouTube.

Mr Scott nous a lancé un regard, et elle s'est vite mise à recopier les phrases écrites au tableau.

— Mais... a-t-elle repris dès qu'il a tourné le dos, tu te souviens de la fois où ma mère s'était énervée en live sur Instagram parce que je n'étais pas rentrée tout de suite après la gym ?

— Oui, mais c'était pas fait exprès...

— C'était quand même la honte ! (Elle m'a donné un petit coup de coude pour que je me mette aussi à écrire.) Plein de gens ont vu ça.

— C'est pas pareil... Toi, c'était genre dix personnes. Alors que là, des centaines de milliers de gens vont voir la vidéo...

Je me suis regardée dans le miroir de poche que j'ai dans ma trousse : avec mes yeux rouges et bouffis, on voyait encore moins mes sourcils que d'habitude, et en plus, j'avais des plaques partout dans le cou.

— C'est pas parce que ça t'arrive à toi que c'est forcément pire, a fait Hallie d'une petite voix. Moi aussi j'ai honte, des fois.

— Je sais, je ne voulais pas dire que... ai-je commencé, mais Gabi s'est penchée et m'a interrompue :

— Tu sais bien qu'y en a que pour Eva : c'est le principe de la chaîne...

Ça m'a laissé un goût amer, et vu le sourire qu'elles ont échangé, ça n'était sûrement pas la première fois qu'elle sortait un truc pareil.

Avant même que j'aie une chance de répondre, Mr Scott m'a appelée : il voulait que je lise la première phrase écrite au tableau, sauf que pour moi, c'était du grec ancien. Hallie a levé la main et récité parfaitement le texte.

— *Danke*, Hallie. Heureusement qu'il y en a qui suivent, a-t-il ajouté en me fixant, avant de passer à quelqu'un d'autre.

— Merci beaucoup, ai-je glissé à ma voisine avant de me mettre à colorier les marges du cahier, un coude sur la table.

Alfie avait sans doute envoyé la vidéo à tout le monde pendant le déjeuner, donc elle circulait déjà dans tout le collège. J'ai attendu que le prof se tourne vers le tableau pour sortir mon portable et aller sur la page YouTube de mes parents : « Eva a eu ses règles !!! » était dans la catégorie « vidéos spéciales ». En miniature, ma mère avec les ballons rouges de la fête à la main. 14 493 vues, 3 500 pouces levés, 36 pouces baissés, 102 commentaires. Ça m'a donné envie de vomir.

Hallie m'a donné un coup sous la table.

— Tu es avec nous, Eva ? m'a demandé Mr Scott.

J'ai vite posé le téléphone sur mes genoux et levé les yeux vers lui.

— *Was hast du am Wochenende gemacht ?* Tu as fait quoi ce week-end ?

Tout le monde a rigolé, et je me suis demandé si ça n'était pas une mauvaise blague.

Alfie s'est tourné vers moi en souriant bêtement :

— Raconte, Eva ! Il s'est passé quoi, ce week-end ?

— Alors ? a insisté le prof, les mains sur les hanches.

— Euh...

J'entendais les autres s'esclaffer, ce qui me donnait moyennement envie de raconter quoi que ce soit. J'ai entendu la voix de Spud :

— Je veux bien répondre, monsieur !

— Merci, Euan. Mais c'est à Eva que j'ai posé la question, a-t-il rétorqué d'une voix ferme.

— *Möge die Macht mit dir sein.*

Personne n'a compris la réponse de Spud, même pas Hallie. En temps normal, je lui aurais adressé un « merci » silencieux à travers la pièce mais là, je ne pouvais même pas le regarder, tellement j'étais gênée qu'il soit au courant pour mes règles.

— Euan, qu'est-ce qu'on a dit sur les références à *Star Wars* en dehors du club des jeux ? lui a rappelé Mr Scott avant de se retourner vers moi.

Je suis redevenue toute rouge.

— Eva, *was hast du am Wochenende gemacht* ?

— Je suis allée prendre un milk-shake, ai-je répondu d'un trait.

— *Auf Deutsch !* a-t-il soupiré. Dis-le en allemand !

— Ah ouais... ai-je grogné.

Franchement, comment j'étais censée savoir traduire « milk-shake » ? J'ai cherché désespérément les mots que je connaissais – c'est-à-dire deux ou trois, pas plus. J'étais presque sûre que « *getrunken* », ça voulait dire « boire »... et le lait, ça se disait « *kuh* », non ? J'ai poussé un soupir et j'ai tenté. C'était sans doute à peu près ça :

— *Ich habe eine kuh getrunken.*

À côté de moi, en silence, Hallie était secouée de rire.

— Bravo, Eva. Ce que tu viens de me dire, c'est que tu avais bu une vache, a soupiré le prof.

Et même moi, ça m'a fait rigoler.

Sur le chemin du retour, Spud m'a expliqué que ce qu'il avait dit, c'était : « Que la Force soit avec toi », en pensant que ça suffirait pour que Mr Scott arrête de me poser des questions sur mon week-end.

— C'est gentil...

On était devant chez moi.

— Mais c'était pas la peine, j'te jure.

— Je sais, a-t-il répondu en prenant de l'élan avant de sauter par-dessus le mur qui séparait nos jardins. Tu peux te défendre toute seule, maintenant que t'es une femme !

J'ai entendu ses chaussures racler le gravier à l'atterrissage. Même si j'étais toujours aussi énervée, il m'a quand même arraché un petit rire.

Sauf que dès que je me suis tournée vers la maison, la colère est remontée d'un cran. La veille encore, on était en train de s'amuser : on mangeait du gâteau et on se montrait les dessins les plus drôles du livre sur les règles. Des trucs privés, entre mère et fille... qu'aujourd'hui des milliers d'inconnus, et la moitié de mon collège, avaient vus. Je réfléchissais depuis plusieurs heures à un discours, mais là, je n'avais même plus envie de passer la porte. J'ai appuyé sur mon écran : *cent trente-cinq mille vues* ? Ça m'a donné le tournis. Mais je n'ai pas pu m'empêcher de faire défiler les commentaires :

Félicitations, Jen !

Merci mille fois d'avoir partagé ce moment !!!

Oh mon Dieu j'ai pleuré

J'ai donné à ma fille un kit de règles d'urgence à mettre dans son casier !

Joyeuses premières règles, Eva !!! Profite bien de tes cadeaux !!!

Je pensais qu'elle les avait déjà

Dommage qu'on n'ait pas pu voir la fête 😟

Mets un like si tu suis la chaîne depuis qu'Eva est bébé et que là, tu hallucines 1 400 👍

Sur le pas de la porte, j'étais à l'abri du vent, mais il faisait quand même un froid glacial. Dans la rue, certains réverbères déjà allumés étaient entourés de petits halos orangés. Les mains tremblantes, j'ai continué à lire commentaire sur commentaire (et les réponses), et à rafraîchir le nombre de vues jusqu'à ne plus sentir mes pouces. Alors qu'au départ, je ne voulais même pas le dire à mon père, plus de quatre cent mille personnes étaient maintenant au courant de mes premières règles. Je me demandais ce qu'auraient dit tous ces gens en me voyant là tout de suite, debout devant la porte, saisie par une peur trouble qui m'envahissait l'estomac, puis la tête, pour venir se déverser sur mon cœur. Mais cette Eva-là, c'est celle que personne ne voit jamais. Celle qu'on coupe au montage, qu'on supprime : celle qui n'aurait ni likes ni abonnés. Celle qui n'intéresse personne, seule sur le perron, au bord des larmes, à regarder sa vie se désintégrer à l'écran sans rien pouvoir y faire.

7

IL NE FAUT PAS LIRE LES COMMENTAIRES

Quand j'ai ouvert la porte, ma mère était en train de descendre l'escalier, le visage tartiné d'une substance verte gluante. J'ai senti mon cœur se serrer. C'était elle tout craché : mettre une espèce de masque bizarre pour me faire rire. Raté... Il fallait qu'on parle, et tant pis si elle avait une tête de figurante dans *Doctor Who*. J'ai regardé la caméra sans sourire.

— Oh, Eva, tu es gelée !

La croûte verte a commencé à se craqueler autour de sa bouche.

— Tout va bien ?

— Tant que tu filmes, je n'ai rien à dire, ai-je annoncé, bouillant de colère.

— S'il te plaît, Eva. C'est juste du remplissage, pour la vidéo de mercredi. C'était bien, les cours ? Ça te dit d'essayer ce nouveau masque pour le visage ? L'argile rose, tu connais, non ? Bah ça, c'est de la boue verte, infusée à l'eucalyptus, au charbon purificateur et à quatre autres minéraux. Tu trouves pas que ça sent super bon ?

J'ai fixé l'objectif.

— Ça te fait une tête de sorcière.

— Eva... a-t-elle dit en baissant la caméra. C'est pas exactement la réaction que je cherche...

— T'as fait une vidéo sur mes règles ! ai-je hurlé. Alors que tu m'avais promis !

C'était pas tout à fait la longue tirade que j'avais en tête, mais c'est tout ce que j'ai réussi à dire avant que ma voix se brise. Les mots se sont abattus comme un coup de tonnerre entre nous.

— Ah, tu l'as déjà vue...

Elle n'arrivait pas à parler distinctement à cause du masque.

— Je suis vraiment désolée, chérie ! Je voulais t'en parler ce soir. Je ne pensais pas que tu regarderais pendant les cours... Tu ne voulais pas que je filme la fête, donc je ne l'ai pas fait, mais il fallait bien que je montre les produits de ta boîte cadeau...

Elle a voulu poser sa main sur mon épaule, mais je me suis dégagée.

— Oh, ne m'en veux pas ! S'il te plaît...

— Évidemment que je t'en veux ! ai-je rétorqué, les joues pleines de larmes. Les gens du collège ont tous vu la vidéo ! Même Mr Scott est au courant ! Tu m'avais *promis*...

L'air gêné, elle a répété :

— Je suis vraiment désolée, mon cœur... Je ne voulais surtout pas te faire de la peine. J'allais t'en parler avant, mais un des sponsors me mettait la pression, et...

Chaque mot qu'elle prononçait me piquait autant que l'huile essentielle d'arbre à thé que Farmor mettait sur mes éraflures quand j'étais petite. J'avais l'impression que mon cœur allait exploser et j'ai crié :

— Non mais j'y crois pas !

— Oh, Eva, ma chérie...

Elle a voulu me prendre dans ses bras, mais j'ai reculé. Alors elle m'a répété qu'elle m'aimait, encore et encore, mais ça ne changeait pas grand-chose.

— C'est normal que ça te gêne, a-t-elle dit.

Enfin, si j'ai bien compris : vu que le masque avait complètement figé, elle devait se tordre la bouche dans tous les sens pour libérer ses lèvres.

— Ça me rend triste de te voir comme ça... Mais tu sais, toutes les filles ont leurs règles. D'ailleurs, c'est déjà un de nos plus grands succès dans les « vidéos spéciales ». Les choses sont en train de changer, chérie : la menstruation, ça n'a plus rien de honteux.

— Tu ne comprends pas, maman... ai-je insisté, la voix tremblante de rage. Il faut que tu l'enlèves, tout de suite. Plus personne ne doit la voir.

— Eva, écoute-moi. Une fois que tu seras calmée, tu verras...

— Ça ne risque pas ! Je ne veux plus être sur votre chaîne débile ! Ça me pourrit la vie !

Une alarme s'est mise à sonner, mais j'étais trop énervée pour sursauter.

— Mon Dieu ! a fait ma mère en tapotant son écran, puis ses joues. Désolée, chérie, il faut absolument que j'enlève ce masque. Je ne peux pas trop attendre, ça commence à piquer... Mais après, on va discuter de tout ça sérieusement, d'accord ?

Elle s'est ruée à l'étage et s'est penchée sur la rampe pour me lancer :

— Le propriétaire du *Bazar des Crêpes* est passé nous remercier tout à l'heure, et il nous a gentiment offert un pot de leur glace au marshmallow ! Sers-toi pendant que je me prépare, OK ? Et je veux bien une demi-boule.

Le masque continuait à se fendiller sur son visage pendant qu'elle parlait : on aurait dit un étang asséché.

J'ai laissé mon manteau par terre, pris mon carnet à dessin dans mon sac, et je suis allée m'installer dans le petit salon télé. J'aurais préféré me réfugier dans ma chambre, mais je voulais mettre le plus de distance possible entre elle et moi.

Je me suis essuyé les yeux sur ma manche. Assise sur le canapé à côté de Miss Bubulle, qui s'est étiré les pattes sur mes genoux en bâillant, j'ai tracé les contours d'un immense papillon, puis dessiné spirale sur spirale jusqu'à recouvrir ses ailes de motifs qui ressemblaient à des trous noirs géants. J'avais commencé à ajouter de tout petits yeux sur les bords, quand j'ai entendu ma mère redescendre. J'ai tout de suite refermé le carnet, que j'ai caché sous un coussin. Je ne montre jamais mes dessins à mes parents, et tous mes autres calepins sont soit dans mon casier au collège, soit tout au fond de mon placard. J'avais failli changer d'avis une ou deux fois, surtout l'année dernière quand Miss Wilson avait mis « excellent » comme appréciation sur mon bulletin... Mais aussi bête que ça puisse paraître, le dessin, c'est mon seul jardin secret. Ce carnet, c'était un peu comme un journal intime : en dessinant, je pouvais raconter des trucs que je n'aurais jamais osé révéler à personne. Hors de question de partager ça avec le monde entier.

— Ah, tu es là ! a fait ma mère.

Impossible pour elle de s'asseoir à côté de moi vu que Miss Bubulle prenait toute la place et que mes parents n'osaient jamais la déplacer. Elle a l'air toute douce et toute mignonne comme ça, mais il vaut mieux taper dans un nid de guêpes que la réveiller quand elle dort. Mon père l'appelle *den Onde* – le Diable. En regardant ma mère, debout dans l'embrasure de la porte, je me suis dit que, là tout de suite, ce nom lui allait beaucoup mieux, à elle. Elle est venue s'accroupir devant le canapé, donc je ne pouvais pas trop éviter son regard. Les larmes me sont aussitôt remontées aux yeux.

— On peut discuter, ma chérie ? a-t-elle demandé d'une voix douce. Je ne pensais vraiment pas que ça te mettrait dans un état pareil...

J'ai pris une grande inspiration.

— Tu as trahi ma confiance.

C'était une des choses que j'avais prévu de dire en arrivant, même si ça sonnait beaucoup moins bien en vrai que dans ma tête. On se serait cru dans un de ces romans du XVIIIe siècle que Miss West nous lisait tout haut en cours d'anglais l'année dernière. Mais c'était trop tard, il fallait assumer : je l'ai regardée droit dans les yeux, comme si je venais de la provoquer en duel.

— Je comprends que tu ressentes ça, chérie, a-t-elle dit en prenant mes mains.

Les siennes étaient moites – elle avait sans doute oublié de bien les sécher après s'être lavé le visage. Vue de près, sa peau avait une teinte un peu verdâtre, couleur artichaut. Peut-être que le masque avait déteint à vie – bien fait pour elle...

— Je suis désolée de ne pas avoir tenu ma promesse. Et que les élèves du collège se soient moqués de toi. Si tu veux, j'écris tout de suite à Miss Wilson.

J'ai baissé les yeux. Chaque larme qui tombait faisait tressaillir la fourrure de Miss Bubulle.

— Mais franchement, Eva, tu n'as pas à te sentir mal... Il y a tellement de gens qui te suivent et te soutiennent. Des centaines de milliers ! Pour l'instant, peut-être que ça te gêne ou que tu as honte...

— C'est pas de mes règles que j'ai honte, maman. C'est de toi.

Elle m'a regardée comme si je venais de lui lancer une fléchette en pleine tête. Mais ça ne me faisait rien. Je crois que j'avais envie de la blesser, qu'elle souffre autant que moi au moment où Alfie avait montré sa vidéo à toute la classe – et chaque fois que je lisais un commentaire méchant, ou que je regardais une de leurs publications débiles.

— D'accord... peut-être que je le mérite, a-t-elle fini par concéder.

J'ai failli me laisser submerger par la culpabilité mais, tout en déglutissant, je me suis rappelé que c'était à elle de se sentir mal, pas à moi.

— Je comprends que tu sois en colère, Eva, mais ce n'est qu'un petit incident...

— Je changerai pas d'avis, l'ai-je coupée. La chaîne, c'est fini. Débrouillez-vous sans moi, avec papa.

Je me suis mise à mâchonner une mèche de cheveux en attendant sa réponse.

Elle a soupiré, s'est mordillé l'intérieur de la joue, puis a repris :

— Désolée, Eva. J'ai peut-être mal fait les choses, sur ce coup. J'aurais dû attendre d'avoir ta permission avant de poster la vidéo... C'était vraiment bête de ma part.

Le mot « bête » m'a fait lever les yeux au ciel : comme si ça pouvait tout résumer...

— Et j'aurais dû penser au fait que tes camarades pouvaient la voir avant toi... Mais j'étais trop contente ! On s'est tellement amusées hier que j'avais envie de partager ça avec tout le monde. Nos abonnés, ce sont surtout des mamans, et c'est le genre de choses qui les intéressent, tu comprends. Des fois, j'ai l'impression que tu oublies toute l'influence positive que la chaîne a sur la vie des gens...

Elle m'a caressé le visage et, en retirant doucement la mèche de ma bouche, elle a fini avec une goutte de bave sur le doigt.

— Tu ne crois pas que c'est un tout petit peu exagéré de réagir comme ça ?

— Pas du tout, ai-je rétorqué avec conviction. Je veux que tu supprimes la vidéo sur les règles, et je n'en tournerai plus une seule. C'était il y a longtemps mais, avec papa, vous aviez dit que le jour où je voudrais arrêter, on arrêterait. Eh ben voilà, c'est aujourd'hui. Je veux une vie normale, sans que le monde entier soit au courant de tous les détails, même les trucs intimes ! Et sans que les gens parlent de mon corps sur YouTube ! Si vous voulez garder la chaîne, vous avez qu'à l'appeler *La Vie de Jen et Lars*, et raconter tout ce que vous voulez sur vos corps à vous, mais vous me laissez tranquille.

J'étais un peu gênée par ma dernière phrase, alors je me suis tortillée pour me lever sans déranger Miss Bubulle et j'ai couru à l'étage, mon carnet à la main. J'ai entendu ma mère m'appeler au moment où j'arrivais à la porte de ma chambre, et me suis retournée pour lui jeter un regard par-dessus la rampe. Même vue d'ici, elle avait toujours le teint un peu vert. Mais le plus important, et ça se voyait à sa tête, c'était qu'elle avait compris que j'étais loin de plaisanter.

8

GOOD MORNING !

Une fois dans ma chambre, allongée sur mon lit, j'ai envoyé un message à Hallie pour lui raconter ce qui venait de se passer. La voiture de mon père est arrivée, et j'ai retenu mon souffle pour tenter d'entendre ce que lui disait ma mère. Mais ils ont dû parler tout bas et, de toute façon, il n'est pas monté me voir. J'ai ouvert mon carnet pour continuer à décorer les ailes de mon papillon et, tout autour, j'ai ajouté des nuages ondulés et des gouttes de pluie. Hallie a fini par répondre : *T'inquiète, Eva. Ça fait toujours bizarre d'avoir ses premières règles. Moi, j'ai dû tout expliquer à Mr Eliot, tu te souviens ! 😳 Alfie est le seul à trouver ça drôle. Au moins, y a que ta mère dans la vidéo. Franchement, celle avec l'avocat géant était dix fois pire. Bisous*

Je me suis enfoncée un peu plus dans mes coussins. Les vues n'arrêtaient pas de grimper sur YouTube : cinq cent mille, et puis cinq cent cinquante, six cent mille... J'avais envie de rester cloîtrée ici à vie. Bizarrement, l'idée de me faire enlever par des extraterrestres me plaisait de plus en plus.

Un peu plus tard, mon père m'a appelée :

— Eva, tu peux descendre, s'il te plaît ? Il faut qu'on discute ! J'ai fait des *æbleskiver* !

Ça, c'était vraiment la preuve qu'ils prenaient la situation très au sérieux. Les *æbleskiver*, ce sont des crêpes traditionnelles danoises en forme de boules, un peu comme des donuts sphériques. Farmor en préparait chaque fois qu'on venait chez elle à Dragør, mais mon père les réservait aux grandes occasions, comme Noël ou les anniversaires – et la fois où le Danemark a battu la Suède à un match de qualification pour la Coupe du monde. Apparemment, quand on vient d'humilier sa fille, ça compte aussi.

J'ai caché le carnet au fond de mon armoire et descendu lentement l'escalier. En bas, ça sentait le donut tout chaud ; j'en avais l'eau à la bouche, même si ceux de Farmor étaient meilleurs, vu qu'elle mettait beaucoup plus de sucre. On les mangeait toujours sur sa terrasse avec vue sur le port, et elle me racontait des contes danois dont elle me faisait deviner la morale. Petite, je me trompais à chaque fois, et même en grandissant je continuais à donner de fausses réponses, juste pour l'entendre rire.

Mon père m'a souri quand je suis arrivée à table.

— Je suis sûr qu'on va trouver un moyen de tout arranger, a-t-il commencé d'une voix très douce et calme.

J'avais l'impression d'atterrir en toute délicatesse sur la pelouse après avoir passé trop de temps sur la balançoire. Il ne fallait pas que je me laisse attendrir. Je n'avais aucune envie de le décevoir, évidemment, mais je ne voulais pas non plus qu'ils continuent à poster toute ma vie privée sur YouTube. Il a trempé un beignet dans du sirop d'érable et me l'a tendu, mais j'ai secoué la tête. Même si elle donnait vraiment très envie, je savais qu'on essayait de m'acheter avec cette petite boule de pâte et, par principe, je refusais de craquer.

— On sait bien que, là, tout de suite, tu nous en veux, Eva… a-t-il poursuivi en posant l'*æbleskive* sur une assiette qu'il a poussée vers moi. Mais laisse-moi te lire certains des commentaires : « Cette vidéo est géniale ! », « Une vraie source d'inspiration ! », « Merci pour tous ces super conseils, ma fille va adorer ! », « Merci encore, vous êtes une mère au top ! »

Je sentais son regard posé sur moi, mais je n'avais pas la force de lever les yeux de la nappe.

— « J'aime tellement Eva ! Et toi aussi, Jen. »

J'ai essuyé les larmes coincées entre mes cils.

— Ça, c'est Alice_Pétille1000, ai-je fait remarquer. Elle écrit toujours la même chose. Bon, vous l'enlevez quand, cette vidéo ?

Mon père a pris une grande inspiration.

— Écoute, Eva, je suis d'accord avec toi. C'est très personnel, cette publication de Jen sur tes règles…

Je n'ai pas pu m'empêcher de rougir quand il a prononcé le mot. Il avait pris sa voix la plus sérieuse, comme toujours quand il s'agissait de la chaîne. Avant, il était architecte commercial : il concevait ou rénovait des immeubles pour des entreprises, et autres. J'adorais venir à son travail, parce que j'avais le droit de m'installer sur son énorme bureau pour dessiner et jouer avec de vieilles maquettes. Mais il y a quelques années, avec le succès de *La Vie d'Eva*, il a dû démissionner pour aider ma mère à tout gérer, et il s'y est mis à plein temps. Alors maintenant, au lieu de faire des plans, il parle de trucs comme les « métadonnées », le

« contenu monétisé » ou l'« optimisation des revenus ». Pour ma mère, la chaîne, c'est une communauté ; pour mon père, c'est un business. Du coup, ça fait de moi leur employée, en quelque sorte – ou plutôt leur otage, vu que les salariés ont le droit de quitter leur travail, eux...

Depuis la démission de mon père, la pression est montée d'un cran. C'est comme dans l'expérience que Mr Jacobs nous avait montrée un jour en cours de sciences : il avait placé un réveil sous une cloche, puis utilisé un appareil appelé « pompe à vide » pour aspirer tout l'air qui restait sous le verre. J'avais peur que ça explose, mais non... Le réveil a sonné sans émettre de son, c'est tout. Des fois, j'ai l'impression de vivre sous cette même cloche en verre. Elle est bien là, toute cette pression, sauf que personne ne peut la voir – et personne ne m'entend.

— Alors ? ai-je répété. Quand est-ce que vous allez l'enlever ?

Il s'est servi un *æbleskive* et a lancé un regard à ma mère, qui lui a fait un signe de la tête. Ils avaient clairement bien répété leur numéro.

— Écoute, Eva, a-t-elle dit, tu es en colère à cause de la vidéo ; on a compris. C'est ma faute, c'est vrai. Je suis désolée. J'aurais dû t'en parler.

— T'aurais surtout dû tenir ta promesse et ne rien poster du tout !

Mon père s'est penché pour poser une main sur mon bras.

— Chérie, on sait bien que tu grandis, et que ça te gêne quand on publie certaines choses. C'est normal. Mais tout ça, c'est pour construire notre image de marque.

La fameuse Marque, c'était presque le quatrième membre de la famille et, la plupart du temps, il avait l'air de compter plus que les trois autres.

— Je veux que la chaîne s'arrête, ai-je martelé en repoussant le beignet posé devant moi.

— Bon, d'accord...

En bougeant ses jambes sous la table, mon père m'a donné un coup sans faire exprès. J'ai rapatrié mes pieds sous ma chaise en soupirant.

— Le truc, c'est qu'on a eu un coup de fil assez important tout à l'heure, a-t-il continué.

Il a souri une seconde, avant de reprendre son air grave.

— Je ne sais pas comment te le dire. Mais tu sais que la vidéo de Jen sur tes règles a fait le buzz et... on passe à la télé mercredi.

Ça m'a coupé le souffle, comme si un énorme rocher venait de m'écraser la poitrine.

— Tu connais l'émission du matin, *Good Morning* ? a enchaîné ma mère. On est invités sur le plateau ! On sait que ça tombe très mal, vu que tu es toujours en colère, chérie... Mais c'est une opportunité en or ! Ils ont littéralement des *millions* de spectateurs. On en rêvait depuis longtemps !

Elle m'a attrapé la main, mais je ne l'entendais plus, même si je continuais à l'écouter. C'était comme si la pompe de Mr Jacobs était en train de vider toute la pièce du moindre petit souffle d'air. Je ne pouvais même plus respirer.

— Et tu es invitée aussi, bien sûr ! m'a-t-elle annoncé avec un enthousiasme qu'elle n'arrivait pas à contenir. C'est vraiment à toi de voir, Eva. On adorerait t'avoir avec nous.

Il faudrait que tu sautes une journée de cours... Sachant qu'on peut y aller juste tous les deux, Lars et moi. Pas de pression, d'accord ? On ne veut que des ondes positives pendant l'interview. Alors... Eva ? Dis quelque chose, chérie...

J'ai fermé les yeux, comme si c'était la solution pour que tout s'arrête, et qu'il suffisait de le vouloir très fort.

— Eva, s'il te plaît, dis quelque chose... *Good Morning !*, ce n'est pas rien ! On se doute bien que ça ne t'enchante pas, vu les circonstances... Mais tu comprends qu'on ne peut pas dire non, quand même ?

J'avais envie de hurler, mais j'avais l'impression de flotter hors de mon corps : leurs voix me parvenaient de loin, comme si tout ça ne m'arrivait pas à moi, mais à quelqu'un d'autre.

— Non.

C'est le seul mot qui m'est venu, et je l'ai répété sans être sûre d'avoir parlé tout haut.

— Ça tombe pile au mauvais moment, c'est dommage... Tu es contrariée à cause de la vidéo de Jen, a repris mon père. On en a discuté entre nous, et on s'est mis d'accord : c'est la dernière fois qu'on dépasse les bornes comme ça. C'est ton corps, et tu as le droit de donner ton avis. Mais là, c'est toute la chaîne qui est en jeu... J'espère que tu comprends. On ne peut pas se permettre de refuser autant de publicité. Notre style de vie coûte très cher, Eva, entre les vacances, les voyages chez Farmor, les voitures, l'épargne bancaire...

Encore une fois, j'ai fermé les yeux. J'avais eu droit au même discours des millions de fois ; c'était comme ça qu'ils m'avaient convaincue d'enfiler ce fichu costume d'avocat. Mais cette fois, hors de question de me laisser faire.

Je me suis levée si brutalement que ma chaise a rayé le plancher.

— Si vous racontez quoi que ce soit sur mes règles à la télé, je vous parlerai plus jamais.

— Oh, Eva ! Ne dis pas ça, a imploré ma mère.

— Eva… tu exagères un peu, non ?

— Je m'en fiche. Je rigole pas : si vous faites cette émission, j'arrête de vous parler. Pour toujours.

— Bon, d'accord, c'est comme tu veux, a dit mon père. Mais je te rappelle que c'est grâce à cette vidéo qu'on passe à la télé. Tu ne veux pas t'asseoir pour qu'on discute calmement ?

— Ça sert à quoi ? Vous m'écoutez pas, de toute façon !

Je me suis dirigée vers l'escalier et, en montant sur la première marche, j'ai fait exprès de renverser une pile de linge.

— Eva, ne le prends pas comme ça, s'il te plaît, a-t-il lancé dans mon dos. Tellement d'ados rêvent d'une vie comme la tienne !

— Bah, adoptez-en un pour le mettre sur votre chaîne débile, et laissez-moi tranquille !

J'ai entendu ma mère se mettre à pleurer, mais j'étais tellement en colère que je m'en fichais. Le pays tout entier allait entendre parler de mes règles. Je m'enfonçais dans des sables mouvants, sans rien à quoi me raccrocher.

— Eva, essaie de comprendre, ma chérie, a demandé ma mère. On t'aime, et on ne veut pas te faire de la peine !

— De toute façon, la décision est prise, c'est ça ? Je peux dire tout ce que je veux... ça va rien changer ?

Je connaissais déjà la réponse.

Je me suis précipitée à l'étage et j'ai claqué la porte de ma chambre avant de m'effondrer sur le lit et de hurler dans l'oreiller. Je me suis retournée, les joues baignées de larmes. Ça ne s'arrêterait jamais, *La Vie d'Eva*... Ils allaient continuer à filmer le moindre de mes faits et gestes, et à tout diffuser à leur communauté. Après leur passage à la télé, la chaîne allait récolter encore plus de vues et d'abonnés, encore plus vite... J'étais coincée jusqu'à la fin de mes jours. À moins d'employer les grands moyens.

Il m'a fallu quelques jours pour trouver l'inspiration.

9
CARYS

Mes premières règles ont duré exactement trois jours et demi mais, quand elles se sont terminées, c'était loin d'être plié : dès le mercredi, la vidéo de ma mère avait plus d'un million de vues. Et ce matin-là, elle passait à la télé... De toutes les images qu'ils avaient de moi, c'étaient évidemment les plus humiliantes qui s'apprêtaient à faire le tour du monde. J'aurais presque préféré la culotte coincée dans les fesses.

En partant au collège, j'ai claqué la porte derrière moi, même si mes parents étaient déjà partis pour Londres depuis un moment. On n'était qu'à une demi-heure de la gare de Paddington sauf que, pour je ne sais quelle raison, il fallait qu'ils arrivent au studio très en avance, donc ils avaient pris le premier train. J'avais hésité à rester à la maison, mais je savais qu'ils seraient de retour vers midi et, de toute façon, le collège les aurait appelés si j'avais été absente. L'interview était prévue autour de 9 h 30, pendant que j'étais censée être en cours d'EPS. Ils m'avaient dit de ne la regarder qu'à la récré ou à la cantine, mais c'était hors de question. Il fallait que je voie ça en direct.

Mon téléphone a sonné : ma mère venait de m'envoyer un selfie d'elle et mon père au studio, qui posaient tout sourire devant un immense panneau « Good Morning ! ». Ça n'avait pas l'air de trop leur peser de me faire autant de mal... *On t'aime* ♥. J'ai ouvert le message pour qu'elle voie que je l'avais lu, puis verrouillé mon téléphone sans répondre.

J'avais le nez bouché, et le vent me piquait les yeux. J'avais supplié je ne sais combien de fois – des centaines, au moins – pour qu'ils ne fassent pas l'émission... mais ça n'avait rien changé. « C'est une occasion unique pour *La Vie d'Eva* ! La chaîne pourrait devenir aussi célèbre que celle des Carter-Young, ou que DeuxContreQuatre... C'est notre chance de faire connaître la marque ! Prends un peu de recul, Eva. On ne peut pas dire non ! Un jour, tu comprendras. »

Sauf qu'« un jour », c'était une chose mais, aujourd'hui, c'en était une autre. Des heures à passer dans la même pièce qu'Alfie Stevens...

Spud m'attendait assis sur le muret au fond de son jardin alors que d'habitude il ne se gênait pas pour débarquer directement dans l'entrée. Il m'avait peut-être entendue claquer la porte, mais j'espérais que non.

— Ça va ?

— L'horreur. Au moins ça peut pas être pire ! ai-je répondu avec un petit sourire qui, allez savoir pourquoi, m'a donné envie de pleurer à nouveau.

— Tu savais qu'en moyenne, les femmes ont leurs règles pendant trente-huit ans ? Ça te laisse un peu de temps pour t'y faire...

— Pas sûre que ça suffise, ai-je lâché.

— Dans trente-huit ans, Alfie Stevens, ça sera toujours un imbécile de première. Un gars comme lui, même immortel, il resterait idiot toute sa vie ! Pour l'éternité, du coup...

Je sais pas comment il fait mais, de temps en temps, même s'il raconte n'importe quoi, Spud trouve exactement les mots. C'est rare, hein... Mais ça arrive. Tout le long du chemin, il a continué à m'énumérer des infos qui ne servent à rien – par exemple, que les pieuvres ont la bouche sous l'aisselle, et que les wombats font des cacas en forme de cube –, juste pour me faire rire. Si ça se trouve, ça n'était pas vrai mais, grâce à lui, même un jour comme celui-ci, je trouvais ça un peu moins douloureux d'exister. C'était sans doute un des trucs les plus gentils qu'il ait jamais faits pour moi – en comptant la fois où il avait construit dans son jardin une catapulte qui pouvait, si on se mettait pile au bon endroit, nous lancer des chamallows droit dans la bouche.

Quand je suis entrée en classe avec Hallie et Gabi, Alfie et ses copains ont immédiatement éclaté de rire. Je commençais à m'habituer, vu qu'on me ricanait souvent au nez depuis deux jours – dans les couloirs, à la cantine ou pendant les cours. Même quand les gens riaient en silence, je continuais à les entendre dans ma tête. J'allais m'asseoir quand Hallie m'a donné un coup de coude.

— Regarde...

Sur le Mur des Réussites, quelqu'un avait affiché un truc sous mon nom : une serviette hygiénique toute gribouillée au feutre rouge. J'ai eu un haut-le-cœur. Gabi a rigolé quand je me suis approchée du tableau et a maquillé ça en quinte de toux au moment où je me suis retournée vers elle.

— Super preuve de maturité... On est pas loin du niveau maternelle, bravo ! a lancé Hallie.

J'ai décroché la serviette, mais il restait des petits morceaux coincés un peu partout : le coupable n'y était pas allé de main morte avec l'agrafeuse de Miss Wilson.

J'ai jeté un regard à Alfie.

— Je sais que c'est toi, ai-je décrété.

J'ai fait comme si je n'avais pas peur, mais de près, j'étais sûre qu'on pouvait voir mes mains trembler un peu.

— C'est pas vrai ! a-t-il répondu en s'esclaffant. Et puis qu'est-ce que tu vas faire, chercher des empreintes ?

— Alfie, est intervenue Hallie, on sait tous que t'es qu'un abruti. Pas besoin de nous le montrer tous les jours.

Toute sa bande a lâché un long : « Oooooh ! »

— Viens, Eva. On va voir Miss Wilson.

— Sérieux, Hals ? a fait Gabi en s'asseyant. On peut pas juste les ignorer ?

Même si je n'avais pas franchement envie de brandir une serviette hygiénique sous les yeux de la prof, j'étais certaine que Hallie ne renoncerait pas à aller la chercher. Elle était déléguée, quand même. Sauf qu'elle s'est installée à côté de Gabi.

— Ouais, c'est vrai, vaut sûrement mieux les ignorer, a-t-elle dit en nous regardant l'une après l'autre.

Elle m'a souri avant de foudroyer Alfie et ses copains du regard.

Pile à ce moment-là, Miss Wilson est entrée en lançant un « Bonjour, tout le monde ! » d'une voix guillerette, un bandana aux couleurs du soleil couchant noué dans les cheveux.

J'ai fourré la serviette dans la poche de mon blouson. Il y avait une fille aux cheveux sombres coupés courts, avec des lunettes à monture noire, à la porte de la salle. Elle se mordillait la lèvre du bas.

— Entre, Carys !

J'ai vu que ses ongles étaient tout rongés. Ma mère n'aurait jamais supporté que les miens soient dans cet état.

— Je vous présente Carys Belfield, qui vient d'arriver à Hope Park. Mr Andrews l'a mise dans notre groupe, parce qu'il sait qu'on est les plus gentils ! (C'était à se demander quelles étaient ses sources.) Carys, je te présente notre merveilleuse déléguée de classe.

Hallie s'est levée et lui a fait un grand sourire.

— Mets-toi là, à sa table, a continué la prof. Elle pourra te faire visiter le collège pendant le déjeuner.

— Ah... Désolée, Miss, mais je ne peux pas. J'ai un entraînement de gym. C'est bientôt la finale, et Mrs Marshall m'a autorisée à utiliser le gymnase...

— D'accord.

Le sourire aux lèvres, Miss Wilson s'est tournée vers les autres.

— Alors, qui se porte volontaire ?

Silence gênant. Les yeux rivés au sol, Carys tripotait sa boucle d'oreille gauche. En regardant autour de moi, j'ai vu que personne n'avait l'intention de se manifester. La pauvre... Elle se rongeait les ongles, et c'était évident qu'elle n'avait qu'une envie : disparaître sous le sol tout taché de peinture. J'étais passée par là tellement de fois...

— Moi ! ai-je fait en levant la main.

Éclat de rire général. La serviette était restée collée à ma manche... Les joues en feu, je l'ai vite remise dans ma poche. La nouvelle m'a lancé un petit regard compatissant.

— Parfait ! Merci, Eva. Assieds-toi, Carys. Je suis sûre que tu as la meilleure des guides, et je sais que *tout le monde* dans la classe saura t'accueillir comme il se doit.

— Merci, m'a-t-elle murmuré en s'asseyant à côté de moi. On peut pas rêver mieux qu'un grand moment de solitude quand on débarque dans un nouveau collège.

— T'inquiète, ai-je chuchoté à mon tour. Les grands moments de solitude, ça me connaît.

Plus tard dans la matinée, j'étais censée aller en EPS avec tous les autres. Mais quand on sait que ses parents sont sur le point de passer à la télé, taper dans des volants sur un terrain de badminton, c'est encore moins motivant que d'habitude. Du coup, j'ai trouvé refuge dans les toilettes et je me suis accroupie sur le siège d'une des cabines pour qu'on ne voie pas mes pieds par dessous. Il y avait peu de chances que quelqu'un remarque mon absence : je n'étais pas vraiment une star du sport et, de toute façon, Mrs Marshall ne faisait jamais l'appel quand on jouait en intérieur. N'empêche que mon cœur battait la chamade quand tout le monde a quitté le vestiaire, et il m'a fallu plusieurs minutes pour oser faire le moindre mouvement. La porte de la cabine a grincé quand je l'ai rouverte : ça faisait bizarre, tout ce silence dans une pièce si bruyante d'habitude. Je suis allée m'installer dans un coin, en déplaçant deux-trois sacs et manteaux pour me faire une petite place. Adossée au mur, j'ai sorti mon portable. Ma mère avait mis en story Instagram le selfie qu'elle m'avait envoyé avec le commentaire : *Troooooooop hâte !!! On se prépare pour @GoodMorning !!! Qui est devant sa télé ??!! #Bienlebonjour #OMG #LaViedEva #guerrièredesrègles #trophâte*

J'ai lâché un grognement qui a résonné dans toute la pièce. Le passage à la télé de mes parents allait rendre la chaîne dix fois plus populaire – et mon quotidien au collège dix fois plus galère.

Soudain, j'ai entendu une voix demander :

— Eva ? Ça va ?

J'ai sursauté et essuyé la larme qui venait de rouler sur ma joue.

— Carys ?

Elle n'avait pas enlevé son uniforme. Déjà en train de sécher l'EPS alors que c'était son premier jour ? J'étais là depuis le début de la sixième, et je n'avais jamais osé jusqu'ici... Même quand on nous forçait à faire une course de fond en plein blizzard.

— Pour l'instant, j'ai aucun équipement, m'a-t-elle expliqué. Miss Machin m'a dit de rester sur le banc pour regarder, mais vu que t'étais pas là, je venais vérifier si tout allait bien.

Elle a longé la rangée de sacs et de manteaux pour venir s'asseoir sur le banc en face de moi.

— On dirait que t'as pleuré...

Je me suis essuyé les yeux encore une fois.

— Ça va.

Sauf qu'en disant ça, une autre larme s'est mise à couler.

— Hé, qu'est-ce qui t'arrive ?

Elle s'est assise à côté de moi.

— Si c'est cette histoire de serviette en cours, franchement, t'inquiète. Une fois, en classe, mon stylo-plume m'a explosé dans la bouche...

Ça m'a arraché un rire.

— Ça voulait pas vraiment partir, du coup je me suis baladée toute la journée avec une tête de vampire suceur d'encre...

— C'est pour ça que t'as changé de collège ?

— Ha ha ! Si seulement... a-t-elle fait en souriant. Alors, raconte !

Un autre message de ma mère est apparu sur mon téléphone : *S'il te plaît Eva, ne nous en veux pas... C'est un grand moment !!! On t'aime, ma chérie* 😘😘😘

J'ai viré la notification, et avalé ma salive pour tenter de me débarrasser de cette grosse boule que j'avais dans la gorge.

— Dans deux trois minutes, mes parents passent dans *Good Morning !*

— Waouh ! a lancé Carys. Je comprends pourquoi tu sèches le badminton !

— ... pour parler de mes premières règles.

Elle a écarquillé les yeux et ses lunettes lui ont glissé sur le nez.

— Quoi ?

— Eh ouais... Ils ont une chaîne YouTube ; ma mère a posté une vidéo là-dessus, et ça a fait le buzz. Du coup, ils passent à la télé pour discuter de ça devant le monde entier. Je sèche jamais le sport d'habitude mais là, faut absolument que je voie l'interview avant qu'elle fasse le tour du collège...

Carys a remonté ses lunettes et coiffé sa frange sur le côté.

— Je veux pas abuser, Eva... mais je péterais un câble si mes parents faisaient un truc pareil ! Ça te dérange pas ?

— Si, justement. D'ailleurs, je les ai suppliés de ne pas participer à l'émission, mais...

J'ai laissé ma phrase en suspens.

Elle a mis un peu de salive sur ses doigts pour aplatir les épis de sa frange.

— Ça craint, Eva... On n'a qu'à rester ici, si tu veux ?

En plissant le nez, elle a ajouté :

— Le seul problème, c'est que ça sent un peu la transpi...

Ça m'a donné le sourire. J'avais beau ne la connaître que depuis quelques heures, elle avait déjà l'air de me comprendre. Ça faisait une éternité que personne n'avait cherché à savoir si tout ça me posait problème... Du coup, je lui ai tout balancé sur *La Vie d'Eva* : la caméra que mes parents gardent braquée sur moi en permanence, les abonnés qu'ils appellent les Amis d'Eva, l'été des « défis » vidéo, ce costume d'avocat à la noix... Le défilé sans fin des commentaires et des réponses, les sourires pour faire semblant, les moqueries d'Alfie, les messes basses dans les couloirs, la peur au ventre à chaque nouvelle notification sur mon portable... Et cette impression d'être en train de m'enliser dans des sables mouvants.

— Eh ben... Ça m'étonne pas que tu sois dans cet état.

Je me suis mouchée dans du papier toilette.

— Après la pub, je crois que c'est à eux.

— Alors il nous faut un plus grand écran, a-t-elle décrété en sortant un iPad de ses affaires.

— Euh, Carys... On n'a pas le droit d'apporter ça au collège.

— Ah... mais les profs fouillent les sacs, ici ?

— Je crois pas.

— C'est bien ce que je pensais, a-t-elle fait en déverrouillant l'écran, qui se reflétait dans ses lunettes.

Elle a cherché dans ses poches un AirPod, qu'elle m'a tendu.

— Bon... T'as le mot de passe du wifi, ou faut que je devine ?

Et c'est comme ça qu'on est devenues amies, Carys et moi. Assises côte à côte dans un vestiaire vide, avec chacune un écouteur, à partager un demi-paquet de bonbons à l'ananas qu'elle venait de retrouver dans une poche. Ensemble, on a regardé mes parents sourire, puis rire en racontant qu'ils faisaient partie du « mouvement des guerrières des règles ». Carys était tellement choquée qu'elle a gardé une main sur la bouche pendant toute l'interview, tout en serrant la mienne de l'autre. Et pour la première fois depuis très longtemps, je ne me sentais plus si seule de ce côté de l'écran.

10

« ON A FAIT UNE VIDÉO SUR LES PREMIÈRES RÈGLES DE NOTRE FILLE »

Entre midi et deux, j'ai regardé tellement de fois cette interview dans *Good Morning !* que j'aurais presque pu tout réciter par cœur. Ma mère était dix fois plus maquillée que d'habitude, et ils avaient dû faire une sorte de brushing à mon père, vu qu'il avait encore gagné à peu près vingt centimètres. Spud était à son club des jeux, donc je suis rentrée toute seule et, en arrivant dans l'allée, je me suis assise sur le mur et j'ai appuyé une énième fois sur play – impossible de m'en empêcher. Je n'avais aucune envie de revoir la vidéo, mais c'était comme si j'avais besoin d'être sûre à cent pour cent que tout ça s'était passé en vrai.

« Nous sommes de retour ! annonce d'abord Lisa, la présentatrice, en montrant bien à la caméra toutes ses dents soigneusement blanchies. Pour une fille, les premières règles, c'est toujours un moment compliqué... Mais imaginez que vos parents filment et partagent ça avec des millions de personnes sur Internet ! C'est exactement ce qu'ont fait Jen et Lars, parents vlogueurs, et la vidéo qu'ils ont postée sur leur fille, Eva, a fait le tour du monde. Ils sont là pour nous en parler. Jen, Lars, bienvenue dans *Good Morning !* »

Mes parents sourient exactement au même moment et, à l'unisson, ils lancent : « Good Morning ! »

Ils se sont entraînés, c'est sûr.

Jeremy, l'autre présentateur, se penche vers eux : « Votre chaîne s'appelle *La Vie d'Eva*, et vous y racontez tout sur votre fille, des caprices de bébé aux fêtes d'anniversaire, jusqu'aux poussées d'acné. La vidéo sur ses premières règles a déjà plus d'un million de vues, et le hashtag "guerrière des règles" fait sensation. Si vous ne l'avez pas encore vue, voici un extrait. »

Pendant qu'ils repassaient le début, j'ai reniflé et une grosse bouffée d'air froid s'est engouffrée dans mon nez. Heureusement, ils ont coupé avant le moment où ma mère montre ma culotte à licornes.

« Donc, commence Lisa, vous êtes des influenceurs famille depuis longtemps, et vous avez publié beaucoup de choses sur la vie d'Eva au fil des années. »

Mes parents refont leur sourire parfaitement simultané – on se croirait en natation synchronisée. La présentatrice jette un œil aux fiches qu'elle a à la main avant de poursuivre : « Aujourd'hui, Eva a treize ans. Ce n'est pas un âge facile... Qu'est-ce qui vous a poussés à parler de ses premières règles à vos abonnés ? »

À ce moment-là, mon père serre la main de ma mère – il m'a fallu trois ou quatre visionnages avant de remarquer ça. Elle sourit, puis répond : « Lars et moi, on réfléchit toujours beaucoup avant de poster quoi que ce soit au sujet d'Eva. »

Je n'ai pas pu retenir un ricanement.

« Et puis, vous savez, elle était un peu en retard... Donc cette boîte cadeau spéciale règles était prête depuis un certain temps ! Il fallait marquer le coup, alors on a fait une fête merveilleuse...

— Oui », intervient Lisa. Elle regarde la caméra et les lumières du studio font briller sa chevelure couleur caramel. « Je crois qu'on a quelques images. »

Des photos du salon entièrement décoré sur le thème des règles s'affichent à l'écran, avec en fond la voix de ma mère : « C'était un moment très important dans la vie d'Eva, et dans ma vie de mère ; je voulais qu'elle se sente soutenue, et qu'elle sache que je... pardon, Lars, que *nous* ! » On la voit sourire à mon père en direct. « Nous voulions lui faire comprendre que les règles n'ont rien de gênant ni de honteux : c'était un message que nous souhaitions aussi faire passer à nos abonnés. »

Mon père étire sa jambe et, sans faire exprès, il donne un coup dans la table basse. En riant, il ajoute :

« Avec Jen, on voulait faire de cette étape une expérience positive et enrichissante pour Eva, et mettre toutes ces ressources à disposition d'autres parents via notre plateforme. »

Jeremy hoche la tête. « Est-ce que c'était vraiment positif, comme expérience ? s'enquiert-il. Pour Eva, je veux dire... Parce qu'il y a plusieurs commentaires assez critiques sur notre page Facebook ce matin. Par exemple celui d'Audrey, de Milton Keynes : "Aucun parent n'a le droit de partager des choses pareilles sur Internet." Et je cite John, du West Lothian en Écosse : "Faire ça à sa propre fille, c'est vraiment cruel..." Qu'avez-vous à répondre à ces gens qui pensent qu'on ne peut pas tout raconter de la vie de ses enfants ?

— Eh bien, commence mon père, je dirais que, dans notre famille, il n'y a pas de secrets. On parle de tout avec franchise, que ça tourne ou non. Notre chaîne est le témoin de cet état d'esprit. Pour Jen et moi, Eva n'a pas à avoir honte de ses règles. »

J'ai mis pause, le temps de me préparer psychologiquement à la suite. C'était le passage le plus douloureux – à chaque fois, j'avais l'impression qu'on m'arrachait un pansement.

« On tient vraiment à dire qu'on fait très attention à ce qu'on publie sur notre page. On demande toujours l'avis d'Eva ! » claironne ma mère.

Même si ça se voit bien à ses battements de faux cils qu'elle ment effrontément, personne n'a l'air de s'en rendre compte.

« On ne ferait jamais une vidéo sans son accord... *La Vie d'Eva* n'est pas une chaîne comme les autres : c'est un immense réservoir de nos plus beaux souvenirs, qui nous permet à la fois de les préserver et de les partager. Et Eva sait qu'elle a la chance d'avoir une vie de rêve... Si elle nous disait d'arrêter, on arrêterait, évidemment. »

C'était comme se prendre un coup en plein dans l'estomac, puis un autre, et encore un autre.

« D'accord, dit Lisa. Eva aurait pu se joindre à nous aujourd'hui, mais elle est en cours, c'est bien ça ? »

Mon père acquiesce, le sourire aux lèvres : « L'éducation avant tout.

— Je vois que vous êtes des parents responsables ! lance Jérémy, et ils éclatent tous de rire. Mais à son âge, ça ne gêne pas du tout Eva que des millions de personnes sachent qu'elle vient d'avoir ses règles pour la première fois ?

— Tout est un peu gênant à treize ans, réplique mon père. Mais elle a l'habitude. Eva a fait le buzz avant même de sortir du ventre de sa mère ! »

Et ils se remettent à rire en chœur.

« Jen, Lars, merci beaucoup d'être venus... »

J'ai arrêté la vidéo, lu en diagonale les messages de Hallie et Jenna, puis rangé mon portable dans la poche de ma veste sans prendre le temps de répondre. Une tempête se préparait dans mon cœur et, plus je m'approchais de la porte, plus l'orage menaçait d'éclater. Je suis entrée en trombe et ai grimpé l'escalier sans même retirer mes chaussures. J'ai entendu d'abord la voix de Farmor en haut-parleur, puis celle de ma mère qui m'appelait, et j'ai crié « Fiche-moi la paix ! » avant de claquer la porte de ma chambre. Je suis restée recroquevillée sur mon lit, chaussures aux pieds, à contempler les guirlandes lumineuses entrecroisées au plafond.

Quelques minutes plus tard, ma mère a passé la tête par la porte.

— Ça va, ma chérie ?

J'ai tourné les yeux vers elle une seconde avant de me remettre à regarder le plafond. À la télé, ça rendait bien, ses yeux charbonneux, mais en vrai, ça lui faisait une tête de blaireau. Elle s'est approchée tout doucement, comme si elle avait peur de marcher sur une mine. Je l'ai sentie s'asseoir à côté de moi sur le lit.

— Tu as vu l'émission, alors ?

J'ai croisé les bras et bien rentré mes mains, histoire qu'elle ne puisse pas les attraper.

— Je sais que pour l'instant, tu as du mal, chérie...

Je me suis tortillée pour échapper à ses doigts qui tentaient de me caresser l'épaule.

— Mais dans quelques années, tu seras vraiment fière de nous, et de toi surtout.

— C'était pas vrai, ce que t'as raconté sur moi, ai-je fait à voix basse.

— Pardon ? Tu as dit quoi, mon cœur ?

— T'as menti, ai-je répété. À la télé ! T'as dit que j'étais d'accord et que, si jamais je l'étais plus, fini les vidéos. Mot pour mot.

Elle s'est remise à caresser mon épaule, mais je l'ai repoussée : hors de question de verser une seule larme de plus.

— Eva, en tant que parents, c'est à nous de savoir quoi dire dans certaines situations. On joue avec le feu quand on s'exprime dans les médias... Un seul mot mal choisi, et c'est la catastrophe. Désolée de t'avoir contrariée. Je m'en veux vraiment... Mais je n'avais pas le choix ! On était en direct.

Elle m'a serré le bras puis s'est levée.

— Désolée. C'est pour toi qu'on fait tout ça ; j'espère que tu le sais...

— Ouais, c'est ça, ai-je marmonné.

En battant des paupières, j'ai senti une larme s'échapper puis rouler sur ma joue. J'ai levé les yeux, mais ma mère n'avait même pas remarqué : elle me tournait déjà le dos.

Mon portable a vibré pour la cent millième fois : c'était Carys. *Ça va ? Ils t'ont dit quoi ??*

Jusque-là, je n'avais réagi à rien : ni les messages, ni les tags, ni les captures d'écran ou les partages d'extraits. Qui sait, en faisant l'autruche, j'arriverais peut-être à me convaincre que rien de tout ça n'était réel... J'avais juste répondu à la photo que Spud m'avait envoyée, avec sa tête à lui sur le corps du roi Charles Ier. Je me suis essuyé les yeux et j'ai tapé une réponse à Carys : *La même chose que d'habitude. Comme si c'était pas grave.*

Carys : *Sauf que c'est carrément grave de parler de toi à la télé* ❤. *J'espère que ça va.*

Elle m'a envoyé un autre message dans la foulée : *Trop contente que t'aies levé la main pour être ma marraine, au fait* 🙃

J'ai répondu : *Moi aussi* 🙂

— EVA ! a appelé mon père. Farmor veut te parler !

J'ai quitté le lit pour sortir sur le palier. Il était en bas de l'escalier et me tendait son téléphone. J'ai dévalé les marches pour le lui prendre des mains et suis aussitôt retournée me réfugier dans ma chambre bien fermée.

Rien qu'au son de la voix de ma grand-mère, mes yeux se sont de nouveau remplis de larmes. J'ai fait de mon mieux pour ne pas craquer, mais mon nez me piquait à force de me retenir, et elle m'a même demandé si j'étais enrhumée.

— Tu as regardé l'interview ? lui ai-je demandé.

— Oui, a-t-elle dit au bout d'un moment. Ton père m'a envoyé la vidéo... Tu sais qu'il ne reste plus que quatre semaines avant qu'on se voie ? J'espère qu'il n'y aura pas trop de vent quand vous arriverez.

— Et tu en as pensé quoi ? ai-je insisté.

Silence.

— Farmor ? ai-je repris, pour voir si elle était toujours au bout du fil.

— Je pense que tes parents sont très occupés, et que la chaîne doit être de plus en plus populaire... Et surtout, je pense que toi, tu es merveilleuse. Et devine ce que j'ai vu d'autre aujourd'hui ? Un marsouin !

Ça m'a fait sourire. Je me suis installée confortablement contre mes oreillers pour l'écouter. J'entendais des mouettes derrière elle. Je me suis immédiatement sentie transportée à travers l'océan : j'étais soudain au chaud dans ses bras, la joue contre son gilet qui gratte même s'il est tout doux, avec son souffle dans mes cheveux et le fumet de sa soupe au chou (*grønkål*) dans la cuisine. L'espace d'un instant, j'étais redevenue la Eva d'avant. Pas la risée de tout le monde, ni celle dont mes parents parlaient à la télé. Eva, la vraie.

11

MÊME PAS EN RÊVE

Le lendemain, au collège, Hallie et Gabi ont filé droit au gymnase pour s'entraîner après les cours, et on est allées ensemble ranger nos affaires dans nos casiers avec Carys. Presque tous ceux qu'on a croisés en chemin m'ont balancé un : « Joyeuses premières règles, Eva ! » Peut-être qu'en commençant dès maintenant à mettre des sous de côté, je pourrais espérer me payer une greffe du visage un jour ?

— J'en reviens toujours pas du nombre de gens qui regardent ça, a soufflé Carys en parcourant les vidéos de *La Vie d'Eva*. Quatre-vingt mille vues pour une pauvre carie !

— Je sais, ai-je fait en soupirant. Ça, c'était le bon temps...

Elle a rigolé.

— Alors, on en est à combien pour celle sur les règles ?

J'ai réactualisé la page.

— 2,8 millions...

— Waouh, a-t-elle sifflé. Je pensais pas que ça plairait autant !

— Y a des gens qui ont commenté en Malaisie, aux Philippines, et même en Uruguay ! Je sais même pas où c'est, sérieux... J'aimerais trop la supprimer, ai-je soupiré en fourrant mon portable dans ma poche.

— Mais tu pourrais, tu sais, a commencé Carys avant de s'interrompre, comme si elle venait de changer d'avis.

Peut-être parce qu'elle avait repéré Jenna, en train de courir vers nous.

— Eva ! T'as vu mon TikTok ?

J'ai secoué la tête et elle m'a tendu son téléphone. J'ai appuyé sur play ; la vidéo commençait par le message : « Les règles : on positive !!! Jenna A !!! » Au plan suivant, un bocal plein de tampons, puis Jenna en train de faire le poirier, avec comme légende : « 3 raisons d'adorer ses règles !!! Numéro 1 : on peut enfin en parler avec ses copines !!! » On la voyait jeter des tampons en l'air dans sa chambre. Le texte : « Numéro 2 : c'est naturel !!! » Et pendant qu'elle faisait une roulade : « Numéro 3 : ça n'empêche pas de faire du sport !!! »

— Alors ? T'en penses quoi ? a-t-elle demandé, les yeux posés sur moi.

— Euh... c'est vraiment super, ai-je dit.

Elle s'est éloignée en gambadant, criant à tue-tête à ses copines :

— Ça plaît à Eva, en tout cas !

Carys avait le sourire.

— Mes copines de Saint-Augus aimaient bien faire des trucs comme ça.

— T'étais à Saint-Augustin, avant ?

J'en revenais pas qu'elle n'en parle que maintenant : Saint-Augustin, c'est un collège privé de banlieue qui ressemble au château de Poudlard. Les gens de Hope Park me demandent parfois pourquoi je n'y suis pas car ils pensent que mes parents sont millionnaires – alors que pas du tout. De toute façon, je n'ai certainement pas le niveau pour passer le concours d'entrée.

Carys s'est servie de sa manche pour nettoyer ses lunettes.

— Tu trouves ça bizarre que je sois partie, c'est ça ?

— Un peu, ai-je avoué en refermant mon casier, sans trop fixer l'énorme avocat gravé dessus. Je dis pas qu'ici, c'est pas sympa, hein...

Pile à ce moment-là, un gars de troisième a craché dans la poubelle en passant.

Ça nous a fait rigoler toutes les deux. Elle ne m'a rien dit de plus sur le sujet.

En sortant, j'ai enfilé mes gants et on a entamé la descente ; Carys gardait les yeux baissés.

— Désolée, ça me regarde pas... T'es pas obligée de me raconter, ai-je repris.

En se mordillant les ongles, elle a lâché :

— Y avait des gens qui me harcelaient. Mes parents se sont dit qu'il valait mieux repartir à zéro... Ça reste entre nous, d'accord ?

— Bien sûr. Je dirai rien.

Carys a passé son bras sous le mien, et j'étais tellement contente de m'être fait une nouvelle amie que j'en aurais sautillé de joie – comme les fois où le collège annonce un jour de neige et qu'on peut rester à la maison.

— Si on te pose la question, t'as qu'à dire que, jusque-là, mes parents me faisaient l'école à la maison, mais qu'ils en ont eu marre de moi.

Une fois en bas, elle s'est arrêtée et m'a proposé qu'on se promène encore un peu.

— J'ai pas envie de rentrer tout de suite.

— Moi non plus, ai-je répondu en souriant. Tu veux qu'on aille prendre un milk-shake en ville, ou un truc comme ça ?

— Mmm... Je connais un coin plus calme.

Après environ quinze minutes de marche à travers champs et le long de petits chemins de campagne, on est arrivées au bord d'un petit ruisseau entouré de hêtres. Quelques poignées de feuilles mortes, poussées par le vent, glissaient d'une rive à l'autre. De notre côté, l'eau avait commencé à geler, des brindilles et des cailloux étaient pris dans la glace, qui s'est fissurée quand j'y ai planté un bâton. Je suis restée à contempler tous ces éclats fuselés.

— Allez, viens ! a lancé Carys, en sautant comme une ballerine sur une grosse pierre.

Elle a jeté son sac de cours sur l'autre rive, puis elle a traversé avec précaution, en posant les pieds sur les rochers qui dépassaient de l'eau.

— Ça glisse ? ai-je demandé en montant doucement sur le premier.

— Pas du tout, a-t-elle répondu en virevoltant, les bras tendus vers le ciel. C'est magnifique !

J'ai essayé de passer exactement aux mêmes endroits qu'elle, mais à l'arrivée, j'avais les chaussures trempées.

— Euh, l'eau est un peu gelée...

Je commençais à claquer des dents.

— Tiens, a dit Carys en me tendant son écharpe avant de s'allonger sur l'herbe. Ça fait super longtemps que j'ai pas regardé les nuages...

J'ai vérifié que le sol était sec avant de m'asseoir, enveloppée dans le tissu chaud.

— Ma mère va me tuer, ai-je dit en jetant un coup d'œil à mon portable.

L'écran venait de s'allumer : un appel manqué. J'étais censée l'aider à préparer le repas pour promouvoir un nouveau sponsor, Boîte à Miam. Mon père devait être en train d'installer la caméra, prêt à tourner à la seconde où je passerais la porte... Comme Carys, j'ai levé les yeux vers les nuages effilés et leurs tourbillons de gris et de blanc qu'on pourrait contempler des heures durant.

— Tu veux qu'on rentre ? a-t-elle proposé en se dressant sur un coude.

J'ai rangé mon téléphone dans mon sac, sorti mon carnet à dessin et fouillé mes poches à la recherche d'un crayon. Ensuite, je me suis allongée, les yeux dans les nuages :

— Même pas en rêve.

12

CHANCEUSE

Il faisait nuit quand je suis rentrée, mais mes parents n'avaient pas alerté les secours, ni même (ça leur ressemblerait plus) fait une vidéo pour déclarer ma disparition. Par contre j'avais à peu près mille appels manqués...

— Enfin ! s'est écrié mon père quand j'ai ouvert la porte. Tu étais où ? On était morts d'inquiétude !

C'était peut-être vrai, vu qu'il ne filmait pas.

— À la rivière, ai-je répondu en enlevant tranquillement mon manteau.

— C'est-à-dire, « à la rivière » ?

— C'est comme un petit fleuve, ai-je précisé en retirant mes chaussures pleines de boue.

— Je suis au courant, merci. Qu'est-ce que tu faisais là-bas, alors que tu devais rentrer directement ? Il est presque dix-sept heures trente, et il fait nuit ! On ne savait même pas où tu étais !

J'ai haussé les épaules.

— J'avais besoin de prendre l'air, c'est tout.

Sur le chemin de l'escalier, je suis passée devant ma mère, qui avait l'air encore plus estomaquée. En montant les marches, j'ai senti mes poils se hérisser de peur à l'idée qu'ils se mettent à me hurler dessus. En même temps, même si c'était pas grand-chose d'aller à la rivière après l'école (rien à voir avec la rébellion des Têtes rondes, et tous ces trucs que Mrs Peters nous avait racontés aujourd'hui en cours d'histoire), c'était la toute première fois que je faisais ce que je voulais, et pas ce qu'on me disait. Rien que de ne pas rentrer directement du collège pour un tournage ou un truc du genre, ça faisait du bien.

J'ai laissé ma porte entrouverte pour écouter ce que disaient mes parents : c'était raté pour nous filmer en train de préparer la Boîte à Miam en avance ; on pouvait le tenter en direct, mais je n'avais pas l'air très disposée à le faire... Mon père voulait que je teste une nouvelle appli de devoirs, mais ce n'était pas forcément le moment non plus, ma mère allait déjà essayer de me convaincre de jouer à l'*escape game* en ligne qu'ils avaient prévu après manger.

Adossée au mur de ma chambre, j'ai consulté les appels et messages que je n'avais pas encore vus.

Il y en avait un de Hallie : *Ça va ? T'es où ? Ta mère vient de m'appeler !*

Et un de Spud, dans le même genre mais pas du même style : *Jen est en train de péter un câble !*

Sérieux ? Ils avaient appelé mes copains ? C'était leur objectif quotidien de me mettre la honte totale ou quoi ? J'ai envoyé un message à Hallie pour lui expliquer, et un pouce levé à Spud. Quelqu'un montait l'escalier.

— Ma chérie, a dit ma mère en poussant la porte, Lars était juste inquiet, tu sais. Impossible de te joindre...

Elle s'est assise au bord de mon lit. J'ai levé les yeux une seconde pour être sûre qu'elle n'avait pas de caméra.

— Alors... tu étais avec des amis ? Hallie n'avait pas l'air au courant.

— C'est quelqu'un qui vient d'arriver au collège, ai-je fait en haussant les épaules.

— Un garçon ?

— Non !

Ça m'a fait rougir ; j'ai remonté les genoux et passé mes bras autour. Même si je n'avais pas franchement envie de lui parler de Carys, je préférais quand même ça à une vidéo du genre : « Eva, amoureuse ??!! »

— Elle s'appelle Carys. Elle est nouvelle, et c'est moi sa marraine pour la semaine, du coup je suis censée lui faire visiter, ai-je expliqué en soupirant.

— Et c'est elle qui voulait aller à la rivière ?

Nouveau soupir, plus fort cette fois.

— J'avais besoin d'être un peu seule, sans caméra en plein dans la figure.

Ma mère a eu un mouvement de recul, comme si elle venait de se prendre une bourrasque.

— Très bien, chérie, je comprends. Mais la prochaine fois, tu nous préviens, d'accord ? Tu faisais quoi là-bas ?

— J'ai l'impression de subir un interrogatoire... *Le Justicier*, c'est terminé tu sais.

C'était une série dans laquelle ma mère avait joué quand elle était plus jeune : un inspecteur surnommé le Justicier élucide d'anciennes affaires criminelles que tout le monde pensait impossibles à résoudre. Son personnage, c'était Stephanie Knowles, une avocate de la saison 2 qui se fait tirer dessus au bout de quatre épisodes – et dans le dernier, on ne la voit que huit secondes (elle a chronométré). Ça fait des années, mais ça reste un sujet douloureux : c'était son premier et dernier rôle à la télé. Elle ne supporte pas qu'on lui en parle. Elle déteste tout autant qu'on mentionne son vrai prénom : Rainbow[1]. Dès qu'elle a eu dix-huit ans, elle a changé – elle a carrément un certificat spécial du gouvernement. À l'époque, bien avant le lancement du blog, ma mère s'est forgé une nouvelle image de marque. C'est même pas elle qui m'en a parlé, c'est mon père. Il m'a aussi raconté que le vrai nom d'oncle Gareth, c'est Garfunkel, mais ça, c'était peut-être pour rigoler – j'en suis toujours pas sûre.

— C'est bon, Eva. Pas besoin d'être agressive. On s'inquiétait pour toi, c'est tout.

— Pour la chaîne, surtout...

— Tu sais bien que c'est faux, a-t-elle nié, la bouche en cul-de-poule. Tout ce qui compte pour nous, c'est toi ! Mais c'est vrai que la page YouTube a beaucoup de succès en ce moment et, pour l'exploiter au maximum, il nous faut du contenu... On travaille dur pour que tu ne manques de rien, Eva. Il a fallu des années pour en arriver à ce niveau de popularité. Tout ce qu'on te demande, c'est de participer un peu. Tu te rends compte que grâce à ça, tu as tout ce que tu veux ?

— Participer à ma propre humiliation, ai-je marmonné.

— Pardon, chérie ?

J'étais sûre qu'elle m'avait bien entendue.

— Rien !

Et je lui ai fait le faux sourire qu'elle sait très bien reconnaître. Elle avait l'air toute retournée en sortant, et je dois dire qu'à ce moment-là, j'étais assez fière de moi.

Quand je suis descendue le lendemain, ils fêtaient une grande nouvelle. Un journal national les avait appelés :

1. « Arc-en-ciel » en anglais.

à partir du week-end suivant, ils allaient tenir chaque semaine une rubrique de conseils aux parents. J'ai alterné gorgées de jus d'orange enrichi en vitamines et sourires forcés, pendant que ma mère ponctuait son récit devant la caméra de petits cris de joie. J'ai mangé un bout de tartine, puis fait semblant d'avoir une quinte de toux pour qu'elle soit obligée de recommencer son monologue plusieurs fois, jusqu'à ce que mon père me dise de filer au collège si je n'étais là que pour gâcher la vidéo. J'ai pris mes affaires et je suis partie sans dire au revoir.

Ma sortie aurait été encore plus réussie si je n'avais pas laissé mes livres pour le club des langues étrangères sur la table de la cuisine. Mon père m'a couru après dans l'allée, pieds nus, pour me les donner.

— Hé, passe une bonne journée, ma puce, a-t-il lancé (enfin je crois, je ne suis jamais cent pour cent sûre quand il parle danois...).

Chaque vendredi midi, je vais au club des langues étrangères : étant donné que personne n'enseigne le danois au collège, on nous envoie, moi et deux ou trois autres soi-disant bilingues, dans la classe de Mme Chapelle. Il y a plein d'ordinateurs au fond : on joue et on regarde des vidéos dans la langue qu'on est censés apprendre jusqu'à la sonnerie. Elle parle des tonnes de langues, la prof, mais pas le danois ni l'arabe – ça, c'est pour Rami, le copain de Spud. Ça a l'air vachement plus dur que le danois. De son côté, Mme Chapelle lit des magazines en français à son bureau et, des fois, elle parle à Clarissa en mandarin. Le vendredi, du coup, j'ai des livres en plus à prendre, mais ça ne me dérange pas trop. Et puis la prof nous donne toujours des gâteaux à la fin du cours. Le pire, c'est quand mon père me demande quels nouveaux mots j'ai appris, alors qu'en général, j'ai déjà tout oublié quand je rentre à la maison.

Vu que Spud n'était pas encore là, je me suis assise sur le muret, les écouteurs dans les oreilles. Sur la page de *La Vie d'Eva*, il y avait une toute nouvelle vidéo, « Lâcher prise ». J'ai appuyé sur play.

« Salut tout le monde ! Comme toujours, bienvenue sur notre chaîne ! Bon... on s'est un peu disputées, avec Eva, a fait ma mère en se mordant la lèvre. Et je préfère vous en parler, plutôt que de faire comme si on avait une vie parfaite. C'est la grande tendance chez les vlogueurs en ce moment... mais ça ne nous ressemble pas. »

— Spud ! ai-je hurlé en sursautant.

Tapi derrière le mur, il venait de me bondir dessus, et j'ai failli lâcher mon téléphone.

— Première règle du jujitsu : toujours rester sur ses gardes, Eva, a-t-il annoncé, tout sourire.

— T'en fais même pas, ai-je rétorqué en retirant mes écouteurs.

— Faux ! Je suis un grand maître.

— Spud... tu sais aussi bien que moi que t'es le maître de rien du tout, à part des plantes mangeuses d'insectes bizarres que t'as dans ta chambre.

— Les *Dionaea muscipula*, tu veux dire, a-t-il rectifié en levant les yeux au ciel. Ou dionées attrape-mouches, pour les non-initiés.

— Ouais, et elles sont sans doute meilleures que toi en jujitsu. Moi aussi, d'ailleurs.

Je me suis levée et j'ai fait voler la bouteille d'eau qu'il avait dans la main, avant d'attaquer la montée au pas de course. Quand on est arrivés tout en haut, il m'avait grimpé sur les talons au moins six fois pour me faire perdre mes chaussures, et je lui avais donné à peu près autant de coups de sac-repas. C'était la première fois depuis des années qu'on jouait comme des gamins. Un peu essoufflée à force de rire, je suis restée à l'observer sans savoir si la partie était terminée, vu qu'on était en bout de parcours, ou s'il allait me balancer sa trousse à la tête. Il avait l'air prêt à bondir.

— Eva ! a lancé Hallie.

Il a souri.

— Sauvée par le gong, Andersen, a-t-il lâché avant de traverser la rue.

En arrivant au niveau des deux filles, j'ai vu Carys dans la montée et j'ai proposé qu'on l'attende, mais elles ont échangé un drôle de regard au moment où je complimentais Hallie sur ses tresses, roulées en deux chignons.

— En fait, Eva, a-t-elle commencé, on ne veut pas trop de Carys dans le groupe.

— Quoi ? Mais pourquoi ? lui ai-je demandé les yeux rivés sur elle.

J'ai compris, à la façon dont elles se regardaient une fois de plus, qu'elles en avaient discuté dans mon dos.

— Ma cousine est dans son ancien collège, et elle m'a dit qu'on aurait des ennuis en traînant avec elle, a expliqué Gabi.

— Sérieux ? ai-je rétorqué, les yeux posés sur Hallie. Et ça te suffit ?

Elle a haussé les épaules.

— La cousine de Gabi était quand même dans sa classe, et puis... je ne la connais pas trop.

— Exactement ! Alors pourquoi tu veux pas lui donner une chance ? Je suis sa marraine, en plus. Je peux pas la laisser tomber comme ça...

— Elle t'a déjà créé des problèmes, est intervenue Gabi. À chaque mot qui sortait de sa bouche, un petit nuage de buée se formait.

— Avec ta mère, je veux dire. Miss Wilson comprendrait, c'est sûr.

Les yeux baissés, Hallie évitait mon regard.

— J'ai raconté à Gabi que ta mère m'avait appelée...

Je cherchais pas à être méchante, mais j'avais l'impression d'être prise pour une idiote, et ça me donnait envie de pleurer. Et puis je commençais à en avoir un peu ras le bol de Gabi...

— J'ai passé du temps avec Carys, et je l'aime bien. Elle est super gentille. Alors c'est peut-être ta cousine, le problème.

— Eva ! s'est écriée Hallie comme si je venais de lui balancer un seau d'eau gelée sur la tête.

— Tout ce que je dis, c'est que tu ne connais même pas Carys... Pourquoi t'es toujours de son côté à elle ? Et moi, alors ? C'est moi ta meilleure copine normalement, pas Gabi Galloney !

Allez savoir pourquoi j'ai ajouté son nom de famille. Sans doute parce que je sais très bien qu'elle déteste ça. En haussant les sourcils, elle a jeté un regard à Hallie.

— Tu vois ?

— Eva, a repris cette dernière, Gabi pense que tu ne l'aimes pas...

Je n'ai pas répondu : c'était pas vraiment une question et surtout, c'était pas loin de la vérité. De toute façon, avec Hallie, ça ne servait à rien de mentir, parce qu'elle me connaissait par cœur. Gabi me fixait avec ses fameux yeux de zombie, et je mourais d'envie de lui balancer mon sac-repas en pleine tête, côté thermos.

— J'y vais. Tu peux attendre avec elle, si tu veux, a-t-elle lâché à Hallie.

— On se voit en cours, d'accord ? m'a fait cette dernière après avoir croisé mon regard une seconde.

Elle m'a plantée là pour suivre Gabi. J'ai senti ma gorge se nouer en les regardant s'éloigner ensemble en direction du collège. Hallie et moi, on se connaissait depuis la primaire : quand on était petites, sa mère nous servait des beignets de banane plantain sur une assiette juste à nous, pour qu'on puisse partager ; à la récré, on mélangeait nos compotes et on appelait ça de la potion magique ; on écrivait nos noms comme dans les mots croisés... Peut-être que j'aurais dû leur courir après pour m'excuser mais là, tout de suite, j'aurais préféré m'arracher les yeux plutôt que de dire pardon à Gabi Galloney.

— Salut, a haleté Carys. Merci de m'avoir attendue ! Tu veux qu'on les rattrape ?

— Non, elles ont des trucs à faire pour le conseil des élèves.

Je préférais ne pas lui raconter ce qu'avait dit Gabi – la connaissant, elle avait peut-être tout inventé... Peut-être même que c'était sa cousine qui avait harcelé Carys.

— Ça va ? a-t-elle demandé en me voyant glisser le doigt sur mon écran. Tes parents ont encore posté un truc ?

— Tu veux que je te montre ?

Elle a fait oui de la tête.

J'ai lancé la vidéo et je lui ai tendu mon portable. « Bon... on s'est un peu disputées, avec Eva... », a commencé la voix de ma mère. J'ai levé les yeux au ciel, en faisant de mon mieux pour ne pas écouter. Mais ça n'était pas vraiment possible.

« ... mais ça ne nous ressemble pas. Pour moi, c'est important de tout partager, même quand ça ne se passe pas comme prévu. Il y a des jours comme ça où on se sent assez nul... Je n'ai jamais prétendu être la mère parfaite, mais vous savez qu'avec Eva, on est vraiment très, très proches. Sauf que ces derniers temps, on a plus de mal à s'entendre que d'habitude. C'est peut-être parce qu'elle a les hormones en folie, mais bon... Pour tout vous dire, ce soir, elle nous a claqué la porte de sa chambre au nez. Vous qui connaissez bien notre petite Eva, vous savez que ça ne lui ressemble pas. Elle qui est toujours si... relax ! Lars pense qu'elle a juste besoin qu'on la laisse tranquille de temps en temps. C'est tout lui : la voix de la raison ! Mais je suis un peu perdue... »

Là, on la voit s'éventer le visage et s'essuyer les yeux.

J'avais presque de la peine pour elle à ce moment-là. Presque.

« Donc si vous avez des conseils pour mieux communiquer avec un ado, n'hésitez pas à les partager en commentaire. Demain matin, on a une grande nouvelle à vous annoncer, soyez au rendez-vous ! Vous pouvez vous abonner à nos actus famille hebdomadaires en cliquant sur ce lien... »

— C'est un peu bizarre, non ? a commenté Carys. C'est quoi, leur grande nouvelle ?

— Un journal leur confie une chronique. J'imagine que c'est pour écrire sur moi...

— Oh mon Dieu. Je serais morte de honte si mes parents me faisaient ça... Désolée, a-t-elle ajouté en me regardant.

— T'inquiète.

J'ai arrêté la vidéo avant que celle d'après ne se lance automatiquement, puis j'ai remis mon téléphone dans ma poche. Un jour, en cours de géo, le prof nous avait montré un documentaire sur l'érosion des côtes, où on voyait carrément une maison glisser d'une falaise. Je me sentais un peu comme son propriétaire : je voyais ma vie sombrer lentement dans l'eau, sans rien pouvoir y faire...

13

LES TROLLS

Hallie m'a à peine calculée de tout le cours. J'aurais bien voulu discuter avec elle, mais on était censés lire en silence. Je croisais les doigts pour qu'elle lève les yeux de son livre, mais elle n'a pas bronché. J'ai voulu aller la voir à la sonnerie mais Miss Wilson m'a appelée à son bureau. Elle avait de la peinture séchée partout sur les mains et tentait de gratter les taches tout en me parlant :

— Alors, Eva ! Tu n'as toujours rien mis sur le Mur des Réussites ?

Je me suis mordu la lèvre.

— Tu sais, je pourrais afficher un de ces beaux dessins que tu m'as rendus... Mais l'idée, c'est de choisir quelque chose dont toi, tu es fière !

Elle m'a souri avant de continuer :

— Je sais que tu es très occupée, Eva... Si c'est trop pour toi et que tu as besoin d'en parler, je suis toujours là.

— Tout va bien, ai-je dit sans oser croiser son regard.

Les profs ont un don pour savoir si on dit la vérité ou non. Je suis sûre qu'ils sont formés spécialement pour ça. Miss Wilson m'a regardée sans un mot, puis a repris :

— D'accord. Mais tu me promets de trouver quelque chose à mettre sur le mur ?

J'ai hoché la tête et elle m'a laissée partir.

En sciences, Mr Jacobs a mis une vidéo sur l'électromagnétisme. J'ai déplacé mon tabouret à côté de Hallie, sauf que Gabi s'est installée entre nous deux. Impossible de lui parler du coup, même si de toute façon elle avait l'air complètement absorbée.

Quand j'ai tenté une nouvelle fois d'entamer la conversation à midi, elle s'est contentée de répondre :

— Je dois y aller, désolée. Je fais mon enchaînement devant Mrs Marshall, et puis tu as ton club, non ?

Et elle a filé sans se retourner. Carys est allée manger avec Jenna et Nadira, et je suis partie au labo de langues.

— Je t'ai gardé une place, m'a annoncé Rami quand je suis arrivée, en enlevant sa trousse de la chaise à côté de lui.

— Merci !

Une fois assise, je me suis connectée sur *Hej Danmark!* – un site danois avec des vidéos de prononciation, des infos pour les touristes et un faux forum où on peut discuter avec des personnages virtuels. Pas sûre qu'il soit très actif...

J'étais lancée dans une vidéo sur Copenhague quand Rami m'a tapoté le bras. J'ai baissé mon casque d'un côté.

— Je t'ai vue avec la nouvelle...

Il a jeté un regard à Mme Chapelle, toujours concentrée sur son magazine, avant de chuchoter :

— Tu savais que c'était pas vrai, le coup de la scolarisation à domicile ? En fait, elle était à Saint-Augustin avant...

J'étais censée garder le secret sur cette histoire de harcèlement, mais apparemment, ça avait quand même fait le tour du collège. J'ai haussé une épaule.

— Elle m'a raconté, oui, mais...

— Ça craint, hein ? a-t-il fait en haussant les sourcils. Il paraît que c'est une de ses copines qui l'a dénoncée au directeur. L'hoooorreuuuur !

— Comment ça, dénoncée ? Pourquoi ?

Je ne savais pas du tout de quoi il parlait.

— Pour avoir coupé le wifi dans toute l'école ! (Il a revérifié que la prof ne nous entendait pas.) Je sais pas comment, mais Carys a réussi à le pirater et à fermer tout le réseau. Elle t'a pas dit ? Et encore, y a pire... a-t-il ajouté en faisant enfin une pause pour respirer.

— Ça m'étonnerait que ça se soit passé comme ça, Rami, ai-je fait en me tournant de nouveau vers l'ordinateur. À mon avis, quelqu'un a tout inventé.

— Si tu le dis, a-t-il répondu en remettant ses écouteurs. Mais la cousine de Gabi est à Saint-Augustin, et Carys était dans sa classe.

— J'ai tendance à pas trop faire confiance à Gabi Galloney...

— Moi non plus ! Mais une copine de Becca Matthews est là-bas aussi et elle a raconté la même chose. Et c'est la vice-présidente du conseil des élèves, quand même.

Sur ce, il s'est remis à regarder *Les Simpson* sous-titrés en arabe.

Les yeux fixés sur mon écran, je me suis demandé pourquoi Becca Matthews irait inventer des trucs pareils sur Carys.

Et elle n'était pas la seule. Quand Mme Chapelle nous a distribué des Oreo à la fin de l'heure, il y avait déjà trois groupes de discussion sur les réseaux qui ne parlaient que de ça. D'après Amber, une autre fille de cinquième, Carys avait trafiqué la signature des emails de son prof de sciences pour ajouter « Vers l'infini et au-delà ! », et remplacé sa photo de profil par celle de Buzz l'Éclair. Lucas, lui, racontait qu'elle avait coupé le wifi pendant une séance de techno (aucun élève n'avait pu sauvegarder son travail), et Callum qu'elle avait piraté le site officiel de Saint-Augustin pour mettre des photos des ogres du film *Les Trolls* à la place de celles des profs dans l'onglet « présentation de l'équipe ».

J'ai écrit : *Je suis sûre que c'est n'importe quoi.*

Sauf que, dans la foulée, Charley Rhodes, un garçon de 5e T, a posté une vieille capture d'écran qu'avait reçue son frère. Et là, en dessous de « Mr Denham, professeur principal », une photo du prince Gristle... En légende, Charley a ajouté à peu près un million de smileys morts de rire. Je n'arrivais pas à y croire... Ni à me sortir ça de la tête.

Carys m'attendait devant la salle d'anglais en jouant sur son téléphone. Elle a enlevé ses écouteurs quand je lui ai tapé sur le bras.

— Coucou ! Alors, c'était comment le club des langues ?

— *Fint, tak!* ai-je répondu.

Ça veut dire « Bien, merci » – enfin, je crois. J'ai attendu que le couloir se vide avant de lui demander :

— Dis, je peux te parler d'un truc ?

— Pas de souci. Laisse-moi deviner...

— C'est juste que... y a des rumeurs...

— Sur le piratage, c'est ça ? a-t-elle dit en tripotant un petit pic transparent qu'elle avait dans l'oreille.

— T'es pas obligée de m'en parler... Mais on est amies, non ?

En soupirant, elle a posé la tête sur le mur – à quelques millimètres d'un portrait en 3D de Jane Austen.

— Et si c'était la vérité, ça changerait quelque chose ?

— Bien sûr que non ! C'est vrai, alors ?

— En partie... (Elle a haussé les épaules.) Désolée de pas t'en avoir parlé. Je sais pas ce qu'on t'a dit, mais y a des trucs faux dans le lot. J'ai désactivé le wifi une ou deux fois, changé deux trois photos sur le site de l'école, et fait une vidéo par-ci par-là...

— Je pensais pas que tu savais faire tout ça. C'est génial !

Ça l'a fait sourire.

— À la base, c'était juste un jeu, mais ça a un peu dérapé... Je voulais tester les trucs que j'apprenais en codage avancé, pour voir ce que j'étais capable de faire incognito. C'était pour m'amuser, mais bon... ça n'a pas trop fait rire le collège, ni mes parents. Quand ils ont su que c'était moi, je me suis fait renvoyer. Et si je recommence, mon père m'expédie chez ma tante Edna. Elle a cent ans, et elle vit sur une espèce d'île paumée en Écosse – il fait super froid, et y a pas l'ADSL...

— C'est nul qu'ils t'aient expulsée direct. Tu aurais mérité une deuxième chance.

— Ils m'en avaient déjà donné plusieurs, en fait. C'est juste que j'ai fait confiance à une de mes copines, mais j'aurais pas dû. Elle m'avait promis d'en parler à personne...

— C'est une amie à toi qui t'a balancée ?

— Bah, sa grande sœur avait perdu certaines de ses fiches pour le bac...

Elle a jeté un œil par-dessus son épaule, et on a toutes les deux vu arriver Miss West pile au même moment.

— Vaut peut-être mieux en reparler plus tard.

On est entrées en classe ensemble, avec Carys, et Hallie m'a lancé un regard qui voulait dire : « Tu vois ? J'avais raison. » Elle a détourné les yeux plutôt que de me rendre mon sourire. Peut-être que le plus simple serait juste de dire pardon à Gabi, même si j'en pensais pas un mot... Quand elle s'est tournée vers moi, je lui ai souri à elle aussi mais tout ce que j'ai récolté, c'était une sorte de rictus sarcastique. Du coup, j'ai décidé une fois pour toutes que je préférais mille fois me coltiner chaque jour de ma vie la vidéo de Mr Jacobs sur l'électromagnétisme, plutôt que d'échanger ne serait-ce qu'un mot de plus avec Gabi Galloney. Pourvu que ça ne me coûte pas l'amitié de Hallie...

Ce soir-là, pendant que mes parents consultaient des menus à emporter sur l'iPad (burgers à l'aubergine ou nouilles aux haricots noirs ?), j'étais sur le canapé, genoux sous le menton, à parcourir toutes les conversations de groupe sur Carys. Personne n'avait l'air au courant de l'existence des vidéos dont elle m'avait parlé. J'aurais voulu en savoir plus, mais je ne savais pas si ça se faisait de lui poser la question.

J'ai sursauté quand mon père m'a donné un petit coup de pied dans la jambe : il pointait la caméra sur moi.

— Alors, Eva ? Les nouilles, ça te tente ?

J'ai laissé tomber mon portable sur le canapé, écran vers le bas, et me suis forcée à sourire. Je ne pouvais peut-être pas les empêcher de filmer, mais saboter leurs vidéos, ça, c'était faisable.

— OK... J'espère juste que j'aurai pas la diarrhée cette fois !

— Eva ! Ça ne t'a jamais donné la diarrhée...

J'ai fait de mon mieux pour ne pas éclater de rire.

— Va pour les nouilles, alors. Mais tu peux leur dire de pas mettre ces trucs jaunes dégueu dans les miennes ? C'est vraiment pas bon !

Petit bruitage maison en bonus : j'ai fait semblant de vomir.

— Je ne sais même pas de quoi tu parles, Eva ! a lancé ma mère, aussi choquée que si je venais de balancer un gros mot, ou un truc du genre.

— Tss, a fait mon père. Ça fait une semaine qu'elle est de mauvaise humeur, et c'est de pire en pire ! (Il m'a donné un autre petit coup.) Et si on mangeait du *brunkål* au lieu de commander à emporter, hein ?

Ça veut dire « chou brun » en danois. Et ça m'a donné une idée.

— Oui, du *brunkål*, ce serait super ! ai-je dit dans mon danois le plus soigné.

Il a souri une seconde avant de comprendre.

— Eva, ne parle pas danois quand on filme, s'il te plaît.

— Mais papa... ai-je continué, c'est toi qui m'as dit qu'il fallait que je pratique !

Toujours en danois, j'ai commencé à leur raconter ma journée et à leur parler de la belle ville de Copenhague en m'appliquant le plus possible – même si ça ne devait pas être grandiose. Mais ce qui est sûr, c'est que ça fonctionnait : ma mère avait l'air complètement horrifiée.

— Eva ! Pourquoi tu gâches la vidéo comme ça ? Comment on va faire pour...

— Ne t'inquiète pas, est intervenu mon père. Je peux mettre des sous-titres. On aura peut-être des abonnés danois en plus, comme ça !

Ça m'a coupée dans mon élan.

— Faites ce que vous voulez, je m'en fiche.

Rouge de honte, j'ai attrapé mon téléphone et me suis réfugiée dans ma chambre en claquant la porte juste assez doucement pour ne pas m'attirer d'ennuis. Ils étaient en train de rigoler.

Allongée sur mon lit, j'ai refait défiler les messages sur Carys avant de retourner sur la page de *La Vie d'Eva*. Chaque fois que je tombais sur un commentaire négatif, je prenais une capture d'écran. Ma mère m'avait toujours dit que c'étaient d'autres youtubeurs, jaloux de notre succès, qui écrivaient ce genre de choses. Quand je pense qu'à l'époque, j'y croyais... J'ai tout envoyé à Carys :

Michaela188 : *Mais quelle horreur de faire ça...*

Kelly_Sandra : *Je plains votre pauvre fille.*

Hennessey : *C'est honteux ! Il y a des choses qui ne se partagent pas !*

SparkleyAlice : *OMG et l'intimité, ça n'existe plus ?*

UFCC : *Prêts à tout pour être célèbres...*

OnlyBuzzin : *Je vous souhaite de choper un ver solitaire.*

Carys : *C'est quoi ?*

Je lui ai envoyé le lien, avec comme légende : *Le courrier des fans* 🙄

Elle a mis un peu de temps à répondre.

Carys : *Désolée, je viens de re-regarder la vidéo sur tes règles... C'est ENCORE PIRE la deuxième fois.*

J'ai répondu : *Ouais, je sais... Je leur ai demandé de la supprimer, mais avec 3,5 millions de vues, c'est même pas la peine.*

Carys : *OMG évidemment qu'il faut l'enlever. Ça craint ! C'est tes règles, donc c'est toi qui décides ! Je suis tellement désolée pour toi, Eva* ♥♥♥

Je lui ai renvoyé un smiley qui sourit avant de reposer mon téléphone. Au plafond, les guirlandes qu'avait accrochées ma mère scintillaient comme de fausses étoiles. Carys avait raison : c'étaient mes règles à moi, ma vie à moi... Sauf que la Marque s'en fichait pas mal, de tout ça.

Le lendemain, j'étais en train de dessiner tranquillement sur mon lit en pensant à ce que Carys avait fait à Saint-Augustin, quand on a tapé à ma porte. Ma mère est entrée sans attendre ma permission, suivie de près par mon père, caméra à la main. J'ai vite refermé mon carnet.

— Il faut absolument que tu voies ça, Eva ! s'est-elle écriée. Regarde ce que je viens de retrouver !

Elle m'a tendu un cahier avec, en couverture, les mots suivants :

Le Journal Top Secret de
~~Rainbow~~ Jennifer Jones
1987
SI TU LE LIS, TU MEURS, GARFACE !

Le surnom d'oncle Gareth m'a donné envie de rire, mais je me suis contentée de lâcher un « Super ! » sarcastique, en espérant que ça suffise pour qu'ils me laissent tranquille. Raté.

— Lars hurle de rire depuis tout à l'heure, a ajouté ma mère, le sourire jusqu'aux oreilles.

— J'ai rien entendu. Et on a dit : pas de vidéos dans ma chambre.

— Oh, allez, Eva... a fait mon père en continuant à me filmer. C'est le journal intime que tenait Jen à ton âge ! C'est drôle, quand même ! Tu veux qu'on te lise des extraits ?

— Pas si c'est filmé.

Mais ma mère était déjà en train de s'éclaircir la gorge. Je me suis retournée pour être face à la fenêtre.

— Y a rien de dégueu sur toi et papa, j'espère !

— Eva ! a-t-elle dit en riant. J'avais treize ans ! Je n'avais même pas rencontré Lars.

— Dieu merci...

— Alors, ça, c'était le 8 juin 1987 : « Ma mère est TOUJOURS SUR MON DOS ! Elle vient de confisquer mon lecteur de cassette pour VINGT-QUATRE HEURES !!! Juste parce que j'ai mis la musique trop fort UNE OU DEUX FOIS, sans faire exprès. Ça doit être la seule personne sur Terre à ne pas aimer les chansons de Kim Wilde... De toute façon, j'ai mon Walkman, donc je peux continuer à écouter ! Ha ha ha ! Ça fait dix mille fois que je lui demande de m'appeler Jennifer, mais elle continue à dire Rainbow, alors qu'elle sait très bien que je ne supporte pas ce prénom !!! J'ai l'impression qu'elle s'en fiche de ce que je veux... JENNIFER, c'est pas si compliqué, quand même !!!? J'ai trop hâte d'être une actrice célèbre,

JENNIFER JONES, comme ça elle sera obligée d'arrêter avec Rainbow... Aujourd'hui, je me suis entraînée plein de fois à signer des autographes. On ne sait jamais, si je me fais repérer demain ! Et sinon, Garface a commencé à piquer l'after-shave de mon père, alors qu'il a que onze ans et pas un seul poil de barbe, et ça PUE ! »

Elle s'est écroulée sur le lit en gloussant, et j'ai replié les genoux pour rester hors de sa portée.

— Oh mon Dieu, a-t-elle soupiré en s'essuyant les yeux. Quelle sale gosse ! Ta pauvre grand-mère...

— Ouais, la pauvre, ai-je lâché très sérieusement.

Elle est repartie en fou rire.

— Oh, Eva...

Elle m'a prise dans ses bras mais je suis restée aussi raide qu'un piquet, et elle a fini par me lâcher.

— Ce n'est vraiment pas évident d'avoir treize ans, hein ?

Je voyais bien qu'elle faisait tout pour se réconcilier avec moi. Mais si elle y tenait tant que ça, mon père ne serait pas là, en train de filmer, et elle n'aurait pas besoin de se forcer à rire aux larmes.

— Alors ? a-t-elle fait en me remettant les cheveux derrière les oreilles. Tu la trouves comment, la version ado de ta mère ?

— Pénible.

Toujours en riant, elle m'a déposé sur le front un baiser que j'ai aussitôt essuyé, refusant de rire avec elle. Moment gênant...

— L'adolescence, ça n'était pas facile pour moi tous les jours, tu sais... Des fois, je n'étais pas du tout d'accord avec mamie, et je n'ai compris que plus tard que tout ce qu'elle faisait, c'était pour mon bien.

Je me suis redressée.

— Elle a annoncé tes premières règles au monde entier, mamie ?

— Non... Mais elle m'a quand même forcée à partager la salle de bains avec ton oncle Gareth.

— Rien à voir ! ai-je soufflé en levant les yeux au ciel. Si ça fait de moi une sale gosse de pas vouloir que toute la planète soit au courant de toute ma vie, alors OK, je suis une sale gosse.

Ma mère a jeté un regard confus à mon père : on aurait dit une actrice qui avait oublié sa réplique. Il a baissé la caméra.

— Eva, tu te rends compte qu'on est obligés de continuer à créer du contenu en ce moment, non ? Surtout avec le lancement de notre chronique le week-end prochain. On ne peut pas arrêter maintenant, ça n'aurait pas de sens.

— Non, ça n'aurait pas de sens, évidemment, ai-je répété, parce que je n'avais plus rien à ajouter (à quoi bon ?).

— Ça te dit, un *escape game* en ligne tout à l'heure ? a suggéré ma mère comme si de rien n'était.

J'ai fait non de la tête, et attendu qu'ils ferment la porte derrière eux pour ressortir mon carnet.

Ma grand-mère avait confisqué à sa fille son « lecteur de cassettes », et alors ? Ça faisait mille ans, déjà, et puis qu'est-ce que ça prouvait ? Je risquais pas de m'apitoyer sur son sort. Soi-disant, elle aussi s'était sentie incomprise par sa mère... alors pourquoi elle n'essayait même pas d'ouvrir les yeux sur tout ce qu'elle me faisait subir ?

J'ai déverrouillé mon portable pour retourner jeter un coup d'œil à la capture d'écran du site de Saint-Augustin que Charley avait envoyée. J'avais du mal à croire que c'était Carys, *mon amie* Carys, qui avait réussi ce tour de force... Et elle s'en serait tirée si elle n'en avait pas parlé à sa copine. Il aurait suffi de garder le secret, de ne rien dire à personne... et elle s'en serait sortie sans problème.

Je savais que c'était pas une bonne idée, ce que j'avais en tête. J'avais la boule au ventre, comme la fois où j'avais débarqué en cours de sciences sans avoir fait mes devoirs. Mais en même temps, je sentais monter l'excitation : je venais peut-être enfin de trouver le moyen de reprendre le contrôle de ma vie.

J'ai pris mon téléphone et, dans les contacts, j'ai sélectionné Carys. *J'ai besoin de ton aide sur un gros coup. Ça te dit ?*

J'ai vite appuyé sur « envoyer » avant de changer d'avis.

Carys : *Évidemment. Qu'est-ce que je peux faire ?*

J'ai hésité un moment avant de répondre : *Pirater* La Vie d'Eva.

14

SANS LAISSER DE TRACES

Le lendemain matin, j'ai été réveillée par ma mère qui criait :

— Lars ! Tu peux relire l'article ? J'aimerais l'envoyer aujourd'hui !

Et la réponse :

— Une seconde !

En entendant descendre mon père, j'ai ouvert ma porte pour tendre l'oreille. Il a commencé à lire à voix haute :

— « Bienvenue à nos deux nouveaux chroniqueurs, Lars et Jen Andersen, fondateurs de la chaîne famille à succès *La Vie d'Eva*. Deux fois par semaine, ils nous font suivre sur YouTube les hauts et les bas de leur quotidien de parents avec leur fille de treize ans, Eva. Dans cette rubrique inédite, ils donnent chacun leur point de vue sur ce grand défi qu'est l'éducation des enfants. »

— C'est super ! s'est-il exclamé. Parfait ! Et j'adore ton titre : *Votre petite fille grandit… quelle galère !*

Son rire a résonné jusqu'au palier.

— C'est Eva toute crachée !

Surprise : encore une fois, ils prévoyaient de me faire passer pour la dernière des imbéciles.

— Et qu'est-ce que tu penses de ça pour commencer ? a enchaîné ma mère. « En tant que parents d'une ado, on en apprend chaque jour : par exemple, comment aider sa fille à surmonter le traumatisme des premiers boutons, se faire à l'idée qu'un haussement d'épaules c'est comme une longue conversation, ou réussir à garder son calme quand son smartphone s'invite à table. »

Mon père a rigolé avant de suggérer des modifications, et elle s'est mise à taper sur son clavier. Je suis retournée dans ma chambre sur la pointe des pieds. Ils allaient mettre l'article en ligne le week-end suivant : et si j'arrivais à poster anonymement toute une série de smileys qui vomissent ?

Plus tard dans la journée, sur TikTok, Hallie a mis des vidéos d'elle et Gabi dans son salon, en train de faire des figures de gym sur des tapis. Avant, c'était notre tradition à toutes les deux... Sur la première, elle réussissait parfaitement une roulade arrière jambes tendues, et on entendait Gabi hurler façon pom-pom girl ; sur celle d'après, elles faisaient le poirier face à face et leurs pieds venaient se toucher, formant une arche au-dessus de leurs têtes. Les voir ensemble comme ça, c'était un peu comme marcher pieds nus sur du verre brisé, mais j'ai quand même liké.

Le dimanche soir, Carys n'avait toujours pas répondu à mon dernier message, même si j'avais vu apparaître une ou deux fois la petite bulle grise avec les points de suspension. Du coup, je me sentais super mal de lui avoir demandé ça... Mais elle avait quand même mis un like sur Insta sur mon portrait de Miss Bubulle pour le cours d'arts plastiques, donc peut-être qu'elle ne m'en voulait pas à mort non plus.

Lundi matin, Spud n'a fait que parler de *Minecraft* tout le long du chemin, et je n'ai presque pas ouvert la bouche. J'étais trop occupée à préparer ce que j'allais dire à Carys pour l'écouter. On venait juste de devenir amies et j'avais déjà tout gâché... C'était le piratage qui lui avait valu son renvoi de Saint-Augus : pourquoi elle prendrait le risque de recommencer ? Quelle idée de lui avoir demandé un truc pareil... C'était complètement stupide, et super égoïste de ma part. J'étais en train de l'attendre au coin de la rue, penaude, quand je l'ai vue arriver tout sourire vers moi.

— Salut ! m'a-t-elle lancé.

Elle s'était fait une toute petite queue de cheval en fixant les mèches courtes de devant avec des épingles, mais la plupart étaient déjà retombées. Je rêvais de me couper les cheveux aussi court, mais avec ma mère, aucune chance...

— Merci de m'avoir attendue !

— Je suis vraiment désolée pour le message, ai-je lâché. Je suis débile de t'avoir demandé ça.

— C'est pas grave. Je voulais répondre, mais...

— Laisse tomber, on oublie ! J'étais super énervée contre mes parents, et puis... c'était vraiment une très mauvaise idée. Je sais que ça t'a causé plein de problèmes dans ton ancien collège... désolée.

Elle m'a regardée en plissant les yeux face au soleil du matin.

— J'ai jamais dit que c'était pas une bonne idée, a-t-elle rectifié avec un petit sourire malicieux. Faut pas qu'on en parle par texto, c'est tout. Supprime celui de samedi. Pour faire ça bien, faut pas laisser une seule empreinte.

J'ai pas pu m'empêcher de jeter un œil à mes chaussures, et ça l'a fait rire.

— Une empreinte *numérique*, je veux dire.

— Ah ouais... ai-je fait, des papillons dans l'estomac. Évidemment.

— Je plaisante pas. Faut pas laisser de traces, donc surtout, tu dis rien à personne, a-t-elle ajouté en me regardant droit dans les yeux. Vraiment personne, d'accord ? Même si c'est quelqu'un de confiance.

J'ai hoché la tête ; j'aurais bien aimé pouvoir prendre des notes, histoire de ne rien oublier.

— C'est le seul moyen de passer sous le radar.

Le « radar » ? Apparemment, c'était pas de la rigolade... D'un coup, le trottoir a semblé se dérober sous mes pieds, comme à la sortie d'un escalator.

Carys a pris la direction du collège.

— Tu viens ?

— Tu vas le faire, alors ? Enfin, tu vas m'aider ?

— J'en reviens pas que tu me demandes ça que maintenant, a-t-elle répondu avec un grand sourire.

Ça paraît fou mais, après ça, tout est allé comme sur des roulettes. Hallie et Gabi ne voulaient toujours pas traîner avec nous, et j'ai eu un élan de jalousie en les voyant partir ensemble à la cantine mais, de toute façon, avec Carys, il nous fallait un endroit tranquille pour discuter. On a choisi le grand chêne de l'autre côté du terrain de foot, pour que personne ne puisse nous entendre. Assises sur les branches les plus basses, on a commencé à monter un plan en mangeant.

Pendant que Carys grignotait son sandwich au fromage, j'ai trié les morceaux jaunes bizarres dans mon reste de nouilles aux haricots noirs. À tous les coups, mon père m'en avait rajouté exprès.

— J'imagine que tu pourrais récupérer le mot de passe de l'ordinateur où tes parents montent les vidéos et les mettent en ligne ?

— Je l'ai déjà. C'est « 1990_TambourineMan », le même que sur Netflix.

Elle a écarquillé les yeux.

— Quoi ?

— Eva ! Ça se fait pas de balancer des mots de passe comme ça ! a-t-elle lancé en rigolant.

— Ah, désolée... C'est juste que c'est facile à retenir : l'année où ils se sont connus, et la chanson qui passait au moment de leur rencontre.

— Ils ont l'air aussi attentifs aux questions de sécurité que toi, a-t-elle commenté en haussant les sourcils.

— Je connais pas le mot de passe de la chaîne, par contre.

— C'est pas grave. Tant que tu peux te connecter sur l'ordi, tu devrais pouvoir accéder à tout le reste. Je vais t'expliquer.

J'ai commencé à fouiller dans la poche de mon blazer, à la recherche d'un stylo.

— Dis, t'as pas parlé à tes parents du piratage à Saint-Augus, hein ? Faut surtout pas qu'ils soupçonnent quoi que ce soit...

— Pas du tout, l'ai-je rassurée en sortant ma trousse de mon sac.

— Et à Spud ? Tu crois qu'il pourrait se douter d'un truc ?

— Lui, c'est pas un souci. Le plus souvent, il est dans son monde...

J'ai sorti mon carnet.

— J'suis prête, vas-y.

— Eva... tu peux vraiment pas prendre de notes, a-t-elle expliqué, les sourcils froncés. Va falloir tout mémoriser. Comme ça, on laisse zéro trace. Pirater la chaîne de tes parents, ça peut vraiment nous créer des problèmes.

— Ah oui, c'est vrai... Je sais, désolée. C'est juste que j'ai envie que tout se passe bien.

— Ça va aller, t'inquiète, a-t-elle fait en souriant. Pour nous, en tout cas.

Quand je suis arrivée à la maison, ma mère a fait sa gentille vu qu'ils avaient un nouveau sponsor – Récup', une entreprise de papier à lettres recyclé – et qu'elle n'avait toujours pas réussi à me convaincre de prendre une photo avec leurs produits. Du coup, elle en faisait des tonnes.

— Allez, Eva... En dix minutes, c'est plié ! On a déjà une semaine de retard. S'il te plaît...

— Faut que je travaille.

Il fallait que j'agisse comme d'habitude, pour ne pas éveiller les soupçons. On avait tout prévu avec Carys, jusqu'au moindre détail. Sauf que donner la priorité à mes devoirs, c'était peut-être pas si habituel que ça parce que mon père a passé au moins dix minutes à rire.

— J'ai bien entendu ? Eva qui veut vraiment faire son travail ? Elle est bien bonne, celle-là !

— Mais c'est de la papeterie, justement, a insisté ma mère. On peut prendre des photos en même temps !

— Ça m'étonnerait...

Mais je savais que tant que je n'accepterais pas de faire la séance, ils ne me laisseraient pas monter dans ma chambre.

— Bon, d'accord, ai-je fini par dire en soupirant longuement. Mais vous ne pourrez pas vous plaindre si je rate mon brevet...

Une demi-heure plus tard, j'étais assise sur la balancelle du jardin, affublée d'une énorme coiffe à plumes, à faire semblant d'écrire avec un stylo en papier journal recyclé. Le ciel était strié de rose à l'approche du soleil couchant.

— Redresse un peu la tête, Eva, a lancé ma mère. Et tu peux peut-être lever un peu plus le carnet ?

J'ai tendu le bras le plus haut possible.

— Très drôle... Et si tu pouvais sourire – ou au moins ne pas faire la tête, ce serait parfait !

J'ai bien senti que ça commençait à lui taper sur les nerfs. J'ai fait exprès de sourire comme une idiote. Elle s'est tournée vers mon père en soupirant :

— Tu veux essayer, Lars ?

Elle lui a tendu l'appareil, et ils ont discuté quelques minutes à voix basse.

— Eva, joue le jeu, s'il te plaît, m'a-t-il demandé en souriant, ou on va y passer des heures... C'est juste une photo. Ça ne te fait même pas un tout petit peu plaisir de savoir que ces produits sont faits pour sauver la planète ?

Sur le bloc-notes, j'ai écrit « C'EST TROP DÉBILE » avant de me résigner à sourire.

— Parfait ! Ah, et le chat d'assaut débarque, évidemment...

Miss Bubulle m'a sauté sur les genoux et a commencé à ronronner en frottant son museau sur le coin du carnet.

— Tu t'incrustes encore sur la photo, c'est ça ? ai-je murmuré dans sa fourrure.

Elle a reniflé mon serre-tête et s'est mise à mâchonner les plumes.

— Ne la laisse surtout pas manger ça ! a crié ma mère avant de se précipiter pour le récupérer et essuyer la bave.

J'ai pris le chat dans mes bras pour retourner à l'intérieur.

— Tu veux voir la photo, chérie ? Tu es trop belle !

J'allais dire non, parce que j'étais en train de mourir de froid et, en plus, j'avais sûrement l'air ridicule avec ce truc à plumes sur la tête. Mais c'était la première fois qu'elle proposait de me montrer une image avant de la publier... Peut-être qu'elle commençait à comprendre ?

— D'accord, ai-je fait en reposant Miss Bubulle.

Le visage de ma mère s'est illuminé. Je me suis approchée, la main sur les yeux pour bien voir l'écran.

— Tu vois ? Une vraie star, a-t-elle dit en déposant un bisou sur ma tête.

Elle a retiré de toutes petites plumes de mes cheveux, et je les ai regardées voleter jusqu'à la haie – c'est là que j'ai remarqué le visage de Spud dans les buissons. J'ai jeté un regard à ma mère, occupée à répondre aux commentaires qui étaient déjà en train d'arriver : elle n'avait pas du tout attendu mon avis sur la photo avant de la poster, en fait.

— On dirait que j'ai un paon qui me pousse sur la tête, ai-je lâché avant de rejoindre mon voisin.

En m'approchant, j'ai vu que son cochon d'Inde était là aussi, et qu'ils portaient tous les deux un casque militaire. Les parents de Spud ne veulent pas non plus qu'il soit dans nos vidéos, mais ça ne l'empêche pas de venir espionner les tournages en extérieur et, il y a quelques années – un été où mon père avait acheté une pieuvre d'arrosage –, il s'est même retrouvé dans une séquence. Mes parents avaient flouté son visage, mais on reconnaissait quand même son maillot *Star Wars* et, quand sa mère s'en est rendu compte, elle les a obligés à couper ce bout de film.

— Spud... tu ne peux pas mettre un casque à un animal, ai-je soufflé dans les feuillages, en retirant doucement le sien à Tartine. Où t'as trouvé ça, sérieux ? C'est à une Barbie ?

— Mission de reconnaissance. Restez en position, a-t-il lancé en prenant un accent américain. Le félin est-il dans les parages ? Je répète : le félin est-il dans les parages ?

— T'inquiète, ai-je répondu en rigolant. Miss Bubulle est retournée dans la maison. Mais j'ai des devoirs, en fait...

— Bien reçu. Négatif. Je répète, négatif. On se replie !

Et ils ont disparu tous les deux dans les buissons. Quelques secondes après, le bras de Spud a jailli pour récupérer le casque de poupée que j'avais encore dans les mains.

J'ai entendu mon père prendre une grande inspiration.

— Il est de plus en plus étrange, ce garçon...

Une fois à l'intérieur, je suis montée dans ma chambre, et c'est seulement là que j'ai vraiment réalisé que j'étais sur le point de pirater l'ordinateur de mes parents. J'ai déroulé toutes les étapes du plan dans ma tête : d'abord me connecter, ouvrir leur page YouTube, puis voir si le mot de passe était enregistré, aller le chercher dans les paramètres de confidentialité, le mémoriser et, enfin, commencer à supprimer des trucs. Rien de bien compliqué, selon Carys. Sauf que maintenant que tout était sur le point de se concrétiser, ça ne me paraissait plus si simple que ça.

C'est peut-être pour ça que je me suis autant appliquée en maths ce soir-là : comme si réussir à calculer l'hypoténuse de triangles rectangles suffirait à rattraper le coup que j'allais leur faire. J'ai regardé l'heure : en général, mes parents se couchaient vers minuit, j'ai donc programmé le réveil à deux heures du matin, puis fourré mon portable sous mon oreiller et respiré profondément. Une partie de moi était complètement terrorisée, et l'autre avait hâte de passer à l'action.

15

CONNEXION

Quand le réveil a sonné en pleine nuit, j'étais tellement perdue que j'ai appuyé sur *snooze*, et je n'étais pas loin de me rendormir quand ma mission m'est revenue en mémoire. Secouée par un lent frisson, je me suis redressée puis faufilée silencieusement jusqu'à la porte, que j'ai ouverte en retenant mon souffle. Miss Bubulle a aussitôt bondi à l'intérieur : j'ai failli faire une crise cardiaque. Je l'ai installée à ma place, encore tiède, dans le lit, avant de descendre l'escalier. Une fois en bas, je me suis enfin autorisée à respirer et j'ai tendu l'oreille, immobile, pendant quelques secondes. La maison était plongée dans l'obscurité : zéro lumière à part les tout petits voyants rouges du lave-vaisselle et la faible lueur orangée des lampadaires dehors.

Une fois dans le bureau, j'ai pris une grande inspiration, puis une deuxième, puis une troisième – résultat, j'avais la tête qui tournait. J'ai verrouillé la porte le plus discrètement possible et, une fois assise, j'ai agité la souris. Mes parents laissaient toujours l'ordinateur en veille : j'étais à moitié aveuglée quand l'écran s'est rallumé. Je suis allée écouter à la porte quelques secondes de plus avant de taper le mot de passe, les mains tremblantes, de peur qu'une alarme se déclenche... Mais non. Tout se passait comme Carys l'avait prévu. Je me suis répété ses instructions en silence : « Se connecter, ouvrir la page YouTube, voir si le mot de passe est enregistré. Se connecter, ouvrir la page YouTube, voir si le mot de passe est enregistré... » Je tremblais toujours en cliquant sur le raccourci. La vidéo « Bienvenue chez les Andersen ! » s'est lancée immédiatement et la musique a retenti à fond : je me suis jetée sur le bouton « muet », le cœur battant à tout rompre. Je n'osais plus bouger. Pas de bruit à l'étage... J'ai lâché un profond soupir de soulagement, la main crispée sur la souris.

Pirater le compte de quelqu'un, c'est un peu comme braquer une banque... OK, ça, j'ai jamais fait, mais j'imagine que ça doit être plus ou moins la même sensation : une fois qu'on y est, impossible de revenir en arrière. Même quand on est paralysé par la peur, ça semble encore plus dur de reculer que de continuer à avancer.

J'ai déplacé le curseur dans le menu principal, jusqu'à arriver aux vidéos programmées. En cliquant dessus, j'ai vu qu'il y en avait une dont la mise en ligne était prévue dans quelques heures : « Ici les parents d'Eva, venez nous sauver ! » En miniature, ma mère et mon père en tenue de camouflage avec deux légendes : « Petite fille modèle... ado rebelle » et « Eva se révolte !!! ». La parfaite piqûre de rappel : soudain, je n'avais plus aucun remords.

À côté de la vidéo, j'ai cliqué sur « supprimer » et une fenêtre est apparue : « Avertissement : toute suppression est définitive, et ne peut pas être annulée. » J'ai jeté un coup d'œil à la photo encadrée posée tout près de l'ordinateur, à peine visible à la lumière de l'écran : moi, ma mère, mon père et Farmor sur le pont d'Øresund à Copenhague, l'été dernier. On avait passé une super journée : mes parents ne filmaient jamais quand ma grand-mère était là, parce qu'à chaque fois, elle refusait. Ils l'écoutaient, elle... pourquoi pas moi ?

Ça m'a pris un certain temps d'oser effacer cette vidéo, surtout à cause du bouton « supprimer définitivement », qui me faisait quand même un peu flipper. Sauf qu'en voyant les autres séquences qu'ils étaient sur le point de partager – « Eva s'énerve ! », « Les yeux au ciel : le best of ! », « Eva en pleine discussion avec Miss Bubulle !! Trop chou !! » –, je me suis dit que c'était une idée de génie, de faire disparaître le plus de vidéos possibles de *La Vie d'Eva*.

Puis je me suis souvenue des instructions de Carys : il fallait que je mémorise le mot de passe de la chaîne. J'ai ouvert les paramètres de sécurité pour l'afficher : c'était le même que celui de l'ordinateur, mais avec un mélange de majuscules et de minuscules, et un zéro à la place du O de « Tambourine ». J'ai cherché mon portable pour prendre une photo, mais j'avais dû le laisser dans ma chambre. Je n'arriverais jamais à me souvenir de tout ça... J'ai attrapé un crayon dans le pot à côté du clavier et griffonné le mot de passe sur un post-it que j'ai fourré dans la poche de ma robe de chambre. Sans réfléchir, j'ai commencé à dessiner des nuages sur un autre en attendant le chargement de la page « vidéos les plus populaires », puis supprimé « Ma petite fille est devenue une femme !! » et « Joyeux Jour des végétariens ! ». J'allais cliquer sur la section des playlists quand j'ai entendu une sonnerie à l'étage. J'ai tout arrêté. Mon téléphone... J'avais dû oublier d'enlever le réveil.

J'ai senti mon sang se glacer dans mes veines. Terrifiée, j'ai vite fermé le navigateur et remis l'ordinateur en veille, avant de monter les marches deux à deux, le plus silencieusement possible. J'ai plongé sous la couette pour attraper mon portable sous l'oreiller et arrêter l'alarme. Je suis restée comme ça quelques minutes sans bouger d'un poil, à écouter mon cœur battre comme une mitraillette dans mes oreilles. Puis je me suis levée pour aller tout doucement fermer ma porte avant de me recoucher.

Je ne sais pas trop pourquoi (l'adrénaline, peut-être, ou juste le soulagement), mais des larmes se sont mises à couler sur mes joues. J'étais complètement terrorisée – pas à cause de ce que je venais de faire, mais parce qu'à quelques secondes près, j'aurais été prise la main dans le sac. Même une fois les jambes étendues, et la tête posée sur l'oreiller, j'ai eu beaucoup de mal à me rendormir.

À ce moment-là il me semblait encore être passée tout près de l'infarctus et je ne me rendais pas compte que j'avais été assez débile pour laisser une preuve sous leur nez, juste à côté de l'ordinateur.

16

FAIS COMME D'HABITUDE, C'EST TOUT

Le lendemain, j'étais malade d'inquiétude, persuadée que mes parents allaient se rendre compte de quelque chose. Comme si le bouton « supprimer » sur lequel j'avais cliqué sans relâche continuait à se refléter dans mes yeux, ou s'était tatoué sur ma peau. Mais c'est toujours comme ça, au début, quand on garde un secret tout neuf : on a peur que tout le monde le devine. Sauf qu'au bout d'un moment, il faut croire qu'on s'habitue, on vit avec – on finit même par l'oublier.

Un été, il y a deux ou trois ans, alors que je commençais à escalader l'immense hêtre qu'il y a dans son jardin, Farmor m'avait dit de ne pas le faire quand mon père n'était pas là, car elle ne pourrait pas venir me chercher si je restais coincée. Mais je ne l'avais pas vraiment écoutée. J'avais grimpé jusqu'à la plus haute branche que je pouvais atteindre, presque au niveau de la cime. De là-haut, la vue sur la mer, au-delà du port, était incroyable. Et tant mieux, parce que j'avais dû rester là des heures, jusqu'à ce que mes parents rentrent du théâtre de Copenhague et que mon père m'aide à descendre. Jamais je n'avais eu aussi honte de ma vie... et puis il y a eu le costume d'avocat. Et la vidéo sur mes règles.

À l'époque, Farmor m'avait regardée grimper dans l'arbre en secouant la tête et s'était contentée de dire en danois, de cette voix douce que j'entends chaque fois que je pense à elle : « Ne vogue pas trop loin si tu n'as pas la force de revenir à la rame. »

Aujourd'hui, alors que ma mère nous filmait mon père et moi en train de préparer un granola, à peine quelques heures après mon opération de piratage, cette phrase m'est revenue en tête telles les paroles d'une chanson – ou un avertissement. Ses conseils avaient traversé la mer du Nord... Mais je ne les écoutais jamais assez.

À table, alors que je mâchais mes graines en silence, j'ai remarqué que mon père me fixait.

— Alors ? a-t-il dit.

J'ai battu des paupières plusieurs fois et tenté d'avaler, mais j'avais soudain la bouche très sèche.

— Tu n'as rien à nous dire ?

— Sur quoi ? ai-je fait, le cœur battant la chamade.

— Le granola ! Qu'est-ce que tu penses de cette nouvelle recette, le « Boost du matin » ?

— Ah, oui, ai-je répondu en me laissant aller sur ma chaise, soulagée. Ça va.

— Ouh là... Pas trop de compliments, surtout, Eva. Je risque d'avoir la tête gonflée !

— La grosse tête, tu veux dire, papa...

Je me suis souvenue d'une formule danoise que j'avais apprise l'année dernière qui signifie « Tout va bien », sauf que littéralement, on dit : « Il n'y a pas de hiboux dans le marais. » Bref, c'est un peu bizarre, comme langue.

J'ai ressorti l'expression à mon père, et ça l'a tellement fait rire que plusieurs bouts de granola ont fini sur la nappe. En me tapant l'épaule, il m'a lancé : « Elle est bonne ! Très bonne ! », toujours en danois. Et, l'espace d'une seconde, j'en ai même oublié le sentiment de culpabilité qui me rongeait l'estomac depuis le réveil.

Pile à ce moment-là, j'ai entendu la voix de ma mère :

— Eva ! Tu es venue dans le bureau ?

Ça m'a glacée, et j'ai serré les dents si fort que je n'arrivais même plus à mâcher l'énorme cuillerée de granola que j'avais dans la bouche. Elle est sortie et m'a tendu le post-it sur lequel j'avais dessiné la veille. Réfléchir vite, ça n'est pas mon fort d'habitude, mais il faut croire que cette nouvelle recette « booster » de mon père ne fonctionnait pas trop mal, parce que j'ai buggé seulement quelques secondes avant de répondre :

— Ah ouais, j'avais besoin d'un nouveau crayon pour le cours d'arts plastiques... C'était pour tester.

— Bon, d'accord, mais ne touche plus à rien, chérie. Toutes nos notes sont là, un peu partout.

En la voyant y retourner, je me suis enfin autorisée à respirer. Mais mon cœur s'est arrêté de battre quand elle est ressortie pour me dire :

— Ah, et ma chérie... ne parle pas la bouche pleine.

J'étais en haut en train de me brosser les dents, quand c'est enfin arrivé.

— LARS ! a hurlé ma mère. Tu peux venir une seconde ? Il y a un problème !

Je suis restée figée sur place, pendant qu'une grosse goutte de dentifrice me coulait sur le menton. J'aurais dû fermer la porte de la salle de bains...

— Qu'est-ce qui se passe ? a crié mon père depuis la chambre.

J'avais les yeux rivés sur la poignée de leur porte, incapable de bouger. J'attendais de le voir sortir. « Fais comme d'habitude, c'est tout, me suis-je dit. Fais vraiment tout comme d'habitude. Et ne reste pas plantée là dans la salle de bains comme une voleuse ! »

J'ai vite fermé la porte quand celle de la chambre de mes parents s'est ouverte. Mon cœur me martelait très fort la poitrine. Immobile, j'ai tendu l'oreille. Les pas de mon père dans l'escalier, puis la voix de ma mère, ont résonné :

— La vidéo programmée a disparu ! Tu l'as supprimée, ou quoi ?

— Je n'ai rien touché, a-t-il répondu.

La suite m'a échappé : ils avaient dû s'enfermer dans le bureau.

Je suis retournée dans ma chambre en repensant à ce que m'avait dit Carys : il suffisait de « faire comme d'habitude ». Sauf que je n'étais même plus sûre de ce que ça voulait dire... J'avais le cerveau bloqué et les pensées tout emmêlées, comme un cerf-volant coincé dans un arbre, toujours à la merci des rafales de vent. Mais malgré la peur, j'étais tout de même un peu fière, au fond. Je me suis arrêtée sur le palier en voyant s'ouvrir la porte du bureau.

— Je sais bien, Jen, mais on n'a pas le choix, était en train de dire mon père. Oui, je sais, tu es *sûre* de l'avoir bien téléchargée... mais peut-être qu'il y a eu un souci de sauvegarde ? Elle n'a pas juste disparu, c'est impossible ! De toute façon, elle est sur le disque dur... Remets-la en ligne, c'est tout. Je te fais un café.

Comment ça, « sur le disque dur » ? La remettre en ligne, « c'est tout » ? J'avais presque risqué ma vie pour supprimer ces vidéos... tout ça pour rien ! Je suis descendue mettre mes chaussures, toujours aux aguets. Apparemment, ils n'avaient pas remarqué que d'autres avaient été effacées – pas encore, en tout cas... Avec un peu de chance, en voyant ça, ma mère allait en renverser son café sur l'ordinateur ?

La sonnerie de mon téléphone m'a fait sursauter. C'était un message de Hallie : *Ça te dit de faire le chemin toutes les deux ?*

J'étais censée retrouver Carys au coin de Lavender Lane pour tout lui raconter, vu qu'on ne pouvait pas s'envoyer de messages à cause de cette histoire d'empreintes... Mais là, c'était pas n'importe qui.

J'ai répondu : *Ouais, carrément.*

J'ai écrit à Carys pour lui dire qu'on se retrouvait au collège, et que je m'en étais pas mal sortie avec les devoirs d'allemand – notre nom de code pour l'opération piratage, à n'utiliser qu'en cas d'urgence. Sauf qu'à bien y réfléchir, le moindre message où je parlais d'allemand avait des chances d'éveiller immédiatement les soupçons de mes parents.

— Salut, a fait Spud quand j'ai failli lui rentrer dedans devant la porte. Je nous ai inscrits tous les deux pour le devoir de sciences.

— OK... De quoi tu parles exactement ?

— Tu regardes jamais l'appli de travail à la maison ?

— Quelle appli ?

Je ne plaisantais qu'à moitié. Ça l'a fait sourire.

— Je vais te dire deux mots, et toi, tu me dis le premier truc qui te vient à l'esprit.

— OK. Vas-y.

— Fluide ferromagnétique.

— Spud... T'es au courant que dans les jeux comme ça, on est censé dire des mots que les gens connaissent ?

— C'est un liquide qui est attiré par les pôles magnétiques.

Je l'ai regardé sans comprendre.

— C'est pour notre projet de sciences ! T'en penses quoi ?

— J'en pense que tu ferais mieux de te mettre avec Rami.

— J'ai déjà essayé, mais Mr Jacobs veut des binômes garçon-fille, et t'es un peu la seule fille de la classe à m'adresser la parole...

— D'accord... Mais on devrait peut-être faire un truc simple.

— C'est pas si compliqué ! a-t-il lancé avec un grand sourire. Je vais te montrer l'expérience sur YouTube. C'est génial !

Rien qu'en l'entendant parler de YouTube, j'ai senti la culpabilité revenir comme un point de côté.

Hallie m'attendait au coin de la rue, coiffée de deux tresses hollandaises qui s'arrêtaient au milieu, laissant ses boucles tomber jusqu'à ses épaules.

— Ça te va trop bien, cette coiffure, ai-je commencé en tentant de déchiffrer son expression.

— Merci. C'est ma tante qui me l'a faite quand elle est venue à la maison. J'aurai peut-être la même pour la finale.

Un silence gênant s'est installé, le temps qu'on repense toutes les deux à mon siège vide lors de sa dernière compétition.

— Ce que t'as dit, ça a fait pas mal de peine à Gabi, tu sais... a-t-elle repris. Et c'est pas la seule à m'avoir raconté des trucs pas géniaux sur Carys.

— Tout ce que Carys veut, c'est tourner la page. Oublier ce qui s'est passé à Saint-Augus et recommencer à zéro, ai-je expliqué.

Mais j'avais l'impression de lui raconter un énorme bobard. J'ai détourné les yeux et fixé la balustrade.

— Ce serait bien qu'on soit toutes dans le même groupe.

— C'est juste que... N'oublie pas que je suis au conseil des élèves, si jamais on a des problèmes à cause d'elle, je pourrais perdre ma place... Elle s'est fait *renvoyer*, quand même... (Elle a dit ça comme si c'était un crime.) Becca Matthews pense qu'on ferait mieux de pas traîner avec elle.

— Hallie... c'est pas au conseil de choisir tes copines.

— Je sais, mais Gabi pense pareil... et puis elle peut se faire plein d'autres amis dans la classe.

— Sauf que moi, j'ai envie d'être amie avec elle.

— Plus qu'avec moi ?

— Mais Hallie...

Je savais très bien comment elle réagirait si je lui expliquais que Carys m'avait aidée à supprimer en secret des vidéos de *La Vie d'Eva* à deux heures du matin. À tous les coups, elle me ramènerait chez moi direct pour me forcer à tout avouer. Je ne pourrais jamais rien lui dire... Mais le secret était là, entre nous, comme un mur en verre.

Peut-être qu'elle aussi le sentait, parce qu'elle a simplement dit : « OK, bah peut-être à plus tard, alors », avant de courir rejoindre Gabi qui l'attendait un peu plus loin, sans me laisser le temps de répondre.

Pendant le cours du matin, Mr Jacobs nous a fait asseoir en binômes : Carys s'est installée à côté de Rami, et moi à côté de Spud. Mais chaque fois que j'essayais de me concentrer sur la rédaction de notre hypothèse de départ, je me revoyais dans le bureau de mes parents en pleine nuit, et j'ai dû serrer les dents pour ne pas tout lui déballer. C'était la première fois que je cachais quelque chose à Spud... Maintenant que j'y pensais, *La Vie d'Eva* m'empêchait d'avoir le moindre secret. N'importe qui avait accès à tous les épisodes de mon existence, comme à un film en téléchargement libre... Sauf que désormais, il y avait aussi des scènes coupées au montage.

Le prof s'est mis à rendre les copies du contrôle de la semaine passée, et Spud a fait « YESSSS ! » en recevant la sienne. J'ai jeté un œil à sa note (19,5 / 20), puis à la mienne : 7/20 entouré de rouge. Le stylo rouge, c'est jamais bon signe... Pas dans le cours de Mr Jacobs, en tout cas.

— C'est très moyen, même pour toi, Eva, a-t-il commenté en haussant ses sourcils touffus. Tu n'as pas révisé, ça se voit.

Je sentais que les autres s'étaient mis à me fixer, et Alfie était en train de ricaner au fond de la rangée.

— J'avais beaucoup de vidéos à tourner la semaine dernière, monsieur, ai-je expliqué. Je suis vraiment désolée, mais pour mes parents, il y a des choses plus importantes que la physique dans la vie.

— Ah bon ? a-t-il rétorqué en haussant de nouveau les sourcils.

— Je ne suis pas d'accord, évidemment, ai-je poursuivi en avalant ma salive, un sourire timide aux lèvres.

Il est passé au bureau d'à côté, et j'ai fourré ma copie dans mon manuel, à la fin. Pourvu qu'il n'appelle pas mes parents... Il ne manquerait plus qu'une vidéo YouTube sur mes résultats pourris en sciences.

— Bon, a déclaré Spud, j'ai déjà préparé une liste de ce que tes parents doivent nous acheter sur Internet : il faut qu'ils commandent la plus grande quantité disponible pour une livraison d'ici vendredi.

Il a sorti un morceau de papier de sa poche et me l'a tendu ; il était tiède.

— C'est quoi, tous ces trucs ? J'en connais pas la moitié... Et pourquoi tu demandes pas à tes parents ?

— Tu sais bien que j'ai droit à zéro matériel scientifique depuis mes petits soucis avec ce poumon de mouton...

— Ah ouais, ai-je grimacé.

— C'est quoi, cette histoire de poumon ? a demandé Lucas, assis à côté de Gabi.

J'ai fait exprès de pas la regarder, et elle a eu le culot de faire pareil.

— Il a explosé... ai-je expliqué. Au milieu de la cuisine.

J'en tremblais encore.

— Excellent ! s'est exclamé Lucas en riant.

— T'as fait exploser le poumon d'un mouton ? a répété Gabi. Trop dégueu...

— C'était pour étudier le système respiratoire, s'est justifié Spud. L'explosion, c'était une toute petite erreur de calcul... (Il s'est retourné vers moi.) Je dois toujours à Chip une pompe à vélo.

— Ton frère s'appelle Chip ? a lancé Gabi avec un petit sourire méprisant. Ils ont un truc avec les noms de patate, dans ta famille[1] ?

---

1. En anglais « chip » signifie « frite » et « spud » « pomme de terre ».

— Rien à voir... C'est le diminutif de Charles, le prénom de mon père.

— Et pourquoi ils t'ont appelé Spud, toi ?

— Je ne m'appelle pas Spud, a-t-il rétorqué en souriant. Mon prénom, c'est Euan.

Sur ce, il a repris ses explications sur l'élaboration du liquide ferromagnétique, et c'était beaucoup plus intéressant que les jérémiades de Gabi. Elle se moquait de lui depuis le premier jour de sixième, peut-être parce qu'il faisait partie des Geekophobes – ou peut-être à cause de la grenouille qu'il avait apportée en cours une fois...

À midi, il pleuvait, du coup on s'est installées dans la salle d'arts plastiques avec Carys. On avait le droit d'y rester tant que c'était pour dessiner, et vu qu'on avait choisi une table tout au fond et que Miss Wilson avait mis ses écouteurs, on ne risquait rien.

— C'est bien qu'ils ne se doutent pas que c'est toi, a commenté Carys en essayant de reproduire le crâne de corbeau posé sur l'étagère d'à côté. Après, t'étonne pas s'ils te posent des questions. Enfin, faudra que t'aies l'air surprise, évidemment... comme si t'étais pas du tout au courant.

— Mais ils viennent de remettre les vidéos en ligne... Regarde. (J'ai déverrouillé mon portable pour aller sur leur page d'accueil YouTube.) Et voilà, y a déjà « Les yeux au ciel : le best of ! »...

Miss Wilson étant occupée à fredonner une chanson en étalant de la peinture sur une toile avec je ne sais quel outil en métal, j'ai passé un AirPod à Carys et appuyé sur play. La première phrase de la chanson d'accompagnement, c'était :

« Là tout de suite, je te déteste » – très bon choix, bizarrement. La vidéo, c'était une succession super rapide d'images de moi en train de lever les yeux au ciel (et certaines remontaient à plusieurs années). Déjà 14 800 likes. Par réflexe, j'ai refait exactement la même tête – pourvu que Carys n'ait rien remarqué...

— OK, a-t-elle murmuré. Et si on changeait de stratégie ? On n'a qu'à faire autre chose que supprimer des trucs.

— Mais quoi ?

— Je crois que j'ai une idée... a-t-elle annoncé, tout sourire, en mordillant le bout de son crayon.

Après le déjeuner, en cours d'anglais, pendant que Miss West nous rebattait comme toujours les oreilles avec Shakespeare, je luttais pour garder les yeux ouverts. Elle n'arrêtait pas de répéter que le XVIe siècle, c'était « l'âge d'or de l'humanité »... alors qu'à la séance d'avant elle nous avait dit qu'à l'époque, les gens ne se lavaient qu'une fois par an et utilisaient de la paille pour s'essuyer les fesses ! J'ai mis la main devant ma bouche pour qu'elle ne me voie pas bâiller, tout en réfléchissant à la proposition de Carys : au lieu de supprimer du contenu, on pourrait mettre en ligne le nôtre. J'ai eu comme un petit frisson d'excitation.

— Eva ! a lancé Miss West d'un ton sec. Tu m'écoutes ?

— Oui, Miss...

Je me suis redressée, en me mordant les joues pour éviter un autre bâillement.

— Alors tu peux peut-être me dire combien de sonnets Shakespeare a écrits ?

Elle s'en prenait toujours à ceux qui ne suivaient pas au moment de poser des questions. Je ne voyais pas trop l'intérêt. L'année dernière, elle m'avait surprise en train de dessiner et forcée à lire un texte à voix haute. J'avais eu droit à un petit bruit désapprobateur au moment où je m'étais trompée sur la prononciation du mot « sorbet ». J'ai scruté les informations écrites au tableau, mais il n'y avait rien du tout sur les sonnets... Mon regard s'est tourné vers Spud, qui a levé un doigt.

— Euh... un ?

J'ai entendu deux trois rires, et il s'est tapé la tête contre le bureau. Miss West a poussé un soupir.

— William Shakespeare est l'auteur de *cent cinquante-quatre* sonnets, mademoiselle ! Je peux te dire que *lui* n'a pas passé tous ses cours d'anglais à rêvasser... Le savoir, ça ne tombe pas du ciel !

C'est bien le problème avec le système éducatif, je trouve.

J'ai passé le reste du cours à faire semblant d'être super attentive – ça n'était pas facile, vu que Miss West tenait apparemment à nous lire l'intégralité de ces fameux sonnets.

En rentrant, j'étais complètement épuisée et j'avais des crampes à la mâchoire à force de me retenir de bâiller. En ouvrant la porte d'entrée, je me suis répété qu'il suffisait que je sois naturelle, mais mes mains tremblotaient un peu sur la poignée. Et avant même d'avoir mis le pied à l'intérieur, je les ai vus tous les deux, qui m'attendaient assis à la table de la cuisine. J'ai eu l'impression de me jeter dans la gueule du loup.

17

LE POIDS DE LA CULPABILITÉ

Je suis restée plantée sur le seuil quelques secondes, tiraillée entre l'envie de tout avouer et celle de nier en bloc. Il y avait trois tasses de chocolat chaud sur la table, à côté d'un iPad visiblement tout neuf et du téléphone de ma mère, écran vers le bas. La scène n'était même pas filmée ? Trop bizarre...

— Assieds-toi, Eva, a dit mon père.

— Tout va bien ? ai-je demandé en me remémorant les paroles de Carys.

« Ils ne se doutent pas que c'est moi, me suis-je dit pour me rassurer. Ils ne sont au courant de rien. » Mais je me sentais déjà pâlir.

— Vous faites une tête... d'enterrement.

— Oh, ne t'inquiète pas, ma chérie, a dit ma mère en agitant la main comme pour chasser une mouche. C'est juste que la journée a été difficile : on a eu quelques petits soucis techniques, sans trop savoir pourquoi... C'est moi qui ai dû faire une erreur quelque part. Mais tout est réparé, a-t-elle ajouté en souriant. Tu n'es pas allée sur l'ordinateur ce matin, chérie, par hasard ? Pour les cours, peut-être ?

J'ai secoué la tête.

— Non. J'ai pas le droit de l'utiliser.

Mon père a souri : pour une fois que je donnais la bonne réponse... Je me suis assise à table à côté de ma mère.

— Alors, qu'est-ce qui se passe ? ai-je lancé d'un ton que je voulais léger.

Sauf que je me suis rendu compte en me laissant aller contre le dossier que j'avais toujours mon sac sur le dos. J'ai fait comme si c'était voulu.

— On s'est dit qu'un sommet du triangle ne ferait pas de mal, a-t-elle expliqué en dégageant doucement mes cheveux de derrière mes oreilles.

C'est le nom qu'ils donnent aux réunions de famille. À une époque, mon père disait souvent que lui, ma mère et moi, on était les trois pointes d'un même triangle, et qu'on ne pouvait tenir debout qu'ensemble. Mais pour moi, avec tous les gens qui venaient mettre leur nez dans notre vie, ça faisait longtemps que le soi-disant triangle avait été remplacé par une de ces figures en 3D que Mr Gregory nous avait montrées un jour en cours de maths. Celle qui avait fait halluciner Spud, et dont il n'avait pas arrêté de parler tout l'été. Une sorte de losange tronqué, qu'on avait vu en rotation grâce à une vidéo. C'était ça, ma famille : une forme à un million de côtés et, sur chaque, un visage dont les yeux étaient rivés sur moi, coincée au milieu.

— On a eu quelques commentaires des Amis d'Eva… a commencé ma mère en se tortillant sur sa chaise.

— Laisse-la terminer, d'accord ? est intervenu mon père en me voyant lever les yeux au ciel.

— Ils trouvent que tu n'es plus la même depuis quelque temps. Et à cause des soucis qu'on a eus ce matin, on s'est retrouvés à regarder d'anciennes vidéos, et tu sais quoi ? C'est vrai… Avant, tu inventais des chorégraphies, on faisait des gâteaux ensemble... Tu te souviens des karaokés princesses Disney du vendredi ?

Je n'ai pas pu retenir un sourire, ne serait-ce qu'un instant.

— Oui mais ça, c'était y a super longtemps... Mettre une robe de princesse et chanter « Libérée, délivrée » en live sur YouTube, ça risque pas d'améliorer les choses, là tout de suite.

— Ça se tente, a rétorqué mon père en souriant de toutes ses dents. Tout ce qu'on veut dire, c'est que tu n'as plus l'air de beaucoup t'amuser sur la chaîne...

Il a pris une des trois tasses et l'a posée devant moi. Les chamallows avaient fondu et formé sur la surface une couche toute molle de guimauve chocolatée – le truc le plus délicieux du monde. Mais je n'y ai pas touché.

— C'est pas un secret. Je veux même plus y être.

— D'accooord, a-t-il enchaîné. On a aussi reçu un message de ton prof de sciences.

J'ai tourné les yeux vers la fenêtre en maudissant ce traître de Mr Jacobs.

— 7/20, Eva... C'est encore pire que la dernière fois !

— Bah peut-être que Hope Park est un collège nul, vu qu'il me rend moins intelligente...

Ma mère a failli éclater de rire, mais s'est couvert la bouche pour ne pas que mon père la voie.

— Selon Mr Jacobs, tu as dit que tu n'avais pas eu le temps de réviser à cause des tournages. C'est vrai ?

— J'imagine qu'il est possible de l'interpréter comme ça, ai-je fait en déglutissant.

— Mais tu nous avais dit que tu avais révisé avec Hallie, a rappelé ma mère, au *Bazar des Crêpes*.

Mon père avait l'air inquiet, et le front tout plissé. Il a posé sa main sur la mienne et l'a serrée. Peut-être que si j'arrivais à le convaincre que c'était à cause de la chaîne que j'avais de mauvaises notes en sciences, il accepterait d'y mettre un terme.

— En fait, sans *La Vie d'Eva*, je pense que je m'en sortirais mieux au collège. Déjà, j'aurais eu la moyenne en physique, c'est sûr...

J'ai baissé les yeux et me suis mise à fixer la nappe : c'était plus ou moins la vérité.

— Peut-être qu'il vaudrait mieux arrêter, finalement. C'est vous qui m'avez dit qu'il fallait surtout pas rater la cinquième. Et puis il a l'air de savoir de quoi il parle, Mr Jacobs... S'il pense que c'est pas bon pour moi...

Ma mère a poussé une sorte de grognement.

— Ce n'est pas du tout ça, Eva. Il n'a jamais regardé une seule de nos vidéos !

— Enfin, Eva, a renchéri mon père, ce n'est pas vraiment ce qu'on voulait dire. On ne peut pas abandonner la chaîne – c'est notre travail ! Il faut juste qu'on trouve le bon équilibre. On est en train de mettre en place un emploi du temps qui te permettra de faire tes devoirs dès que tu rentres, pour éviter de tout repousser au dimanche soir ! Et on a prévu de nouveaux créneaux pour filmer, a-t-il annoncé en pianotant sur la table. On a des centaines de nouveaux abonnés par jour, donc il est très important de rester dans l'esprit de la marque, et de fournir des contenus inédits. Mais ça ne doit évidemment pas t'empêcher de bien travailler à l'école.

— Et on a un cadeau pour toi, a ajouté ma mère en poussant vers moi la boîte qui contenait l'iPad. Lars pensait attendre que tes notes remontent, mais j'ai réussi à le convaincre. (Elle m'a fait un sourire complice, comme si on avait conspiré toutes les deux.) On sait que ça fait un moment que tu en voulais un nouveau... Comme ça, ce sera peut-être un plaisir de faire tes devoirs ! Coque or rose – ta préférée –, écran à réflectivité ultra-faible, clavier inclus. On peut tout faire avec : tourner, monter et partager des vidéos ! C'est plus rapide que beaucoup d'ordinateurs, en fait... Même la physique, ça va devenir fun ! Et vu que tu es forte en arts plastiques... *Tadam* !

Elle a sorti de sous la table un stylet tout neuf.

— Magnétique, précis au pixel près et super facile d'utilisation... Parfait pour toutes tes créations ! Regarde, on l'a fait graver. Elle me l'a tendu et j'ai pu lire « Eva Andersen » en lettres d'or sur le côté, à côté du slogan « *Dream it up. Jot it down*[1] » !

Ça m'a quand même un peu interpellée de l'entendre réciter un slogan, comme si elle jouait dans une pub, mais j'étais trop concentrée sur mon cadeau dernier cri. Ça aurait été mon tout premier vœu si un génie était sorti de mon chocolat chaud... J'ai regardé mes cadeaux, puis ma mère, et il m'a fallu toute ma volonté pour réussir à lâcher :

— Je prends pas les pots-de-vin.

Elle m'a regardée en silence quelques secondes, avant de se mettre à rire.

— Oh, Eva. Tu as failli m'avoir ! Ce n'est pas pour t'acheter, évidemment... C'est pour faire la paix, et pour te dire merci d'être notre petite star à nous. On est tellement fiers de toi !

1. « Aussitôt imaginé, aussitôt griffonné ! »

Elle s'est levée pour me serrer dans ses bras pendant que j'ouvrais la boîte.

— On t'aime si fort, Eva, a-t-elle soufflé dans mes cheveux.

C'était pas mal, comme numéro. Beaucoup mieux que sa performance dans *Le Justicier*, en tout cas. Sur le coup, je me suis vraiment sentie mal d'avoir supprimé toutes ces vidéos... jusqu'à ce que je voie mon père se diriger vers l'étagère, et que j'entende le bruit que je connaissais par cœur :

Bip-bip.

Évidemment qu'ils avaient tout filmé. Quelle idiote... Ils n'avaient même pas pris la peine de cacher la caméra, posée là sur une des étagères, braquée sur nous depuis le début. Ça tournait avant même que je passe la porte : tout ça, c'était juste une mise en scène de plus, une séquence à monter pour collectionner les likes, les partages et les commentaires. Rien à voir avec un triangle, ni même avec une vraie famille, avec tous ces inconnus invités à s'incruster chez nous.

Après ça, j'ai arrêté de me sentir coupable.

18

L'ATTAQUE DES REQUINS

Le lendemain, j'avais exceptionnellement le droit d'aller chez Carys après les cours parce que je leur avais dit qu'elle était super forte en langues. Et à condition que je leur montre mes exercices d'allemand en rentrant. Ils voulaient tourner en avance une séquence spéciale, « Un demi-million d'abonnés, on y est ! », pour pouvoir la mettre en ligne dès que la barre des 0,5 million serait passée (0,5, c'était comme ça qu'il fallait le voir, selon Spud. Le zéro était censé me faire du bien au moral, mais je n'étais pas très convaincue...). En tout cas, avec le nouvel emploi du temps de mon père, c'étaient les devoirs d'abord, et les vidéos après. Ça ne plaisait pas du tout à ma mère. Même chose pour la journée hors ligne prévue dimanche : Miss Wilson avait prévenu tous les parents par texto, en les invitant à participer aussi, apparemment. Du coup, ma mère était en panique : et si on arrivait aux 0,5 million ce jour-là et qu'on ratait le grand moment ? L'idée suffisait à me donner le sourire.

Carys habitait au fond de Lavender Lane, une impasse entourée de pins à quelques rues de chez moi. On ne voyait même pas sa maison depuis le trottoir. Tout au bout d'une très longue allée de graviers, elle m'a lancé : « Bienvenue chez moi ! » en désignant une demeure gigantesque, qui avait même un nom : *Le manoir aux corbeaux*. Le lierre qui recouvrait les murs grimpait presque jusqu'au toit.

— Waouh ! ai-je fait en levant les yeux. Tout ça, c'est chez toi ?

J'aurais dû cirer mes chaussures...

— Sois pas si impressionnée, a dit Carys en mettant le doigt dans une petite fissure sur l'un des piliers. (Un léger nuage de poussière en est sorti.) Ça tombe carrément en ruines.

En riant, elle a poussé la porte, et le grincement a déclenché des aboiements qui ont résonné dans tout le vestibule. Je me suis aussitôt cachée derrière elle.

— C'est peut-être le moment de te dire que je préfère les chats...

Un chien aussi gros qu'un poney nous fonçait dessus.

— T'inquiète pas, il est super gentil ! m'a-t-elle rassurée en lui grattant les oreilles. T'es un gros nounours, hein, Bernie ?

Je lui ai timidement caressé la tête.

— Tu vois ? a-t-elle dit pile au moment où une énorme goutte de bave s'écrasait sur ma chaussure.

On a rigolé toutes les deux, Carys un peu plus fort.

— Il est aussi un peu dégueu, désolée !

L'écho de nos rires s'est propagé tout le long du couloir. Elle a crié : « C'est moi ! », mais personne n'a répondu. En passant, elle a caressé les touches d'un piano tout poussiéreux, puis s'est arrêtée au pied d'un immense escalier qui montait en spirale – on aurait dit l'énorme coquillage que Farmor a chez elle, sur le rebord de la fenêtre.

— Ma mère donnerait tout pour pouvoir filmer ici, ai-je dit sans réfléchir.

Je me suis aussitôt sentie un peu idiote, vu qu'on était justement là pour planifier notre prochain coup.

— Enfin, j'veux dire... Elle est géniale, ta maison.

— Merci.

Pour arriver à sa chambre, il fallait même *changer d'escalier* à l'étage.

— L'autre va jusqu'à une tourelle super ancienne, m'a expliqué Carys. Mais une chouette y a fait son nid...

J'aurais bien voulu voir ça, mais je n'ai pas osé demander.

Elle avait plein de grands posters scotchés aux murs, alors que dans ma chambre, le scotch était interdit. Il fallait tout encadrer, et ma mère avait même un outil pour vérifier que c'était bien droit. Ce n'était jamais moi qui choisissais, puisqu'elle s'employait à décorer toute la maison un peu comme une galerie d'art – même ma chambre. Au-dessus de son lit, Carys avait mis une vieille affiche de film avec une femme en train de fumer : ma mère aurait fait une syncope si j'avais accroché la même sur mon mur... C'était à peu près autant « dans l'esprit de la marque » que des graffitis sur la table basse. À côté du miroir de la coiffeuse, il y avait aussi une photo de Carys avec trois autres filles joues contre joues.

— Ça, c'est mes copines... Enfin, c'était. Elles ne me parlent plus, maintenant.

— Elles t'ont vraiment laissée tomber ? Vous avez l'air tellement proches, là...

— J'imagine qu'elles avaient peur d'être associées à moi, a-t-elle répondu en se tournant vers moi. Sabrina continue à m'envoyer des messages de temps en temps, mais c'est la seule.

Elle m'a désigné la brune qui était juste à côté d'elle sur la photo, puis s'est dirigée vers une commode tout près de la fenêtre. Je ne savais pas trop quoi dire, donc je me suis installée sur un coussin gigantesque et l'ai regardée fouiller dans le tiroir du bas.

— Du coup, les trucs qu'on va mettre en ligne... c'est pas trop horrible non plus, hein ? ai-je fini par dire. Évidemment, je veux qu'ils perdent des abonnés. S'ils arrivent à 0,5 million, je sens que ça va finir à Hollywood, genre *Les Règles d'Eva Andersen : le film*...

Carys a rigolé, toujours les mains dans le tiroir.

— C'est juste que, ai-je continué d'un ton super gêné, je sais bien qu'il faut nuire à la marque, mais je veux pas non plus... *choquer* les gens.

— J'ai compris, t'inquiète, a-t-elle affirmé en sortant un ordi portable et son chargeur. On est d'accord qu'ils viennent juste de récupérer tout un tas d'abonnés ? Bon, bah si on poste un truc bizarre, les nouveaux vont se dire que cette chaîne est complètement naze et se désabonner. Ça pourrait même faire partir un ou deux habitués, a-t-elle ajouté en ouvrant l'ordinateur. Et si les sponsors pensent que leur page YouTube est victime de piratage, ça pourrait les inquiéter un peu. Pas besoin de faire un truc méchant pour avoir de l'impact.

J'ai avalé l'énorme boule qui s'était formée dans ma gorge.

— Et si mes parents se rendent compte que ça vient de nous ?

Carys s'est servie de sa manche pour essuyer l'écran.

— Ils ne trouveront rien, vu qu'on utilise leur mot de passe – et franchement, il n'est pas très difficile à deviner... Ils n'ont qu'à utiliser le nom de ton chat, tant qu'à faire !

Note à moi-même : changer le mot de passe de tous mes réseaux sociaux (Ilove_MissBubulle).

— Déjà, ils pensaient que les vidéos supprimées, c'était à cause d'un souci technique, non ? a-t-elle fait en me regardant. Hé, si t'as changé d'avis, on arrête... Pas de souci.

— Non, non... J'ai pas le choix. C'est le seul moyen d'empêcher que ça continue.

Et même si c'était la vérité, j'avais quand même l'impression d'être en haut du toboggan de la mort au parc aquatique.

— C'est juste que j'ai pas envie qu'on ait des problèmes.

— T'inquiète pas, a-t-elle dit en me montrant une méga clé USB. Ça, c'est un VPN avec connexion cryptée TLS à un serveur proxy...

Elle a vu à ma tête que je n'avais pas compris un seul mot de tout ça.

— En gros, une fois en ligne, c'est comme si j'étais un fantôme.

Ne me demandez pas pourquoi j'ai choisi les requins. En errant sur YouTube, je suis tombée sur la vidéo d'un plongeur dans une cage en métal – et deux grands requins blancs n'arrêtaient pas de foncer dans les barreaux. La métaphore parfaite pour résumer ma vie. On en était au deuxième visionnage quand la porte de la chambre s'est ouverte ; le père de Carys a passé sa tête. Elle a mis pause tellement vite que c'était à se demander si elle ne faisait pas du jujitsu, elle aussi.

— Bonjour, ma chérie !

Il avait l'air beaucoup plus vieux que mon père et, contrairement à lui (qui n'en mettait même pas pour aller dîner au restaurant, et ne devait pas en avoir une seule dans son placard), il portait une cravate.

— Et bonjour ! Eva, c'est ça ? Carys m'a dit que tu l'avais très bien accueillie dans son nouveau collège.

— Papa, on est en train de travailler, là ! a-t-elle lancé sans lever les yeux.

Il a jeté un regard inquiet à l'ordinateur.

— C'est rien, a-t-elle soupiré. Juste des devoirs d'allemand. J'aide Eva à réviser ses conjugaisons. T'as qu'à venir voir, si tu veux !

Quand elle a dit ça, mon cœur s'est arrêté de battre une seconde.

— Non non, ça va ! a répondu son père. Allez-y.

Ensuite, sa mère est arrivée. On aurait dit Carys, mais plus âgée et mieux coiffée.

— Bonjour bonjour ! Caroline, enchantée !

Je l'ai saluée.

— Maman, tu peux nous laisser ? Faut vraiment qu'on travaille.

— Oui, pardon ! Je ne voulais pas déranger. C'était juste pour faire un coucou ! Le repas sera prêt vers dix-neuf heures, d'accord ? Eva, tu restes pour dîner ?

— Oui, a répondu Carys à ma place.

Et puis sa mère a fermé la porte... et elle est partie. Tout simplement. J'avais l'impression de débarquer sur une autre planète. Mes parents ne m'auraient jamais crue si je leur avais dit que j'étais juste en train de faire mes devoirs... et ceux de Carys ne demandaient même pas à vérifier ! Après tout ce qui s'était passé à Saint-Augus ! Et ils ne disaient rien si elle n'était pas polie... Tant de liberté me donnait le tournis : un peu comme chez Spud, quand on avait le droit de boire autant de soda qu'on voulait.

Une fois la vidéo des requins retouchée, on s'est dit qu'il valait mieux attendre quelques jours avant de la mettre en ligne, histoire que mes parents ne voient rien venir. Du coup, allongées sur des coussins à écouter de la musique, on a fait un peu d'allemand pour soigner notre couverture. On avait presque fini quand j'ai enfin trouvé le courage de poser encore une ou deux questions à Carys sur le piratage à Saint-Augus.

— Ils ont presque tout enlevé... J'ai dû donner tous mes mots de passe au prof principal. Mais il reste deux trois trucs en ligne, si tu veux voir ?

— Mmm, laisse-moi réfléchir... Carrément !

— OK, mais juste pour t'expliquer, c'est pas l'originale, vu qu'ils l'ont retirée. Ça, c'est une version que quelqu'un a republiée, avec une musique chelou. Et les smileys chauve-souris, c'est pas moi non plus.

— Allez, montre ! ai-je fait en riant.

Elle a appuyé sur le pavé tactile et, sur fond de musique un peu flippante, un vampire de dessin animé est apparu.

— Ça, c'est la vraie tête de mon prof principal, et là, c'est mon prof de sport, a-t-elle commenté.

Le premier personnage a mordu le cou du deuxième et du sang a jailli de partout. J'ai explosé de rire – impossible de m'arrêter.

— Tu comprends pourquoi ils m'ont renvoyée ?

— Ouais, un peu...

— Mes parents viennent juste de me redonner accès au wifi. Et c'est seulement pour les devoirs.

Pile à ce moment-là, un gong a résonné.

— Le repas est prêt, a-t-elle fait en levant les yeux au ciel.

— Vous avez un gong spécialement pour ça ?

— Pas vraiment... Mais ça fait rire mon père de s'en servir quand j'ai des invités. Et ça faisait un moment que j'en avais pas eu... Si tu veux, je leur demande si tu peux dormir à la maison vendredi ? Comme ça, on pourra peut-être en profiter pour mettre la vidéo en ligne ?

J'ai souri, toute frétillante de joie et d'impatience.

— Ils vont halluciner...

19

LE FLUIDE FERROMAGNÉTIQUE

Avec tout ça, je suis rentrée un peu tard, et ma mère était de mauvais poil parce qu'elle voulait qu'on tourne leur fameuse vidéo des 0,5 million d'abonnés. Mais par chance, ils n'arrivaient à se mettre d'accord ni sur le lieu, ni sur les accessoires, ni sur les abonnés à remercier personnellement. Du coup, une fois que j'ai eu montré mes devoirs à mon père, j'ai pu m'allonger tranquillement sur le canapé avec mon portable. Pendant qu'ils décidaient des sponsors à citer, j'ai demandé si je pouvais passer la nuit de vendredi chez Carys.

— On verra, chérie, a dit ma mère.

— Si tu fais preuve de bonne volonté, a ajouté mon père.

Ce qui voulait dire « ne pas faire la tête quand on te filme ». J'ai poussé un soupir et fait défiler les commentaires sur la vidéo du « triangle de famille ».

Mais quelle pourrie gâtée !!!

Grosse ingrate, cette gamine (enfin, « gamine » n'était pas exactement le mot employé)

Qu'est-ce que ça fait du bien, autant de franchise ! Vous êtes géniaux !

Super trio !!!!

Désolé les gars, je vous adore, mais Eva est de plus en plus mal élevée.

J'étais assez fière de moi en lisant le dernier.

J'étais en train de monter me coucher quand ma mère a lancé :

— Au fait, on participera bien à ta journée hors ligne dimanche.

Pas sûre d'avoir bien compris, j'ai tourné la tête vers mon père.

— Quelqu'un a eu le malheur d'écrire dans le groupe Facebook du collège qu'on ne pourrait sûrement pas compter sur les Andersen.

Ma mère a attrapé un coussin qu'elle était prête à lui balancer en pleine tête ; il a tenté d'esquiver en rigolant.

— Et vu que Jen était furieuse, elle a tout de suite répondu que si ! Pas le choix, du coup.

— C'est pas du tout ça, Lars ! a-t-elle rétorqué en riant et en ponctuant chaque mot d'un coup de coussin – c'était exactement ça, donc. De toute façon, on a trouvé un sponsor pour la journée, donc ça tombe très bien, finalement.

— Un sponsor ? Pour la journée hors ligne de ma classe ? ai-je fait, incrédule.

— Eh oui ! Pendant vingt-quatre heures, on laisse les commandes à une nouvelle appli de méditation, Conscienc'Yeux. Ça devrait être sympa ! Et ils vont nous donner un code de réduction spécial que tu pourras partager avec toute ta classe.

Mon père m'a montré leur site sur son téléphone : le slogan, c'était « DEHORS LE STRESS ET LES PENSÉES NÉGATIVES ! », ce que je trouvais assez stressant en soi. Mais il valait mieux que je garde ça pour moi, histoire de « faire preuve de bonne volonté ».

Le lendemain, pendant que je prenais mon petit déjeuner et que mon père travaillait dans le bureau, ma mère est montée prendre une douche en laissant son ordinateur ouvert sur la table de la cuisine. Le dossier portant le nom du journal était là, sur l'écran. Franchement, je voulais juste jeter un petit coup d'œil – et puis on ne pouvait pas vraiment dire que j'étais en train de fouiner, vu que j'avais déjà entendu mon père lire le premier jet de l'article. Mais quand j'ai ouvert le fichier, j'ai compris que c'était une nouvelle version. La dernière, peut-être. Parce que c'était bien pire.

« Que faire quand votre bébé miracle est remplacé par une ado qui a toujours les yeux au ciel, le casque sur les oreilles, des notes en chute libre et une véritable obsession pour les applis ? »

Comment ça, « des notes en chute libre » ? Ils n'oseraient quand même pas parler de mon contrôle de physique... J'avais l'impression qu'on venait de me jeter dans l'eau glacée de la mer du Nord. J'ai lu le reste en diagonale :

« Notre Eva adorée a la capacité de concentration d'une enfant de deux ans... physiquement incapable de mettre ses vêtements au sale... les yeux levés si haut qu'ils pourraient toucher le plafond... et bien sûr, son expression préférée du moment, "c'est naze"... »

J'ai refermé l'ordi d'un coup sec, attrapé mon sac de cours et filé sans un mot. À part cette histoire de notes, qui était objectivement vraie, ils avaient tout inventé ! Mais le pire, c'est que c'était très méchant. Je sentais la colère crépiter dans mes veines.

En cours d'anglais, Miss West en était toujours à la période élisabéthaine et nous a expliqué qu'à l'époque, on disait des gens colériques qu'ils avaient un excès de bile jaune. Selon elle, on leur mettait des sangsues sur la peau pour aspirer tout ça. Vu mon état ce jour-là, il m'en aurait fallu tout un tonneau.

Après les cours, je devais retrouver Spud pour notre expérience scientifique, et il m'a envoyé un texto juste avant : *Mets une combinaison*

Comme si j'avais ça dans mon placard. J'ai passé son portail et pris la petite allée qui longeait sa maison. Il portait bien une combi, bleu marine, avec en plus un casque militaire ; sans compter l'espèce de bouclier antiémeute qu'il avait à la main.

— Spud... tu m'avais pas dit que c'était sans danger, ce truc ?

J'ai posé la boîte contenant tout le matériel sur la pelouse.

— Où tu as eu ça, d'abord ? ai-je demandé en désignant son bouclier.

— C'est Chip qui l'a fabriqué, a-t-il répondu en le lâchant pour ouvrir le carton. Tu as pris la caméra ?

Je l'ai sortie de mon sac à dos.

— Super, parce que je trouve que notre hypothèse de départ n'était pas assez ambitieuse. On ne fait pas les choses à moitié, nous, pas vrai ? m'a-t-il lancé, tout sourire, en secouant un énorme bocal plein de limes en fer.

— Pas toi apparemment, ai-je rétorqué.

Il m'a tendu des gants de jardinage et des lunettes de protection.

— Tu peux me croire, Eva. On va faire la meilleure expérience scientifique de toute l'histoire de Hope Park !

— Ça me rassure pas du tout... J'ai très peur pour ma vie, ai-je répliqué, même si au fond, je croisais les doigts pour qu'il ait raison.

Si ce projet me rapportait une bonne note, ce serait une preuve de plus que mes parents avaient écrit n'importe quoi dans leur article débile. J'ai regardé Spud traîner un aimant surpuissant sur l'herbe, puis faire rouler une barrique sortie de son garage. Aucune idée de ce qu'il y avait à l'intérieur, mais elle portait le même symbole de mise en garde que celui qu'il y avait sur le placard du laborantin au collège. Elle allait être trop géniale, cette expérience – même s'il y avait des chances qu'elle nous tue, nous et tous les voisins.

Une heure plus tard, il ne restait pas un brin d'herbe verte à l'arrière de la maison : tout était noir. La vidéo qu'on venait de tourner était grandiose, mais on était couverts de ferrofluide de la tête aux pieds. Cette idée de « s'y mettre à fond » avait l'air d'être passée à Spud maintenant qu'il n'était pas sûr d'arriver à nettoyer toute cette herbe à la Javel. J'étais tellement morte de rire que j'en avais des crampes à la mâchoire. J'ai retiré mes gants pour prendre un selfie de nous deux. On aurait dit qu'une pieuvre géante nous avait aspergé le visage d'encre. Je l'ai posté sur Instagram avec les hashtags *#objectifscience #scienceavecSpud #survivante.*

Jenna a tout de suite commenté : EXCELLENT *!!!*

Le sourire aux lèvres, j'ai inspecté ma mèche de devant, toute noire elle aussi. Spud allait peut-être devoir me prêter un peu de Javel.

— Ne me dis pas que la physique, c'est pas fun, Eva ! s'est-il écrié au moment où je partais.

J'avoue qu'il n'avait pas tort. Même si ses parents risquaient de le tuer en découvrant l'état de leur jardin. À mon arrivée, ma mère a pris la caméra et s'est mise à filmer, hilare.

— Oh mon Dieu, Eva ! Raconte un peu ce que tu viens de fabriquer...

Je rêvais de dire non et de filer dans ma chambre, mais quelque chose m'a fait changer d'avis. Peut-être cette rengaine que je n'arrivais pas à me sortir de la tête : « Une ado qui a toujours les yeux au ciel, le casque sur les oreilles, des notes en chute libre et une véritable obsession pour les applis »... En regardant droit dans l'objectif, j'ai donc expliqué que le ferrofluide est un liquide qui réagit fortement à la présence d'un champ magnétique, puis exposé l'hypothèse que notre expérience venait de vérifier sans la moindre fausse note. Ma plus belle performance.

— Waouh ! Ça a l'air super, chérie ! a commenté ma mère avec un grand sourire.

— Pas mal pour une ado aux notes en chute libre, qui passe sa vie sur les applis, ai-je rétorqué en haussant les épaules.

Elle m'a fixée sans un mot, puis a appuyé sur le bouton pour arrêter la vidéo.

— Tu as lu l'article, a-t-elle fait doucement. Je suis désolée, Eva... Le journal veut quelque chose d'amusant sur la vie des parents, c'est pour ça. J'allais te le montrer... Ce n'est pas du tout ce qu'on pense de toi, évidemment.

Je me suis concentrée sur une goutte de ferrofluide restée sur mon ongle, pour ne pas avoir à la regarder.

— Ma chérie, je suis vraiment désolée. On cherche juste à faire rire d'autres parents, pas à dire la vérité !

Elle a déposé un baiser sur le seul petit coin de mon visage qui avait échappé à la coulée de magma noir.

— Tu es tellement merveilleuse qu'on est obligés de t'inventer des défauts ! Tu comprends ? Mais bon... impossible de tourner une séquence pour le demi-million si tu es dans cet état-là ! Mon Dieu...

Le tintement de ses bracelets annonçait la reprise de la vidéo.

— Sans vouloir te vexer, chérie... tu pues un peu ! Je connais une scientifique qui a bien besoin de faire trempette. Ça tombe bien, parce qu'on a de maaaaagnifiques bombes de bain de chez La Vraie Vie...

Face caméra, toujours, je me suis vue en train de lui balancer tout ce que je pensais vraiment de son article débile, de sa chaîne débile et de ses maaaaagnifiques bombes de bain.

Elle a dit qu'elle était très fière que je me sois autant investie dans ce projet de sciences ; faut croire qu'elle sait encore toucher la corde sensible qu'il me reste, cette toute petite partie de moi qui ne veut pas la décevoir. Parce que je me suis contentée de lâcher un « merci », et je l'ai laissée filmer pendant qu'on plongeait des boules effervescentes roses dans la baignoire.

Un peu plus tard, je me suis retrouvée coincée sur le canapé entre mon père et ma mère à les écouter hurler « Oh mon Dieu ! » et « UN DEMI-MILLION D'ABONNÉS ! » à peu près 0,5 million de fois. Ils ont fait pleuvoir des tonnes de confettis, remercié leurs sponsors et les Amis d'Eva, et annoncé un « CADEAU EXCEPTIONNEL !! ».

J'avais les oreilles qui bourdonnaient quand mon père a enfin lancé : « C'est dans la boîte ! » J'avais fait de mon mieux pour avoir l'air contente et enthousiaste et ne pas donner l'impression de réciter mon texte. Mais je n'arrêtais pas de penser à ce qu'il avait dit avant le début du tournage sur la « croissance accélérée », la « collaboration entre chaînes » et « l'explosion publicitaire ». Si tout ça se concrétisait et qu'ils commençaient à gagner des fortunes, rien ne pourrait plus jamais les arrêter. C'était ma dernière chance d'agir, si je ne voulais pas que la caméra me suive jusque dans la tombe. C'est pour ça qu'il fallait absolument que ça marche, cette vidéo de requins. Pour mettre un terme à tout ça, une bonne fois pour toutes.

20

SABOTAGE

Histoire de fêter le tournage truqué de la vidéo des 0,5 million d'abonnés, on est allés au *Jardin Secret*, un restaurant végan qui venait d'ouvrir en centre-ville.

Dès qu'on est entrés, le serveur a lancé à mon père :

— Vous êtes grand !

Et tout le monde a ri (sauf moi) quand il a répondu, comme toujours :

— Non, je suis Lars !

Ma mère a choisi le moment où on nous apportait les assiettes pour faire une annonce complètement inattendue :

— Avec ton père, on aimerait bien que Carys vienne à la maison demain soir, plutôt que l'inverse.

— Quoi ? ai-je lâché en tentant de rattraper le steak d'aubergine qui s'échappait de mon burger. Mais pourquoi ?

— On ne l'a jamais rencontrée, chérie, et on préférerait faire sa connaissance avant de te laisser passer la nuit chez elle. On s'est dit que ce serait sympa que ce soit elle qui vienne dormir ici, si ses parents sont d'accord.

— OK, ai-je obtempéré en envoyant un texto à Carys.

Ça ne les dérangeait pas une seconde de jeter ma vie en pâture à des milliers d'inconnus sur Internet, mais me laisser dormir chez une copine à deux rues de la maison, ça non...

— Ah, et profites-en pour demander si on peut filmer quand elle est là, a ajouté ma mère en coupant en deux un quartier de pomme de terre.

— Non ! ai-je hurlé.

J'avais complètement oublié qu'on était dans un lieu public : les gens de la table d'à côté se sont retournés vers moi, mais je m'en fichais. Je tremblais rien qu'à l'idée que Carys voie mes parents en mode tournage. Trop la honte.

— Enfin... vous pouvez pas la filmer. Ça va pas lui plaire.

— Ça ne coûte rien de demander, Eva, a insisté mon père après s'être essuyé les mains.

Il s'est mis à filmer et a pris son fameux ton blagueur :

— Alors, on vient de découvrir une vlogueuse qui fait de super vidéos de fitness, et on s'est dit que ce serait sympa d'en tenter une ce week-end.

Tout le monde commençait à nous regarder. Si seulement il n'avait pas pris la grosse caméra...

— Le thème, c'est les années 1980, a expliqué ma mère. Ça va très bien avec les extraits de mon journal que je vous ai lus l'autre jour.

C'est là que j'ai réalisé que, s'ils voulaient que Carys vienne à la maison, c'était surtout pour cette séance d'entraînement à la noix. J'ai écrasé un bout de patate dans mon assiette en soupirant.

— Et... a continué mon père, tout sourire, on en est à *quatre cent soixante-douze mille* abonnés ! Le demi-million ne va plus trop tarder, croyez-moi on a vu grand pour fêter ça...

— On vous a préparé une vidéo absolument incroyable, a ajouté ma mère. « L'aventure des Andersen : de zéro à cinq cent mille abonnés ! » En commençant par le jour où on a appris l'existence d'Eva ! On a tellement hâte de vous la montrer !

Elle s'est penchée vers moi et m'a touché le bout du nez.

— Et toi, ma chérie ? Tu es contente ?

J'ai fait exprès de lâcher ma fourchette, qui est retombée avec fracas dans mon assiette.

— Je vais aux toilettes.

« *Quatre cent soixante-douze mille abonnés* ? Déjà ? » me suis-je dit en descendant l'escalier. 0,5 million, ça pouvait arriver n'importe quand... Peut-être même ce week-end ! Auquel cas, ils balanceraient toutes leurs pubs où ils en font des tonnes et commenceraient à ressortir les vieilles vidéos... Et ma vie serait un demi-million de fois pire. Je suis restée dans une cabine en attendant que la dame qui était là ait fini de se laver les mains et, dès qu'elle est sortie, j'ai appelé Carys.

— Tu sais, les *devoirs d'allemand* qu'on devait faire demain... on pourrait s'y mettre dès maintenant ?

— Sur *l'océan*, tu veux dire ?

— Ouais... C'est assez urgent, en fait. Ce soir ça m'arrange plus. Ça te va ?

Elle est restée silencieuse un instant ; je l'ai entendue démarrer son ordi.

— Je m'en occupe.

J'ai passé des heures à actualiser la page de *La Vie d'Eva* dans mon lit, en attendant que la vidéo apparaisse. Il ne fallait pas que mes parents s'en rendent compte avant le lendemain, histoire qu'elle récolte au moins quelques vues et partages avant d'être supprimée. Mais j'ai dû finir par m'endormir, vu que je me suis réveillée le téléphone plaqué sur la joue, au son des hurlements de ma mère.

Je me suis redressée d'un coup, j'ai décollé mon portable de mon visage pour filer sur la page d'accueil... Et voilà : « Nouvelle bande-annonce de la chaîne !!! » En miniature, un grand requin blanc avec ma tête entre ses mâchoires. J'ai mis mes écouteurs et appuyé sur play. Cette version était encore mieux que celle de mercredi : Carys avait ajouté de la musique, des illustrations et de nouvelles séquences d'un requin-tigre en train d'arracher la jambe d'un baigneur. Clairement pas « dans l'esprit de la marque »... On aurait plutôt dit un film d'horreur !

J'ai envoyé un message à Carys : *Super, l'exposé.*

Elle avait programmé la mise en ligne pour deux heures du matin et changé le mot de passe de leur compte. Comme ça, impossible pour eux de se connecter et de retirer la vidéo. Elle avait déjà 58 000 vues, 1 500 pouces levés, 9 000 pouces baissés et 238 commentaires, que j'ai commencé à lire.

QueenSass : *Je vois pas le lien avec l'éducation...*
TryHarderO : *Tout va bien chez les Andersen ???*
XxxLisaMitchxxX : *Horrible...*
KerLeyFries : VOUS ÊTES MALADES
YurtGroupy : *Ça n'a rien à faire sur cette chaîne !!!*
GaryDude : *C'est pour ça que je préfère aller à la piscine.*

En arrivant en bas, je me mordais les joues pour ne pas éclater de rire.

— Je ne comprends pas ! gémissait ma mère. Qui irait faire un truc pareil ?

Mon père était dans le bureau au téléphone avec Ash, leur informaticien, qu'il avait mis en haut-parleur.

— On a dû se faire pirater, d'une façon ou d'une autre... Comment c'est possible que quelqu'un ait accès à tout et puisse mettre de nouveaux contenus en ligne ? Tu arrives à te connecter ?

— Désolée de t'imposer tout ça, ma chérie, a dit ma mère en tirant sur mes cheveux pour les démêler et en faire une queue de cheval. (Je me suis dégagée, par réflexe.) C'est un vrai cauchemar.

— Qu'est-ce qui se passe ? C'est votre Instagram ?

— Non, a-t-elle répondu en posant son téléphone sur la table. C'est... Tu sais quoi ? Je préfère que tu ne voies pas ça. C'est tellement atroce... Va prendre ton petit déjeuner, d'accord ?

Elle m'a fait un bisou sur la tête avant de retourner dans le bureau.

— Si jamais je peux faire quelque chose, ai-je lancé alors qu'elle s'éloignait.

Je pouvais être fière de mes talents d'actrice à ce stade.

Le portable de ma mère a sonné et j'ai vu s'afficher un message d'oncle Gareth : *Nouvelle image de marque ?* 🦈🦈🦈

J'ai rigolé, et vite fait semblant d'être en train de tousser quand elle s'est retournée. C'est épuisant, la vie de pirate informatique... Il faut rester en permanence sur ses gardes.

— En fait, chérie, il va nous falloir un peu de temps pour régler tout ça. Ça ne te dérange pas de préparer ton déjeuner toute seule ?

— Pas de souci !

Mon père a passé la tête par la porte du bureau.

— Et n'oublie pas tes livres en danois pour le club des langues !

Ma mère a dû me rattraper au milieu de l'allée pour me les donner, alors que j'étais déjà en pleine conversation avec Spud. J'avais dû les laisser sur la table, comme d'habitude.

— Tiens, tes livres !

— Merci, me suis-je contentée de dire, de peur d'éveiller les soupçons.

— Je ne dirai rien à ton père, d'accord ?

Elle m'a fait un clin d'œil et m'a embrassée sur le front.

— Je t'aime.

Il était encore temps de mettre fin à l'opération sabotage. L'espace d'un instant, quand j'ai senti le bisou à travers ma frange, et vu à ses yeux un peu bouffis qu'elle avait sans doute pleuré, j'ai eu comme un élan de culpabilité. Mais bizarrement, je n'ai eu aucun mal à mettre mes remords de côté. Je comptais pour elle, d'accord, mais pas autant que la chaîne... Quelques heures de détresse, ça n'était rien par rapport à des années d'humiliation.

Alors j'ai pris ma mère dans mes bras et je lui ai glissé un « merci », sans arriver à la regarder dans les yeux – et sans écouter mon cœur qui, tout chamboulé, me criait quelque chose que j'ai refusé d'entendre.

21

TRAVAIL AU CORPS

Ce jour-là, mes parents ont fait une vidéo spécialement pour s'expliquer : ils ont choisi de présenter ça comme une erreur technique. Les requins, c'était juste une blague que mon père avait voulu faire en privé. En réalité, ma mère avait une théorie qu'elle m'a expliquée quand je suis rentrée de cours :

— Il y a une sacrée concurrence entre les vlogueurs famille, Eva, tu sais. Je suis sûre que c'est un coup de cette femme. Ça fait longtemps qu'elle veut notre peau !

— C'est bien de LittleMummaBear que tu parles ? T'as pas de meilleur suspect pour une vidéo d'attaque de requins ?

Mon père n'avait pas l'air très convaincu non plus.

— À tous les coups, c'est un ado qui a fait ça de l'autre bout du monde, juste pour s'occuper ! Tu sais, les jeunes d'aujourd'hui... ça les amuse, les cyberattaques !

Je suis montée dans ma chambre et j'ai délibérément pris mon temps pour me changer, avant d'aller me poster à l'entrée pour attendre Carys. Tout pour ne pas avoir l'air d'une de ces ados qui prennent le piratage pour un passe-temps...

— Bonjour, Carys ! a dit ma mère quand j'ai ouvert la porte. Entre, mets-toi à l'aise !

— Merci, a-t-elle répondu en enlevant son manteau.

Elle avait les cheveux tout emmêlés par le vent : je voyais bien que ma mère mourait d'envie de la recoiffer. Elle s'est rabattue sur moi, du coup, et a lissé ma chevelure du plat de la main.

On est allées s'installer dans le petit salon, devant la télé, et Miss Bubulle s'est lovée sur le canapé entre nous deux. J'avais l'estomac tout retourné, comme si j'étais en coulisses, morte de trac. Ce n'était pas vraiment de la culpabilité : je me faisais ridiculiser en vidéo par mes parents depuis ma naissance, donc j'avais bien le droit de me venger. Mais je risquais toujours de faire une erreur et de me trahir. Ne pas pouvoir raconter un secret, c'est le garder coincé sous sa peau. Le mien me démangeait autant que des boutons de varicelle.

Ma mère a passé la tête par la porte.

— Venez nous aider, toutes les deux ! Ton père fait des *indbagte gulerødder.*

— Des carottes au four, ai-je expliqué à Carys. Mais c'est pas aussi dégueu que ça en a l'air.

— Hé ho ! a fait ma mère en me jetant un coussin pour rire. C'est délicieux ! C'est une recette de famille. Le premier plat que ton père a cuisiné pour moi...

— Et tu l'as quand même épousé ?

— Bah, c'était plutôt une bonne idée finalement, non ?

Elle a sorti son téléphone et l'a brandi devant elle. J'ai senti mon cœur se serrer en l'écoutant se lancer dans une nouvelle tirade :

— Eva vient de me demander de lui raconter la première fois où Lars m'a fait la cuisine !

Carys m'a donné un petit coup de coude, mais j'avais trop honte pour la regarder dans les yeux.

— C'était vraiment très romantique, en fait.

Elle s'est installée sur le rebord du canapé ; ça risquait de durer longtemps...

— Comme vous le savez, on s'est rencontrés à l'université de Copenhague. On était tous les deux étudiants à l'époque, et lui vivait encore avec sa mère. Je trouvais ça trop mignon...

J'ai voulu lui faire signe d'arrêter, mais elle s'est contentée d'agiter la main, comme pour chasser Miss Bubulle quand elle s'approche trop des plantes. Impossible de quitter la pièce sans traverser le champ de la caméra : on était prises au piège. Deux otages, forcées d'attendre qu'elle ait terminé. Je n'avais plus qu'à prier pour que la terre s'ouvre et m'engloutisse.

— Je vois Eva qui s'agite derrière, a-t-elle commenté en riant. Si Lars n'était pas un tel cordon bleu, peut-être qu'on ne se serait jamais mariés. Et alors, que se serait-il passé, hein ?

— Vous n'auriez jamais eu *La Vie d'Eva*.

— Ha ha, très drôle. On ne t'aurait jamais eu *toi*, tu veux dire.

— Je vois pas trop la différence, ai-je rétorqué.

Mais elle a fait comme si elle n'avait rien entendu. De toute façon, ce serait coupé au montage.

— Enfin, heureusement qu'il est doué en cuisine, parce que sur la piste de danse, c'est autre chose, pas vrai Eva ?

Et elle a rigolé comme si j'avais dit oui, avant de raconter à tout le monde que mon père lui avait écrasé un pied, puis l'autre pendant l'ouverture du bal, le jour de leur mariage. Je connaissais l'histoire par cœur, vu que ça faisait au moins dix mille fois que je l'entendais.

Elle a enfin baissé son portable, en essayant de ne pas montrer à quel point elle était agacée. Après tout, on avait une invitée.

— Allez ! a-t-elle lancé, le sourire aux lèvres. En cuisine, maintenant !

Pendant que Carys hachait la salade, j'étais chargée de remuer une sauce aux haricots noirs qui avait un peu une tête de fluide ferromagnétique. Tout en observant les grosses bulles qui se formaient puis éclataient à la surface, je tendais l'oreille au maximum pour écouter la conversation de mon père au téléphone. En tout cas, il parlait de la vidéo sur les requins. Je ne sais pas combien de temps s'est écoulé comme ça, mais quand ma mère m'a donné un coup de coude pour que je redonne un tour de spatule à la sauce, j'ai sursauté.

— C'est bon ? s'est-elle enquise quand il a raccroché.

Il s'est penché pour l'embrasser sur la bouche, juste sous nos yeux.

— Dégueu... ai-je murmuré.

Il m'a soulevée et fait tournoyer dans ses bras comme quand j'étais petite. Le truc, quand on a un père d'un mètre quatre-vingt-dix-huit, c'est qu'on n'est jamais trop grande pour ça.

— Papa ! Lâche-moi ! ai-je réclamé en me tortillant pendant qu'il répétait :

— Dégueu ? Ah ouais ?

Carys était pliée en deux. Heureusement, il l'a laissée tranquille.

— Alors ? a insisté ma mère quand il a fini par me reposer par terre.

— C'est réglé, a-t-il répondu. Plus de requins à l'horizon ! Ça se fête, a-t-il ajouté en prenant une bière dans le frigo.

Il a resservi un verre de vin à ma mère et nous a tendu à chacune une bouteille de Coca.

— Et tous les abonnés qu'on a perdus ? a-t-elle rappelé. Il n'y a pas de quoi se réjouir, chéri.

Ça m'a fait dresser l'oreille, un peu comme Miss Bubulle quand elle entend s'ouvrir le placard où on range ses friandises. Mon cœur a fait un bond gigantesque, et on a échangé un regard avec Carys.

Mon père a tenté de la rassurer : ils allaient vite les récupérer.

— On en aura d'autres, sinon, a-t-il poursuivi en jetant en l'air une cacahouète qui lui est retombée droit dans sa bouche. N'oublie pas que demain, c'est le lancement de la chronique. Ash a renforcé la sécurité de la chaîne, et dans la matinée on fait la vidéo de fitness. Tout va bien se passer ! a-t-il conclu en déposant un baiser sur la tête de ma mère, pendant que Carys et moi, on trinquait discrètement.

Cette fois, pas besoin de se connecter pour semer le chaos... Les yeux dans les yeux, on a souri, la même pensée en tête : « C'est ce que vous croyez... »

Une fois couchées (Carys sur le lit pliant habituellement rangé sous le mien), alors qu'on était censées dormir, j'ai allumé toutes mes guirlandes et le plafond s'est illuminé.

On aurait presque dit un ciel plein d'étoiles, même si elles étaient un peu de travers et que certaines étaient en forme d'ananas.

— J'adore ta chambre !

— Merci, ai-je dit. C'est ma mère qui l'a décorée.

Elle s'est redressée sur les coudes et a levé les yeux vers moi.

— Du coup, le plan, c'est de tourner la vidéo de demain, et de leur dire seulement après qu'ils ne peuvent pas diffuser d'images de moi sur la chaîne ?

— Ouais. Comme ça, ils vont perdre plein de temps à filmer, et ils ne pourront même pas se servir des séquences. Imparable ! Même si ma mère risque d'exploser...

Carys a pouffé de rire. On n'a plus rien dit pendant quelques minutes, puis elle a murmuré :

— Tu te sens mal de faire tout ça ?

J'ai réfléchi quelques secondes avant de chuchoter :

— Non... Et toi ?

— Non plus.

Ça nous a tellement fait rire qu'on a dû enfoncer la tête dans l'oreiller pour éviter d'être entendues.

Le lendemain matin, ma mère est venue nous réveiller. Elle s'était fait une queue de cheval sur le côté et portait un bandeau vert fluo.

— Prêtes pour la séance de fitness, les filles ? J'ai des guêtres à vous prêter !

— Vous pouvez pas faire ça tout seuls avec papa ? ai-je grogné.

— Allez ! Ça va être sympa !

Carys a bâillé puis s'est étirée avant de dire :

— Moi, je veux bien. Ça me dérange pas.

— Ah, voilà ! Un peu de motivation ! Tu as appelé tes parents ? Ils sont d'accord pour que tu sois dans la vidéo ?

Elle a hoché la tête et m'a regardée du coin de l'œil. Soudain, une musique a retenti et on a vu débarquer mon père, en short cycliste et justaucorps violet, une fausse moustache collée sous le nez. Il a embrassé ma mère sur la joue et s'est lancé dans un *moonwalk*.

— Allez, les filles ! On a le rythme dans la peau !

Il s'est mis à se tortiller en chantant *Hips Don't Lie*, de Shakira.

On a toutes éclaté de rire.

— OK, d'accord ! ai-je fait en lui balançant un oreiller. Si tu promets d'arrêter ça tout de suite !

Une demi-heure plus tard, tout était prêt dans le salon : il avait déroulé l'écran du vidéoprojecteur, déplacé les canapés et installé quatre tapis de yoga au sol. Je n'arrêtais pas de tirer sur la combinaison ultra-moulante que m'avait choisie ma mère, vert pailleté. On aurait dit un alien. Carys, elle, portait un short cycliste jaune, un justaucorps rose, des guêtres assorties et des lunettes de soleil. On avait toutes les deux dit non au bandeau sur la tête.

En levant les bras pour s'étirer, mon père a touché le plafond.

— OK, C'EST PARTI ! s'est-il écrié en appuyant sur la télécommande.

Mme Muscu est apparue à l'écran, elle aussi en justaucorps, avec les mêmes guêtres que ma mère.

« Bienvenue sur ma chaîne fitness ! Je suis Andrea, et aujourd'hui, on s'entraîne en mode années 1980 ! Avant de commencer, pour ceux qui me connaissent, j'ai une vraie passion pour le vernis... (Elle a agité ses ongles devant la caméra.) Alors juste un ou deux mots sur mon sponsor... »

Mon père a fait quelques fentes pour s'échauffer pendant qu'elle expliquait que le secret, « pour être vraiment sûre et fière de soi », c'était le gel pour ongles Super Freak. Franchement, au point où j'en étais, j'étais prête à tenter tout et n'importe quoi.

Mon père avait eu le temps de faire à peu près une centaine de fentes quand la vidéo a enfin démarré, et Carys et moi, on pleurait déjà de rire. Juste derrière mes parents, on était au premier rang pour les voir faire un exercice qu'Andrea appelait « les miches de fer ». Ça devrait être interdit par la loi, des trucs pareils.

— Oh mon Dieu, c'était trop marrant ! a lancé Carys à la fin du tournage, en prenant une énorme gorgée d'eau.

J'ai ouvert les portes de la terrasse, et on est sorties prendre l'air dans le jardin pour se rafraîchir. Je n'avais toujours pas repris mon souffle.

— Tes parents sont vraiment cool, en fait.

J'ai écarquillé les yeux.

— C'est vrai ! Les miens sont tellement normaux et ennuyeux. Jamais ils ne feraient un truc comme ça.

— Moi, je rêve de parents normaux...

Je l'ai guidée vers la balancelle et on s'est assises côte à côte.

— T'aimerais pas que tout le collège nous voie dans cette tenue, si ?

— Non, carrément pas, a-t-elle confirmé en jetant un nouveau coup d'œil à son accoutrement. Donc si ma mère appelle ta mère pour lui dire qu'elle ne veut pas de vidéo de moi sur YouTube, ils n'ont pas le droit de la publier, c'est ça ?

— Exactement, ai-je fait avant de m'hydrater à mon tour. Il leur faut la permission. La mère de Hallie n'a jamais voulu qu'elle soit filmée. Elle pense que la chaîne peut créer des troubles psychologiques. Du coup, chaque fois qu'elle était à la maison, interdiction de sortir la caméra.

J'ai voulu remonter mes guêtres, avant de changer d'avis et de les rabaisser sur mes chevilles.

— C'est devenu super gênant... et elle a arrêté de venir.

— C'est pour ça que vous n'êtes plus aussi proches ?

J'ai poussé légèrement sur mes pieds pour qu'on se balance un peu.

— Plus ou moins... C'est aussi à cause de Gabi.

— C'est quoi le problème avec elle ?

— J'peux pas la voir.

On s'est mises à rigoler en chœur, pile au moment où mon père sortait sur la terrasse.

— Hé, les filles, vous voulez qu'on vous serve le petit déjeuner dehors ?

Il nous a déposé un plateau de pancakes aux pépites de chocolat, avec des smoothies à la fraise et des quartiers de pastèque, et ma mère a apporté mon nouvel iPad et l'enceinte Bluetooth pour qu'on puisse écouter de la musique.

— Tu peux télécharger de nouvelles chansons si tu veux, m'a-t-elle proposé.

Évidemment, après tout ça, difficile de convaincre Carys que mes parents me pourrissaient vraiment la vie.

— J'sais pas, Eva, a-t-elle dit en prenant une première bouchée. Je m'attendais à ce qu'ils soient... méchants, ou un truc du genre.

— Tant que je coopère, ça va. Appelle ta mère pour qu'elle leur interdise de poster la vidéo, et tu verras...

J'ai entendu du bruit dans les buissons.

— Salut, Spud !

— Ça sent les pancakes, a-t-il expliqué en sortant de la haie. Salut, Carys.

Elle lui a fait un signe de la main et s'est levée, le téléphone contre l'oreille.

— Je reviens.

— Tu veux que mon père t'en prépare un ? ai-je demandé à Spud, même s'il s'était déjà servi dans mon assiette.

— Je voulais te demander un truc, mais c'est assez personnel.

— Franchement, si c'est encore cette histoire de coupe au bol, j'espère que t'y penses pas sérieusement...

— Non non, c'est pas ça, a-t-il fait nerveusement, en tripotant le bord de sa coque de portable. Si t'étais une fille, un poème, ça te plairait ?

— C'est-à-dire, *si* j'étais une fille ?

Il a rigolé.

— Désolé... une fille du collège, j'veux dire. Enfin, pas toi. C'est pas pour toi.

— De quoi tu parles ?

D'un geste, j'ai saisi son téléphone, une page de notes était ouverte.

— « Les roses sont rouges / Les violettes sont bleues / Le ferrofluide est magnétique / Tout comme les métaux paramagnétiques... »

— Eva ! s'est-il écrié en me reprenant le portable, avant que j'aie pu lire la suite.

— C'est ça, ton rapport sur notre expérience ? Parce que, honnêtement, je ne pense pas que Mr Jacobs soit très sensible à la poésie...

— Non, c'est pas pour ça... Tu te souviens, quand Miss West a dit qu'au XVIe siècle, les gens s'écrivaient souvent des poèmes ?

— Ouais, mais ils s'essuyaient aussi les fesses avec du foin... Attends. Dans deux semaines, c'est la Saint-Valentin !

Ça l'a fait rougir.

— Oh mon Dieu, Spud... C'est pour qui ?

Il ne voulait pas me regarder dans les yeux.

— Spud, tu ne vas pas envoyer ça à une fille du collège, hein ?

Petit sourire gêné.

— Tout le poème parle de science ? Parce que bon, sans vouloir te vexer, toi et les Geekophobes, vous êtes un peu les seuls dans ce délire.

Il a levé la tête vers le ciel, plissé les yeux et, d'un coup, je me suis sentie mal.

— Désolée... J'essaie juste de te protéger. Celle qui reçoit le poème pourrait l'envoyer à tous les cinquièmes. Et après, ce serait la honte toute ta vie...

— Peut-être que pour toi, c'est grave, Eva, mais moi, je m'en fiche.

— OK, ben je sais par pour qui c'est, mais j'espère que le ferrofluide, elle connaît. Sinon, pas sûre qu'elle comprenne tout. Et « Les roses sont rouges », c'est pas génial...

Il a grimacé, comme si je venais de lui donner un gros coup dans le bras.

— Désolée. C'est mignon, mais je connais les gens du collège...

Il avait l'air un peu triste, alors j'ai ajouté :

— Bon, en même temps... si elle aime les sciences, elle va sûrement adorer.

— Ouais, bah en fait, elle n'est pas vraiment fan, et de poésie non plus... Du coup tant pis, je supprime. J'dois y aller, a-t-il fait en se mettant à courir. Merci pour le pancake !

Il a plongé la tête la première dans la haie, sans me laisser le temps d'en placer une.

— Je rêve ou Spud vient de sauter dans le buisson, là ? a dit Carys en venant se rasseoir.

— Ça lui arrive, ai-je confirmé en observant la zone où il venait de disparaître. T'as parlé à ta mère ?

— Ouais, et après tout ce qui s'est passé à Saint-Augus, ça la fait carrément flipper que je me retrouve sur Internet. Du coup, elle est en train d'appeler ta mère.

En voyant l'éclair de panique dans mon regard, elle m'a rassurée :

— T'inquiète, je lui ai bien dit de ne pas parler de cette histoire de piratage... J'espère juste que tes parents ne vont pas trop m'en vouloir.

— Mais non ! De toute façon, on n'avait pas vraiment le choix, ai-je rappelé en désignant ma combinaison.

L'atmosphère a complètement changé dans la maison une fois le coup de fil terminé. Pendant que Carys rangeait ses affaires dans ma chambre, on a entendu ma mère grommeler en bas :

— Quelle perte de temps... Il va falloir tout refaire !

C'était franchement super gênant.

— Je suis vraiment désolée, a dit Carys quand on est descendues. J'aurais dû en parler à ma mère avant, je ne pensais pas qu'elle réagirait comme ça.

Ma mère a cligné des yeux plusieurs fois – c'est fou, ce don qu'elle a pour mettre de la colère dans un simple battement de paupières.

— Oh, ne t'inquiète pas, ma chérie. C'est juste qu'on croyait que tu avais déjà son accord.

— Désolée, a répété Carys en se mordant la lèvre.

— Pas de problème, a fait ma mère en se levant du canapé pour la prendre dans ses bras. On comprend. On va... recommencer, et puis voilà ! Ça ne te dérange pas de remettre tes guêtres, hein, Eva ?

— Bah, j'ai un peu mal aux jambes, en fait. Si ça se trouve, je me suis froissé un muscle... En plus, j'ai un compte rendu à rédiger sur notre expérience scientifique avec Spud, pour lundi.

Ma mère a souri, mais je voyais bien qu'elle regrettait déjà cette histoire de priorité aux devoirs dans l'emploi du temps. Rien à faire : elle ne souffrirait jamais autant que moi si des milliers de personnes (dont la moitié de mon collège) me voyaient secouer les fesses dans une combi vert flashy.

Mais j'étais bien naïve de penser que le refus de la mère de Carys suffirait à les arrêter...

22

HORS LIGNE

Le lendemain, dimanche, c'était la journée hors ligne... mais il ne m'a pas fallu longtemps pour l'oublier : pendant que je m'habillais, je suis allée faire un tour sur TikTok sans réfléchir. J'ai entendu la voix de mon père en bas :

— Eva ! N'oublie pas qu'aujourd'hui, on part en balade à Bourton Hill !

J'ai poussé un grognement. Pour lui, une promenade dix fois trop longue à vélo, c'était la journée parfaite. Et malheureusement, vu qu'il ne gelait pas tout à fait ce matin, aucune chance d'y échapper. J'ai ouvert Google Maps pour vérifier la distance : dix-huit kilomètres ! Du coup, j'ai enfilé un legging en plus. Ma mère est apparue à la porte :

— C'est la journée sans écrans aujourd'hui, ma chérie...

— Oups ! ai-je fait en fermant l'appli et en cherchant comment éteindre mon téléphone.

C'est là que j'ai remarqué son casque rose bonbon.

— Il est nouveau ? Pourquoi tu l'as déjà sur la tête ?

— Regarde-moi ça ! a-t-elle lancé en se mettant de profil.

— Attends... c'est pas une corne, quand même ?

— Si ! a-t-elle crié, surexcitée. C'est trop mignon, non ? Ça, c'est le modèle Licorne.

— Ouais, bah évite d'empaler quelqu'un...

— Ha ha ! Toi aussi, alors !

Elle m'en a tendu un autre, couvert de fourrure et affublé de deux cornes gigantesques – une de chaque côté.

— Le tien, c'est le Vache highland.

— C'est une blague, j'espère ?

— Tu as de la chance, je te signale. Ton père porte la Bête !

— Oh mon Dieu... Je suis vraiment censée faire dix-huit kilomètres avec ce truc sur la tête ? Sérieux ?

— Trente-six ! m'a-t-elle corrigée. N'oublie pas le retour !

En sortant mon vélo, je me suis dit qu'au moins, vu que c'était la journée hors ligne, personne ne me verrait dans cette tenue... Sacré soulagement. Sauf que, pile à ce moment-là, Spud s'est pointé au bout de l'allée.

— Ouh là !

— Un seul mot, et je te tue.

— Avec ça, je n'en doute pas ! C'est censé être quoi, le Minotaure ?

— Une vache highland, ai-je soupiré.

— OK. Juste pour te prévenir, Chip a sorti son pistolet à billes.

— Ah, Spud ! a lancé ma mère en arrivant du garage avec son vélo. Tu tombes à pic. Tu veux bien prendre une photo de nous pour Instagram, s'il te plaît ?

J'ai secoué la tête en le foudroyant du regard.

— Je suis désolé, madame Andersen, mais j'peux pas...

— Oh, allez... Juste une petite photo de nous trois sur les vélos, a-t-elle insisté en lui tendant son téléphone.

— Malheureusement, ce serait une violation des règles de la Journée Hors Ligne Officielle de 5e W.

Je lui ai adressé un « merci » silencieux, avant d'expliquer à ma mère :

— C'est pour l'assemblée générale qu'organise notre classe ! Spud ne prend pas ce genre de truc à la légère.

Elle a poussé un soupir.

— On n'aurait jamais dû dire oui...

— Bon ! a lancé mon père en dévalant les marches du perron.

Son casque était gris, avec une énorme crête rouge au milieu. Le visage de Spud s'est illuminé :

— Waouh, monsieur Andersen ! C'est trop classe ! Je pourrai vous l'emprunter un jour ? Ça ferait un malheur au club des jeux.

— Je n'en doute pas, Spud, a répondu mon père en souriant. Alors, on est partis ?

Au bout de dix kilomètres à grimper côte sur côte, j'avais les mains gelées et les cuisses en feu. Ma mère, elle, se plaignait de louper autant d'occasions de prendre des photos alors qu'il n'y avait pas plus instagrammable comme paysage. En plus, il fallait encore que je trouve le temps de faire mes devoirs d'histoire en rentrant, et sans Internet – Mrs Peters nous avait dit d'aller faire nos recherches sur la guerre civile anglaise « dans un livre », comme si on avait ce genre de bouquins chez nous.

— Lars, on peut s'arrêter une minute ? Regarde-moi cette vue ! a dit ma mère, les yeux tournés vers les collines. Un petit selfie, ça ne va pas nous tuer.

— Jen... a-t-il répliqué en essuyant la sueur qui perlait au-dessus de sa lèvre. On était d'accord pour rester hors ligne aujourd'hui.

L'espace de quelques secondes, j'ai vraiment cru qu'il en avait quelque chose à faire, de mon assemblée générale. Et puis il a continué :

— C'est le principe du marché qu'on a passé avec Conscienc'Yeux. Si tu postes la moindre image, ils sauront tout de suite que ce n'était pas une vraie journée sans écrans.

— Bon, tu as raison... Mais je suis obligée de te prendre avec ce casque.

Je me suis détournée, mais j'ai quand même entendu le *clic* de son appareil photo.

— *Cheese*, Eva !

Je me suis retournée pour lui faire mon sourire le plus artificiel.

— Magnifique !

Je ne sais pas si elle était sérieuse ou non.

Quand on a fini par arriver à Bourton Hill, il pleuvait. Ça avait l'air de ravir mon père, qui a enlevé son casque et tourné le visage vers le ciel en s'écriant :

— Ah, ça fait tellement de bien !

— Du bien ? ai-je répété, incrédule. Je sens même plus mes doigts... Et c'est où, le truc qu'on est censés voir, au fait ?

J'ai cherché du regard un monument, un bâtiment – la moindre trace de vie humaine.

— Comment ça, « c'est où » ? C'est là ! On y est ! Rien que de la campagne sur des kilomètres à la ronde... La tranquillité pure ! On ne peut pas faire plus déconnecté que ça.

Je suis allée m'asseoir sur le rocher le plus proche.

— OK... et on fait quoi, du coup ?

Une demi-heure plus tard, on était tous les trois sous une tente instantanée, serrés comme des sardines, à jouer à un jeu de société danois que mon père adore parce c'est toujours lui qui gagne, le Bezzerwizzer. Il faisait tellement froid que j'ai dû enfiler sa cagoule de rechange. Sur toute la route du retour, il n'a pas arrêté de répéter à quel point c'était merveilleux de « se ressourcer »... Jusqu'à ce que ma mère et moi, on soit obligées d'aller faire pipi derrière une haie, et qu'elle menace d'appeler un Uber s'il continuait. Ceci dit, malgré le casque absurde, la pluie qui nous avait complètement trempés et la pause pipi en pleine nature, ça faisait quand même du bien de ne pas avoir à m'inquiéter de retrouver tout ça en ligne.

Le lundi matin, Miss Wilson nous a fait raconter par écrit les activités de la veille. En consultant Insta et Snapchat avant d'aller me coucher, j'avais vu que la moitié de la classe n'avait pas vraiment respecté la consigne. Il fallait que je trouve des trucs à dire sans parler de mon casque style bétail, du Bezzerwizzer ou des toilettes sauvages. « On a fait une promenade à vélo », ai-je commencé à écrire avant de me mettre à mâchouiller le bout de mon stylo. Je ne voyais pas trop quoi ajouter sur le sujet. Même quand moi, je n'allais pas sur Internet, toute ma vie y était...

— Et toi, Eva ? a demandé Miss Wilson en ramassant les comptes rendus. Ça t'a plu, cette cure de désintoxication numérique ?

— Mes parents m'ont forcée à faire une balade à vélo sous la pluie...

Ça lui a donné le sourire.

— Ah, ça fait tellement de bien !

C'était mot pour mot ce qu'avait dit mon père.

— J'ai hâte de te lire, a-t-elle ajouté.

Pas sûre qu'elle soit aussi enthousiaste une fois qu'elle aurait mon compte rendu sous les yeux.

— Tu pourrais peut-être te charger d'animer l'assemblée générale, Eva ? Ce sera d'autant plus intéressant si c'est toi qui nous parles de ton expérience.

— Ah, ai-je lâché en lançant un regard à Hallie. Mais je croyais que c'était à la déléguée de classe de faire ça...

— D'habitude, oui, a concédé Miss Wilson tout en feuilletant le tas de copies qu'elle avait à la main, mais vu le thème... Ça ne te gêne pas de partager la vedette, si, Hallie ?

— Pas de souci.

J'ai bien vu qu'elle était déçue. En plus, elle devait se dire qu'une assemblée générale, c'était typiquement le genre de situation où j'étais capable de tout gâcher.

— Je peux t'aider à écrire le discours d'ouverture, si tu veux, a-t-elle proposé. Vu que j'ai déjà commencé à y travailler hier...

— Merci.

— Oui, merci beaucoup, Hallie, a ajouté Miss Wilson. On fait comme ça, alors. Je vais lire tous vos comptes rendus, et on organisera une répétition vendredi à l'heure du déjeuner.

— Ah... vendredi midi, j'ai le club des langues étrangères.

— Moi aussi, a renchéri Rami. Et Mme Chapelle n'accepte pas les absences.

— C'est le seul créneau où la salle est libre... a-t-elle soupiré. Tant pis, on s'entraînera sans vous. Mais je compte sur toi pour bien apprendre ton discours par cœur, Eva !

Au cas où je ne l'aurais pas précisé avant, Miss Wilson a tendance à s'emballer un peu.

Le lendemain, elle m'a rendu ma copie avec comme seule appréciation : « C'est trop court. Parle de ce que tu as appris ! Pense à ton public ! » Du coup, ce soir-là, j'ai cherché « désintoxication numérique » sur Google et ajouté deux ou trois paragraphes pour raconter que je m'étais sentie plus calme, plus en forme, et que j'avais réussi à m'endormir plus tôt. Je n'aurais pas vraiment décrit mon dimanche comme ça, mais je savais depuis longtemps que c'était toujours plus simple de dire aux gens ce qu'ils voulaient entendre.

Une fois mon compte rendu terminé, je suis descendue le montrer à mon père et, en passant près du bureau, j'ai entendu une des chansons de la vidéo de fitness – en même temps, « *Super Freak* », c'est facile à reconnaître, surtout quand on a les fessiers de ses parents gravés dans la mémoire... J'ai pris une poire dans la corbeille à fruits et me je suis rapprochée de la porte tout juste entrouverte. Impossible de bien voir l'ordinateur...

— Oui, cette partie-là. Vas-y, coupe, était en train de dire ma mère, et mon père a cliqué une ou deux fois.

Ils faisaient quoi, au juste ? La mère de Carys leur avait interdit de mettre la vidéo en ligne. J'ai fait un pas de plus, tout en essayant de ne pas arroser le parquet de jus de poire. Et là, à l'écran, nous trois en plein squat : une de mes guêtres avait glissé et j'avais le visage luisant de sueur. J'ai tenté de pousser un tout petit peu la porte, mais j'ai perdu l'équilibre et elle s'est ouverte d'un coup. Ma mère s'est retournée :

— Ah, coucou, chérie. Ça va ?

J'ai fait l'innocente (pas évident, vu qu'ils venaient de me surprendre en train de les espionner).

— J'ai fini mon travail pour l'assemblée générale.

— Super ! C'est vraiment dommage qu'on ne puisse pas y être... a-t-elle fait en dégageant mes cheveux de derrière mes oreilles. Mais je suis contente que Miss Wilson m'ait enfin écoutée ! Je lui avais bien dit que tu étais un sacré atout pour ce genre d'événements.

« Génial... » ai-je songé. C'était donc elle qui m'avait mise dans ce pétrin.

— Tu veux voir notre séance de sport années 80 ? La vidéo est tellement réussie !

Elle a donné un petit coup de coude à mon père.

— Remets le passage où on court sur place. Oh mon Dieu, Eva, tu vas voir... C'est à mourir de rire.

— Je l'ai vécu en direct, je te rappelle... Et de toute façon, la mère de Carys ne veut pas qu'elle soit sur la chaîne, si ?

— Oh, ne t'inquiète pas pour ça ! On a trouvé une solution.

Au son de « *Super Freak* », je nous ai revus travailler nos fessiers en rythme ; ils avaient collé un smiley sur la tête de Carys.

— Vous allez poster ça comme ça ?

— Je sais, ce n'est pas idéal, a fait ma mère.

— Avec moi dans cette combi, je veux dire ! C'est trop la honte !

— Tu ne vas pas recommencer, Eva... C'est le but ! C'est censé être drôle.

— Je vais ajouter deux trois autocollants, a dit mon père. Ça va rendre très bien, Eva. Arrête de t'inquiéter !

Je suis restée plantée là quelques minutes, à les regarder sans un mot. À quoi bon tenter de leur faire entendre raison, de toute façon ? Les bords de ma poire avaient commencé à noircir, alors je l'ai jetée à la poubelle avant de remonter à l'étage. Je n'avais plus très faim ; savoir que le monde entier pourrait bientôt m'admirer en combinaison pailletée ultra-moulante m'avait coupé l'appétit.

Une fois en pyjama, je me suis glissée sous la couette et, en contemplant les guirlandes, j'ai réfléchi à une autre solution. Supprimer du contenu n'avait servi à rien ; la vidéo sur les requins leur avait coûté quelques milliers d'abonnés, c'est tout. Et ils continuaient à publier tout ce qu'ils voulaient, toujours des trucs aussi gênants... J'étais prisonnière de *La Vie d'Eva* depuis ma naissance, et j'avais beau appeler au secours, personne ne m'entendait. Je n'avais vraiment plus le choix : pour les arrêter, il fallait frapper fort.

Après ça, tout est parti en vrille...

23

DÉCLARATION DE GUERRE

Le lendemain matin, Spud est arrivé en trottinant, la cravate nouée autour de la tête : il fredonnait l'air de « *Super Freak* ».

— Tu vois ? a fait ma mère. Lui, il trouve ça drôle !

Je lui ai lancé un regard désabusé.

— Il trouve aussi très drôle de venir au collège avec une grenouille dans sa lunch box...

— Ah, ça, c'était vraiment rigolo ! a-t-il lancé, hilare. T'as quoi pour midi, d'ailleurs ?

Il a fait un squat super bas pour essayer d'attraper mon sac. J'ai visé sa tête, mais il a évité le coup.

— Toujours rester sur ses gardes : première règle du jujitsu, Eva, m'a-t-il récité.

Dans la montée, j'ai sorti mon portable pour vérifier combien la vidéo avait de vues.

— Plus de dix-huit mille, déjà, ai-je grogné.

— Te bile pas avec ça ! a-t-il lancé.

— Ça te ferait moins rire si c'était toi dans cette combi à paillettes.

Son sourire m'a rappelé que j'avais tort.

— Oublie ce que je viens de dire. Si au moins c'était la fin du trimestre... ai-je soupiré. Comme ça, je serais tranquille chez Farmor, la tête dans le sable.

— Ma mère va peut-être me laisser commander de l'acide fluorhydrique pendant les vacances, pour reproduire l'expérience de Mr Jacobs avec l'ampoule, mais à bien plus grande échelle ! C'est un liquide capable de ronger la chair humaine jusqu'à l'os...

— Ravie d'être dans un autre pays à ce moment-là, alors ! Si tu pouvais tremper *La Vie d'Eva* dedans, tant que tu y es, ce serait parfait.

Hallie m'avait promis son aide pour le discours d'ouverture à l'assemblée générale. Du coup, pour la première fois, on s'est toutes retrouvées assises à la même table à la cantine avec Carys et Gabi – mais vu qu'elle n'arrêtait pas de parler, celle-là, il n'y avait pas trop de silences gênants.

— ... ensuite, demi-tour saut groupé, saut fendu et, pour finir, souplesse avant.

Et elle a dressé les bras en l'air comme si elle était à quelques secondes de la médaille d'or aux JO – en manquant de peu le visage d'un sixième qui passait par là.

— Ça a l'air génial, ai-je commenté sur le ton le moins sarcastique possible, étant donné que ma meilleure amie était juste à côté.

— Dommage que t'aies arrêté la gym, Eva... En plus, t'as clairement un don pour le fitness.

Et elle s'est mise à chanter « *Super freak! Super freak!* » à tue-tête. Je lui ai souri, pas plus d'une demi-seconde.

— La compétition, c'est samedi, alors ? a repris Carys, beaucoup plus diplomate que moi.

— Ouais ! L'enchaînement de Hallie est trop bien !

— Merci... mais j'ai encore du mal à me réceptionner sur le salto arrière. Faut que je continue à m'entraîner.

Gabi a aussitôt commencé à s'extasier sur ses atterrissages. Pour changer de sujet, j'ai fait glisser mon téléphone à Hallie sur la table.

— Tu penses quoi de ça, pour l'intro ? Je ne sais même pas ce qu'attend Miss Wilson...

— C'est pas mal, a-t-elle commenté en jetant un œil à mes notes. Peut-être que tu pourrais juste commencer par un truc un peu plus accrocheur ?

J'ai souri en la voyant taper quelque chose.

— Et tu restes sérieuse pour la dernière partie, hein ?

Elle m'a rendu mon sourire et, l'espace d'un instant, tout était comme avant.

Après le repas, elle a proposé de nous montrer son enchaînement. Pendant qu'elle passait au vestiaire, on s'est installées par terre, le long du mur du gymnase. Gabi s'est tournée vers Carys.

— C'est vrai que t'as piraté le site de Saint-Augus ?

Elle a sorti ça comme ça, sans prévenir.

— Faut pas croire tout ce qu'on dit sur moi, OK ? a répondu Carys, le sourire aux lèvres.

Gabi a haussé les épaules, et ça se serait sans doute arrêté là si j'avais eu la bonne idée de la fermer.

— De toute façon, ça te regarde pas, ai-je lâché en enlevant un peu de boue sèche de ma chaussure.

— Si elle traîne avec *ma* copine, si.

— Je suis pas ta copine...

— Je sais, a-t-elle sifflé. Je parle de Hallie.

— Bon ben merci, Gabi, a coupé Carys en se levant. C'était vraiment un plaisir de discuter avec toi...

Pile à ce moment-là, Hallie a lancé sa musique : « *Priceless* », de Melanie Fiona. Le sourire aux lèvres, j'ai repensé à toutes les chansons qu'on avait écoutées l'été dernier, quand elle était en pleine recherche du morceau parfait pour sa chorégraphie. « Il faut que ce soit une artiste avec des racines guyanaises, comme moi, m'avait-elle expliqué. Mais surtout pas un des CD de mon père, et je veux un rythme comme ça... » Et elle me l'avait montré en pianotant sur ses genoux. Dès les premiers accords de « *Priceless* », elle s'était écriée : « C'est la bonne ! », les mains sur mes épaules. On l'avait écoutée en boucle tout l'après-midi en enchaînant les roues et les équilibres dans son jardin. Son père nous avait apporté des sodas pimentés : ça me picotait tellement le nez que j'avais éternué, et ça l'avait fait rigoler.

Quand elle a levé les bras après le salto arrière final, nos applaudissements ont retenti dans tout le gymnase. Elle nous a fait une révérence super exagérée avant de courir vers nous.

— Alors ? Tu penses que ça suffit pour être sur le podium ?

— Carrément ! ai-je répondu alors que Gabi se levait d'un bond.

— Tu crois qu'on peut demander à Mrs Marshall de sortir le saut de cheval ? J'aimerais bien m'entraîner un peu aussi, en fait.

Je voyais bien qu'elle mentait juste pour se retrouver seule avec Hallie.

— D'accord... a répondu Hallie, sentant le malaise.

— Il est vraiment trop bien, ton enchaînement, Hals, ai-je répété.

— C'est clair, a renchéri Carys. Génial, franchement.

— Merci, a-t-elle fait. (Gabi a articulé quelque chose.) Bon, bah on se voit plus tard, OK ?

Et elles sont parties en trottinant vers Mrs Marshall, qui était en train de ranger les tapis. Je suis restée quelques instants à les observer mais aucune des deux ne s'est retournée. J'ai suivi Carys dehors.

Hallie ne m'a plus trop parlé de la semaine. Soi-disant, elle n'arrêtait pas de s'entraîner pour sa compétition, sauf qu'elle a posté une vidéo au *Bizarre des Crêpes* où elle partageait une crêpe double chocolat avec Gabi, morte de rire parce qu'elle n'arrêtait pas de faire un mouvement de danse complètement naze. Elles ne m'avaient même pas invitée... J'étais super jalouse, et à chaque nouvelle vidéo d'elles en train de « s'éclater » (impossible d'y échapper tellement elles en faisaient), j'en avais des pincements au cœur. C'était de pire en pire. J'ai fini par mettre leurs deux comptes en sourdine, histoire de m'épargner tout ça pour le moment.

Le vendredi midi, en route pour le club des langues étrangères avec Rami, on a croisé un groupe de secondes : l'un d'entre eux a crié « Serrez-moi ces miches ! », et un autre « On s'étiiiiiiiiiiiiire ! », si fort que ça a résonné tout le long du couloir. Quand on est arrivés devant la salle, j'ai entendu : « Dis à ta mère que je la trouve canon ! »

— Ça va ? m'a demandé Rami en me regardant droit dans les yeux.

— Ouais, c'est rien, ai-je fait en poussant la porte.

— C'est vrai, on s'en fiche ! C'est pas comme si c'était la première fois qu'on te voyait faire des trucs aussi ridicules...

Et tout à coup, j'étais au bord de l'explosion. Je me suis retournée et j'ai hurlé à pleins poumons :

— ELLE A QUARANTE-SEPT ANS, MA MÈRE !

J'ai pris une grande inspiration. Ça faisait du bien de crier comme ça... Sauf que tout le club des langues avait maintenant les yeux rivés sur moi.

Ce soir-là, une fois certaine que mes parents dormaient, je me suis faufilée en bas. Arrivée dans le bureau, j'ai bloqué la porte avec une chaise – j'avais regardé suffisamment d'épisodes du *Justicier* pour savoir qu'il valait mieux prendre trop de précautions que pas assez. J'ai touché la souris, attendu que l'ordi se rallume et doucement entré le mot de passe. L'écran s'est figé quelques secondes et mon cœur s'est arrêté de battre : ils n'avaient quand même pas changé celui-là aussi ? Mais le bureau est vite apparu, et j'ai poussé un soupir de soulagement. En cliquant sur « paramètres de sécurité », j'ai trouvé le nouveau mot de passe de la chaîne, que j'ai noté avant de me connecter sans un bruit. Cette fois-ci, je savais exactement ce que je faisais, et je voulais frapper fort.

Une fois lancée, impossible de m'arrêter : j'ai commencé par supprimer les vidéos les plus anciennes, avant même notre installation dans la maison. Mes premiers mots, mes premiers pas, mon premier passage chez le coiffeur... Ce fameux « immense réservoir de nos plus beaux souvenirs, qui nous permet à la fois de les préserver et de les partager », comme avait dit ma mère à la télé. Ouais, bah une fois que j'aurais fini de faire le tri, il n'en resterait pas grand-chose.

« Les Andersen à Disneyland !!! »

« Le premier voyage d'Eva au Danemark !!! »

« Petit tour aux urgences 😢😢😢 »

« Les courses de Noël !!! »

« Eva vient de dire "maman", non ??!! »

J'ai tout supprimé comme si ce n'était pas vraiment des souvenirs, mais les ennemis à abattre dans les parties de *Star Fox* auxquelles on jouait avant avec Spud : il faut tirer, tirer, tirer jusqu'à manquer de munitions. Je ne sais plus tout à fait combien de vieilles vidéos j'ai regardées sans le son cette nuit-là, ni quand je me suis mise à pleurer exactement... Mais à la fin, je voyais l'écran tout flou, et il y avait des traces de larmes sur le bureau.

24

« *SUPER FREAK* »

En me réveillant, j'ai entendu :

— Lars ! Ça recommence !

J'ai senti une vague d'angoisse monter en moi. C'est à peine s'ils m'ont vue passer quand je suis descendue prendre mon petit déjeuner. Ils étaient dans le bureau, en pleine conversation avec Ash (toujours en haut-parleur).

Ça m'a rappelé la fois où ils avaient une réunion très importante avec lui en bas. À seulement neuf ans, je n'étais évidemment pas invitée ; ils m'avaient même interdit de venir regarder la télé dans le petit salon. Toute la maison puait le café à force de faire tourner la machine. Ils m'avaient dit que ça serait fini en une heure, mais le délai était dépassé et je mourais de faim. Postée sur le palier, en train de les observer à travers les barreaux du palier pour évaluer mes chances de me préparer un petit casse-croûte sans me faire repérer, je les avais entendus :

— Pour être honnête, votre contenu n'est pas mal, mais... comment dire... (Ash avait déverrouillé son portable aussi vite que l'éclair.) Le problème, c'est qu'il faut changer d'approche. Eva a neuf ans maintenant, c'est ça ? Ce n'est plus aussi mignon, à cet âge-là.

C'était comme si je venais de me prendre un coup de rame en pleine face. Je n'avais plus très faim, d'un coup. J'étais remontée dans ma chambre et, allongée sur mon lit, j'avais écouté leurs voix étouffées discuter de nouvelles stratégies pour la chaîne. Les larmes coulaient silencieusement sur mes joues, détrempant peu à peu mon oreiller. Je venais de comprendre que c'était ma faute s'ils perdaient des abonnés : les gens ne m'aimaient plus...

Assise dans la cuisine, je mélangeais mes céréales quand j'ai entendu mon père lancer :

— Tu veux dire que quelqu'un a trouvé notre mot de passe ?

J'ai lâché ma cuillère, qui a fait un bruit énorme en retombant dans le bol.

— Eva ? a fait ma mère en ouvrant la porte du bureau. Bonjour, ma chérie. On a des petits soucis avec la chaîne...

Elle a pris une grande inspiration, puis a éclaté en sanglots. J'étais complètement désemparée. Je l'avais déjà vue pleurer plein de fois, évidemment... Mais là, c'était cent pour cent ma faute.

— Ça va ?

Il n'y avait sans doute pas plus bête à dire vu la situation, mais c'est le seul truc qui m'est venu.

— Ash pense que quelqu'un s'amuse à pirater notre page YouTube... Ils ont supprimé des vidéos de toi bébé ! Qui ferait ça, franchement ? À un bébé, en plus !

J'ai dégluti. Mon cœur battait dix fois plus vite que d'habitude. Je croisais les doigts pour qu'elle ne se rende compte de rien. Elle a sorti un Kleenex de sa poche et s'est mouchée.

— Lars est en train de voir si on a une sauvegarde... Mais même si c'est le cas, il nous faudra plusieurs jours, voire plusieurs semaines pour tout rétablir. Et en plus, selon Ash, nos disques durs ne fonctionnent peut-être plus.

Apparemment, ça ne se conserve pas très bien. Du coup, on a peut-être perdu toutes nos vidéos de toi bébé...

Elle a reniflé et essuyé une larme avec son mouchoir.

J'avais le cœur bien plus léger au moment de supprimer les vidéos que maintenant, à voir l'état dans lequel elle était.

— Ah... ai-je lâché, la gorge tellement serrée par la culpabilité que plusieurs morceaux de granola refusaient de passer.

Lundi matin, Spud a absolument voulu que je lui récite mon discours sur la route du collège. J'étais censé l'avoir appris par cœur pendant le week-end, mais je n'avais pas vraiment trouvé le temps, on va dire.

— Tu penses que Miss Wilson voudra bien que je lise mes notes ?

— Euh, c'est ça que t'appelles tes notes ? a-t-il rétorqué en fixant les morceaux de papier froissé que j'avais à la main. Ça m'étonnerait...

— Mais je ne peux pas faire sans ! me suis-je écriée, un peu déprimée. Et c'est trop tard pour tout mettre au propre avant l'assemblée...

— Donne, a-t-il répondu en me les arrachant. Si j'y vais en courant, j'ai le temps de les taper à l'ordi et de tout imprimer.

— Merci, Spud ! ai-je crié alors qu'il se lançait à toute vitesse dans la montée. Tu es GÉNIAL !

Tous les Geekophobes se sont tournés vers moi avec des yeux de merlan frit.

En arrivant, j'ai vu la maman de Hallie dans le parking.

— C'est bizarre, ai-je fait à Carys, qui a regardé dans sa direction. Qu'est-ce qu'elle fait là, sa mère ?

— Peut-être qu'elle a oublié ses affaires de sport, ou quelque chose comme ça ? a-t-elle répondu.

— Hallie, oublier un truc ? Impossible.

Miss Wilson nous avait dit d'aller directement à la salle de réunion : quand on est arrivées, la classe était déjà presque au complet. Face à la scène, des rangées de chaises à n'en plus finir.

— Eva ! s'est exclamée la prof dès qu'elle m'a vue entrer. Dieu merci ! Il ne nous reste pas beaucoup de temps. Tu vas te mettre là, devant, m'a-t-elle expliqué en me guidant jusqu'à la scène.

J'ai pris une grande inspiration avant de monter les marches pour me placer à l'endroit indiqué, les yeux rivés sur l'entrée latérale en priant très fort pour voir débouler Spud. Mais c'est Gabi qui a débarqué : elle tenait la porte pour Hallie qui était en béquilles, la cheville plâtrée.

— Oh mon Dieu...

Au lieu de rester en position, je me suis tout de suite précipitée vers elle et, en jetant un coup d'œil à son plâtre bleu, j'ai demandé :

— Qu'est-ce qui t'est arrivé ?

J'ai vu dans ses yeux qu'elle avait envie de pleurer, mais aussi de me donner un coup de béquille.

— T'as pas vu ce que j'ai posté pendant la finale ?

— Je... Je... ai-je balbutié, mais elle ne m'a pas laissée finir.

— C'est bien ce que je pensais. Allez, Gabi, on y va.

— Bravo la super pote... m'a balancé cette dernière à voix basse, avant de me bousculer pour passer.

En la regardant aider Hallie à s'installer sur une chaise face au public, je me suis sentie horriblement nulle. Comment j'avais pu oublier sa compétition et louper sa publication ? Et d'un coup, ça m'est revenu. Mon sang s'est glacé : j'avais oublié de réactiver leurs notifications... À ce moment-là, ça a sonné, et les gens ont commencé à arriver en masse.

— Tiens ! m'a fait Spud en me tendant un beau petit tas de fiches. J'ai mis super longtemps à me connecter, désolé !

— Merci, ai-je fait sans quitter Hallie des yeux.

Plusieurs filles de la classe s'étaient rassemblées autour d'elle. Ça faisait des mois qu'elle s'entraînait... Et je ne savais même pas comment elle s'était blessée. Ça m'a donné des crampes atroces à l'estomac, comme si je venais d'avaler de la soupe froide. Gabi avait raison... J'étais la pire amie du monde.

— De rien, a lâché Spud en s'éloignant.

J'avais complètement oublié sa présence.

Miss Wilson m'a fait signe de revenir sur scène et j'ai repris ma place en plein milieu en espérant que tout ça soit vite plié, histoire de pouvoir discuter avec Hallie. Et de dire un vrai merci à Spud.

— Bonjour tout le monde ! a commencé Mr Andrews, le principal.

Il ne sortait de son bureau que pour les grandes occasions, comme les assemblées générales ou le concert de Noël.

— C'est un grand plaisir de vous accueillir à cette réunion organisée par la classe de 5e W, qui va nous parler de sa journée spéciale câline !

Toute la salle s'est mise à rire ; j'avais envie de disparaître sous l'estrade.

Depuis le premier rang, la prof lui a chuchoté très fort quelque chose. On se serait cru en plein spectacle de mime.

— Petite erreur, pardon ! Journée spéciale *hors ligne...* s'est-il repris en nous adressant un sourire, les mains jointes. Je suis rassuré ! Merci, Miss Wilson. À vous, les 5e W !

J'avais la bouche aussi sèche que si je venais d'avaler du sable.

— Bonjour, ai-je fait dans le micro avant de remarquer que la première phrase tapée par Spud était « QUE LA FORCE SOIT AVEC TOI ! » avec un smiley avant et un autre après.

J'ai pouffé de rire, puis repris mon sérieux en voyant les milliers d'yeux fixés sur moi.

— Saviez-vous que les jeunes d'aujourd'hui passent moins de temps dehors que les personnes en incarcération ? C'est pour ça que le 31 janvier, mes camarades et moi, on a décidé de faire une cure de désintoxication numérique de vingt-quatre heures. Tout le monde était super content de participer.

« Pas cent pour cent vrai », ai-je songé avant de faire une pause. J'avais l'impression d'entendre le public fredonner quelque chose. Miss Wilson m'a fait signe de continuer, et j'ai avalé ma salive.

— Du coup, du lever au coucher du soleil, on a posé nos téléphones, éteint nos ordinateurs, et...

J'ai de nouveau levé les yeux vers cette marée humaine face à moi, qui chantonnait de plus en plus fort.

— Et, euh... au lieu de passer notre journée en ligne, on l'a passée sur... euh... FaceTime. Euh, en live, je veux dire.

Je ne voyais plus très bien mon texte : mes mains s'étaient mises à trembler, parce que je venais de reconnaître l'air qu'ils chantaient tous. « *Super Freak* »... la chanson de la vidéo de fitness. Et tout à coup, j'ai senti sur moi non seulement le regard de chaque personne assise dans la salle, mais aussi de tous ceux qui avaient vu cette vidéo, et des autres aussi. Des milliers et des milliers d'yeux, tous braqués droit sur moi, soudain si pesants qu'ils menaçaient de m'écraser.

Au premier rang, Miss Wilson et les autres profs tournaient la tête pour tenter d'identifier la source du bruit – sauf qu'il venait de partout. Et là, comme par miracle, la voix de Hallie m'est parvenue au-dessus de toutes les autres :

— Ne t'arrête pas, Eva.

Je me suis raclé la gorge avant d'annoncer :

— Voilà quelques-unes de nos découvertes, en espérant que ça vous plaise.

Et puis j'ai fait quelques pas en arrière, jusqu'à me retrouver dans l'ombre du rideau.

C'est Lucas qui a commencé, en racontant sa visite d'un château d'eau. J'entendais encore la chanson, tout bas – peut-être que c'était dans ma tête ? Et je l'ai encore entendue à la fin, après les applaudissements, au moment où Mr Andrews libérait tout le monde.

— Bravo à tous ! a lancé Miss Wilson avant de serrer mes mains dans les siennes. Oh, Eva, tu trembles... Ma pauvre. Je ne pensais pas que ça te stresserait autant.

— T'as été géniale ! m'a dit Carys. T'as entendu les gens chanter, j'imagine ?

J'ai hoché la tête.

— Comme tout le monde, non ?

— Laisse tomber... Ils sont juste jaloux de nos super fessiers.

J'ai fait de mon mieux pour rigoler, mais tout ça m'avait complètement retourné l'estomac.

— Hallie s'est fait mal à la cheville pendant la finale, ai-je expliqué. J'avais complètement oublié que c'était ce week-end.

— Tu devrais aller lui parler, m'a répondu Carys avec un signe de tête dans sa direction. (Elle attendait à la porte de la salle, avec Gabi à côté d'elle pour lui porter son sac.) On se voit en cours.

J'ai souri à Hallie, qui m'a regardée d'un air impassible.

— Merci pour ton aide tout à l'heure, hein...

— Pas de souci. C'était pas sympa de chanter comme ça.

— Alors, qu'est-ce qui s'est passé ? ai-je répété en contemplant son plâtre, que Gabi avait déjà signé au feutre violet.

— J'ai raté ma réception sur le salto arrière. Mais t'aurais pu le savoir avant si tu m'avais demandé comment s'était passée la compétition.

— Je suis désolée...

C'était loin de suffire, évidemment, mais je ne savais pas quoi dire d'autre.

En croisant son regard, j'ai vu que ses yeux bruns étaient mouillés de larmes.

— Tu ne m'as même pas souhaité bonne chance...

Je mourais d'envie de la serrer dans mes bras, mais j'avais l'impression que ce mur invisible entre nous était plus solide que jamais.

— Je suis vraiment désolée, Hals... C'est juste qu'il se passe pas mal de trucs avec la chaîne, et...

— OK, m'a-t-elle interrompue. Bon, bah la prochaine fois que je me casse la cheville, je penserai à mettre un commentaire sur *La Vie d'Eva*. T'auras peut-être le message, comme ça.

Je n'ai pas su quoi répondre. Elle avait raison... C'était la compétition la plus importante de sa vie, et je n'avais même pas été capable d'y penser, ni de l'encourager.

Ce matin-là, pendant tout le cours de maths, Mr Gregory nous a parlé de « vecteurs » (aucune idée de ce que c'est), avec en fond Alfie qui chantonnait « *Super Freak* » juste derrière moi. Je repensais à la chaîne, et à ce que j'avais fait. À tous les gens qui m'observaient jour après jour. Qui m'avaient vue grandir, et se comportaient comme s'ils me connaissaient – sauf qu'ils ne savaient absolument rien de moi. Alors que Hallie et moi, on était copines depuis le CE2, et je savais qu'elle adorait la nourriture épicée mais qu'elle craignait la vue du sang, qu'elle était incapable de loucher correctement même en s'entraînant des centaines de fois, que ça lui arrivait de chanter sans même s'en rendre compte. Je la connaissais quasiment par cœur et pourtant, je n'avais même pas été là pour sa blessure à la cheville.

Il y avait une autre idée que je n'arrivais pas à me sortir de la tête : d'accord, je n'avais pas été la meilleure des amies sur ce coup... mais rien de tout ça ne serait jamais arrivé sans cette fichue chaîne YouTube !

Ce n'est peut-être qu'une coïncidence mais, ce soir-là, Carys m'a envoyé un lien vers la page d'une famille américaine de vlogueurs, les Grant-Lacey, qui ont huit millions d'abonnés. J'avais déjà vu une ou deux de leurs vidéos. Leur fille aînée avait quelques années de plus que moi, et je me souvenais d'avoir vu ses parents péter un boulon quand elle s'était décoloré les cheveux. C'étaient un peu les idoles de ma mère, qui s'était énervée contre mon père le jour où il avait dit que leur famille était « dysfonctionnelle ». Pile au moment où j'ai lancé la vidéo, Carys m'a envoyé un message : *Regarde son T-shirt.*

J'ai scruté l'image de plus près. La mère parlait à la caméra, mais elle portait un chemisier, pas un T-shirt... Et là, j'ai repéré la fille au second plan. Au début, ça n'était pas évident de lire le message qu'il y avait sur son haut mais, quand elle l'a un peu défroissé, je l'ai vu, noir sur blanc, en majuscules : « ARRÊTEZ DE ME FILMER ».

Et c'est là que j'ai réalisé que, pour vraiment prendre les commandes de la chaîne, il fallait passer de l'autre côté de l'écran.

25

TOUT DOIT DISPARAÎTRE

Quelques jours plus tard, une semaine avant les vacances, mes parents étaient toujours collés à leurs ordinateurs. Ils avaient publié une vidéo spéciale sur le piratage de la chaîne et, au lieu de continuer à perdre des abonnés, ils en avaient récupéré de nouveaux : ils ne quittaient plus le compteur des yeux, prêts à filmer ma réaction en direct le moment venu. Apparemment, la vidéo déjà tournée pour l'occasion ne suffisait pas. Il leur fallait aussi un live, donc ça tournait vingt-quatre heures sur vingt-quatre. Sauf que je ne voyais pas trop comment ils comptaient s'y prendre : et si j'étais au collège au moment où ils atteignaient les cinq cent mille ? Ou aux toilettes ? Mais ma mère se contentait de lever les yeux au ciel chaque fois que je faisais une remarque.

Jeudi, Miss West nous avait donné tout un tas de citations de Shakespeare à apprendre par cœur à la maison, et j'étais à peu près aussi motivée que pour plonger la tête dans le bac où Spud faisait fermenter je ne sais quel produit, dans son garage... Du coup, j'ai lancé la première phase de mon nouveau plan : d'abord, décrocher toutes les affiches, puis le baldaquin rose suspendu au-dessus de mon lit, les guirlandes que je pouvais atteindre et l'énorme nœud de ruban au mur. J'ai ramassé les plantes, les bibelots, tous les trucs offerts par leurs sponsors pourris, et j'ai tout mis en tas devant la porte. Le palier était presque complètement envahi au moment où ma mère a débarqué.

— Qu'est-ce qui se passe ici ?

— Je refais la déco, ai-je rétorqué tout en continuant à décoller du mur des stickers en forme de cœur.

— C'est comme ça que tu appelles tout ce bazar ? a-t-elle commenté avec un rire révélateur : elle était en train de filmer. On dirait qu'Eva a décidé d'improviser un grand ménage de printemps ! J'espère quand même que tu vas tout ranger quand tu auras fini...

— Nan, ai-je fait d'un ton détaché. C'est des affaires à toi, t'as qu'à tout récupérer.

Elle a enjambé la pile pour entrer dans la chambre.

— Eva... Tu as tout vidé ! On dirait une cellule de prison !

— Ça résume parfaitement ma vie, alors.

— Écoutez-moi ça ! a lancé ma mère en retournant la caméra. Ma fille adorée, mesdames et messieurs !

Je suis montée sur un tabouret pour m'attaquer aux autocollants qui étaient à côté de mon armoire.

— C'est plein de poussière ici ! ai-je dit bien fort. Genre, vraiment dégueu.

Bip-bip : elle venait d'éteindre la caméra.

— Mais qu'est-ce qui te prend, Eva ? On a beaucoup de choses à gérer avec Lars en ce moment, à cause de cette histoire de piratage. Désolée si tu as l'impression qu'on fait moins attention à toi...

J'ai décollé un des stickers du mur et l'ai laissé voleter jusqu'au sol.

— Ce n'est pas franchement l'attention qui manque, ai-je lâché.

Elle a poussé un soupir.

— Tu ne veux pas sérieusement tout changer dans ta chambre, si ? On n'a vraiment pas le temps, là...

— Justement, je peux faire ça toute seule, ai-je précisé en essuyant mes mains pleines de poussière sur mon legging.

— Bon, d'accord. Dans ce cas, j'ai de très jolies choses au garage. Mais ce n'est pas le meilleur moment, chérie. Il faut qu'on fasse une vidéo d'unboxing, et un avant/après. Franchement, cette semaine, je n'ai pas la force... On a déjà la spéciale Saint-Valentin, et ensuite on part chez Farmor.

— C'est pas grave. J'aime bien ma chambre telle quelle. Minimaliste, comme dirait Miss Wilson.

— J'espère que tu plaisantes, Eva. Comment tu veux qu'on filme là-dedans ? On se croirait vraiment en prison... Qu'est-ce que les gens vont penser ?

— Je m'en fiche.

Elle m'a regardée sans rien dire pendant quelques secondes.

— D'accord, chérie, je vois bien que tu n'es pas d'humeur à discuter.

Elle attendait que je la contredise, mais je m'en suis bien gardée. Alors elle m'a fait un bisou sur la tête avant de quitter la pièce.

Un peu plus tard, mon père a crié :

— Détenue Andersen ! Le dîner est servi !

Du coup, j'ai attendu super longtemps avant de descendre, exprès.

Une fois au lit, j'ai contemplé mon plafond nu, débarrassé de toutes ses guirlandes. Ma chambre était tout de suite plus sombre, et c'est vrai que ça faisait un peu cellule sans toutes mes affaires – enfin, *ses* affaires... Mais d'un autre côté, chaque mur vide était aussi comme une page blanche de mon carnet à dessin, où je pouvais laisser libre cours à mon imagination.

Le vendredi, je suis allée chez Carys direct après les cours. J'étais censée rentrer au cas où on passerait les 0,5 million, mais j'avais supplié mes parents tellement de fois qu'ils avaient fini par accepter, juste histoire que je les lâche un peu.

On était en train de prendre des photos débiles dans sa chambre quand, en se regardant dans l'appareil, Carys a tiré sur sa frange :

— Faut que je la coupe, a-t-elle décrété en fouillant dans son tiroir.

Elle en a sorti une trousse noire où elle a pris une paire de ciseaux.

— Ça, c'est un truc de pros.

— Tu vas quand même pas le faire toi-même ?

Elle a retiré ses lunettes et peigné soigneusement chaque mèche.

— C'est toujours moi qui me coupe les cheveux, a-t-elle expliqué. Enfin, la frange, en tout cas.

— Tes parents te laissent faire ?

— Bah ouais... Je fais ce que je veux, c'est mes cheveux.

J'ai cherché un élastique dans ma poche.

— Une coupe courte, j'aimerais trop... ai-je soupiré en me rapprochant pour mieux voir. Longs comme ça, je déteste.

— Ben fais-les couper, alors.

Elle s'est mise à donner de petits coups de ciseaux, faisant pleuvoir sur son nez de minuscules brins de cheveux d'un noir de jais.

— Ça t'irait bien, en plus, a-t-elle ajouté.

— Ouais, mais ma mère voudra jamais.

J'ai soulevé ma chevelure pour voir un peu ce que ça donnerait.

— Tu crois que j'aurais l'air plus vieille ?

Elle a ciselé avec soin les bords de sa frange, puis ramassé son téléphone et cherché quelques minutes avant de me le tendre.

— Une coupe dans ce genre-là, ça serait super joli sur toi.

J'ai scruté la photo d'Emma Watson sur son écran.

— Oh mon Dieu, c'est vraiment super court. Moi, je voyais plutôt... (J'ai fait défiler les coiffures avant de tomber sur une fille dont les cheveux ondulés lui tombaient juste au-dessus des épaules.) Un truc comme ça.

— Ah ouais, sympa ! a commenté Carys en regardant la photo de plus près. À mon avis, c'est dans mes cordes.

— Sérieux ? Tu pourrais me faire la même ?

— Ouais, a-t-elle répliqué en haussant les épaules. Ma tata est coiffeuse dans un salon méga cher à Londres. Je l'ai bien regardée couper les cheveux de ma cousine à Noël, et elle m'a laissé faire l'arrière. Bon, évidemment, elle m'a aidée...

Elle a repris son téléphone pour aller dans la galerie, avant de sélectionner des photos.

— Tu vois ? Ça c'est elle avant... et après.

— Waouh... Et tu peux faire pareil sur moi ?

— Sans problème. Enfin, c'est ma tante qui m'a appris, et elle est vraiment forte. C'est elle qui m'a donné ces ciseaux. Faudrait qu'on fasse ça dans la salle de bains, par contre, pour pas qu'il y ait plein de cheveux coincés dans le tapis.

— Ah... mais je suis censée faire la promo d'un masque pour cheveux longs la semaine prochaine, avant qu'on parte chez Farmor. C'est prévu dans le calendrier.

— Ça tombe super bien, alors, a fait Carys avec un sourire espiègle.

Pile à ce moment-là, le gong a résonné, et on a entendu la voix de son père en bas des escaliers :

— Les filles ? Le dîner est servi ! Ça vous dit de goûter mon cocktail pétillant menthe-fleur de sureau ?

On a échangé un regard, puis éclaté de rire. Je ne sais même pas ce qu'il y avait de si drôle – peut-être ce don qu'avait son père de dire des trucs sortis de nulle part. Mais à ce moment-là, en tout cas, et pendant toute la soirée, j'ai eu le sentiment de pouvoir être moi-même. Eva, la vraie, que je serais déjà si tous ces inconnus ne passaient pas leur temps à m'observer.

Après le repas, je me suis installée dans la salle de bains de Carys, des papillons plein l'estomac.

— T'es sûre, Eva ? Parce qu'une fois que c'est fait, trop tard pour recoller...

— Ouais. Ça fait super longtemps que j'ai envie de les couper. Vas-y.

J'ai fermé les yeux et tendu l'oreille pour guetter le premier coup de ciseau.

Au bout de quelques minutes, elle m'a donné un petit coup de coude : elle tenait ma queue de cheval dans sa main. Ça faisait sacrément bizarre de ne plus l'avoir sur la tête.

— Oh mon Dieu... ai-je fait en touchant l'arrière de ma nuque avant de secouer mes cheveux, et de contempler mon reflet.

— C'est déjà trop stylé ! a lancé Carys. Mais je vais couper un peu les mèches de devant pour que ce soit bien droit.

Je me suis rassise, et elle a posé ses mains sur mes épaules.

— Tout le monde va adorer, t'inquiète.

Une fois qu'elle a eu fini, je me suis bien regardée : c'était à peine si je me reconnaissais. J'ai enroulé une petite mèche autour de mes doigts.

— Tu trouves vraiment que ça me va bien ? Mieux qu'avant, je veux dire ?

— Ouais, à mille pour cent !

Elle m'a fait un grand sourire dans le miroir.

— Ah, viens !

Je l'ai suivie dans la chambre, où elle a plongé les mains dans une boîte posée près de son placard.

— Le voilà !

C'était un vieil appareil photo qu'elle a tendu devant elle en tirant la langue. Un flash, un bourdonnement, et un tirage papier est sorti par l'avant.

— Petit test, a lâché Carys en le secouant quelques secondes. Allez, à ton tour. Souris !

J'ai fixé l'objectif, penché la tête sur le côté et pris une pose semi-sérieuse.

— Magnifique, a-t-elle commenté en me tendant la photo.

Mon visage est apparu peu à peu.

— J'adore, franchement. Merci !

— Moi aussi ! Mais ne dis pas à tes parents que c'était mon idée, OK ? Je n'ai pas trop envie de me mettre ta mère à dos, vu les droites qu'elle lançait pendant la séance de fitness.

En souriant, j'ai soigneusement rangé le polaroïd dans ma poche.

— Tu sais qu'elle risque de faire une attaque...

Ça l'a fait rigoler.

— Peut-être qu'on devrait appeler les pompiers direct !

Toujours un grand sourire aux lèvres, j'ai ramassé la queue de cheval et je l'ai pliée dans la poche avant de mon sac avant de descendre et d'enjamber Bernie, en train de ronfler dans le couloir.

— J'espère qu'elle va aimer ! m'a lancé Carys au moment où je sortais.

— Ils risquent de t'envoyer leur avocat !

Et je l'ai entendue pouffer derrière la porte.

26

URGENCE

Plus je m'éloignais de chez Carys, plus la joie virait à l'angoisse. « C'est que des cheveux, me répétais-je. Mes cheveux à moi. » Mais le message était resté bloqué quelque part entre mon cerveau et mon cœur, qui battait à une vitesse tellement folle que j'hésitais à appeler une ambulance pour de vrai.

— Coucou, chérie ! a lancé ma mère d'un ton joyeux quand j'ai poussé la porte.

Mais à la seconde où elle a posé les yeux sur moi, elle est devenue complètement livide.

— OH MON DIEU ! EVA ! a-t-elle hurlé en jaillissant du canapé.

— Jen ! s'est écrié mon père en rattrapant le verre de vin qu'elle venait de renverser.

Il avait l'air étonnamment doué en jujitsu... Quand il a vu mes cheveux, il a juste lâché un :

— Oh.

Et puis plus rien.

— Mais qu'est-ce qui t'a pris ? s'est lamentée ma mère en tirant les mèches autour de mon visage. D'où tu sors cette coupe ?

— J'ai fait ça toute seule, ai-je répondu comme s'il n'y avait rien de plus normal.

— Mais... pourquoi ? Enfin, c'est tellement court ! Qu'est-ce qui t'a pris, Eva ?

— C'est juste une nouvelle coiffure, maman, pas un tatouage en plein sur la figure.

— Lars, dis quelque chose !

Il s'est levé.

— Bon, c'est un peu radical... Mais ça te va bien, en fait.

— Tu rigoles ? a fait ma mère en le regardant, bouche bée. Comment tu as pu faire ça sans même m'en parler, Eva ?

Elle m'a fait pivoter pour jeter un œil à l'arrière.

— Ça m'étonnerait que tu aies réussi ça toute seule. C'est Carys qui te les a coupés ?

— C'est moi qui ai demandé. J'en déduis que tu n'aimes pas, ai-je ajouté, les yeux rivés sur mes chaussures.

— Jen, a dit mon père en passant le bras autour de ses épaules, ce ne sont que des cheveux... et ce sont les siens, non ? Elle me ressemble plus, comme ça ! (Pourvu que ce soit une blague.) Je vais te chercher un autre verre de vin.

Ma mère a passé ses mains sur son visage, puis m'a lancé un regard.

— C'est vrai. Ce sont tes cheveux à toi. Mais je vais écrire tout de suite à Sasha pour voir si elle peut te prendre en urgence demain.

— Jen ! a lancé mon père depuis la cuisine. Depuis quand les coiffeurs prennent les urgences ?

— Lars, a-t-elle rétorqué, les mains sur les hanches, tout le monde sait que tes cheveux à toi défient les lois de la gravité, donc tu ne peux pas comprendre.

En se tournant vers moi, elle a ajouté :

— Tu as oublié qu'on devait tourner cette pub pour le masque capillaire la semaine prochaine, je suppose ?

Je lui ai fait un petit sourire d'excuse.

— Bon, Lars, on dirait que c'est toi qui vas tester ce masque avec moi, maintenant qu'Eva a tout coupé !

J'ai pris mon sac de cours et je suis partie vers l'escalier, mais elle n'avait pas fini :

— Ah, et j'appelle Caroline tout de suite, avant que ça ne fasse trop tard.

Je me suis arrêtée net.

— C'est qui, Caroline ? s'est enquis mon père.

— La mère de Carys, a-t-elle répondu d'un ton désapprobateur. Tu es incapable de retenir un prénom, ou quoi ?

— Et pourquoi tu veux l'appeler ?

— Tu plaisantes, j'espère ? Sa fille s'est prise pour Edward aux mains d'argent !

— Non, maman, s'il te plaît ! ai-je crié. C'est pas sa faute... C'était mon idée à moi !

— Chut, ça sonne.

Je me suis faufilée jusqu'en haut de l'escalier en sortant mon téléphone pour vite prévenir Carys. *Ma mère appelle la tienne à cause de ma coupe de cheveux !!! 😞 Désolée... Je lui ai dit que c'était ma faute.*

Carys : 😮 *C'est pas grave. Youpi, t'es toujours vivante !*

J'ai répondu : *Elle m'emmène chez le coiffeur demain. C'est pas contre toi.*

Carys : 😮 *Pour mettre des extensions ???!*

J'ai tapé : *J'espère que non... Mon père aime bien, en tout cas* 👍

Carys : *Ta mère dit quoi ? Qu'elle veut plus qu'on se voie ?*

J'ai écouté un peu la conversation, puis répondu : *Je pense pas...*

— Oui, je sais bien... était en train de dire ma mère. Je suis sûre que c'était juste pour s'amuser, et que Carys a fait de son mieux. Mais elle n'est pas coiffeuse, ça se voit. Avec la chaîne et tout ce que ça implique, on préfère généralement faire appel à des professionnels pour ce genre de choses, c'est tout. Oui, je sais bien comment elles sont parfois... oui...

Je crois que ça va aller. À mon avis, c'est juste qu'elle est pas contente de pas avoir pu filmer.

Carys : *Ça te va trop bien cette coupe ! J'espère que la coiffeuse va pas tout gâcher* 😜

J'ai entendu ma mère rire au téléphone : avec un peu de chance, ça ne serait pas trop gênant avec les parents de Carys la prochaine fois que j'irais chez elle. Je suis montée dans ma chambre et j'ai fermé la porte derrière moi. Sur mon lit, il y avait un carton qu'un de mes parents avait dû poser là, et que je n'étais sans doute pas censée ouvrir tant qu'ils n'étaient pas dans la pièce, prêts à filmer. J'ai jeté un coup d'œil à l'intérieur et sorti un cadre : sur l'image, « Be YOU-tiful » était écrit en arabesques dorées. Je l'ai remis à sa place et j'ai refermé la boîte. Encore tout un tas de trucs à mettre dans ma chambre, pour lui donner exactement le même look qu'avant.

Assise sur le lit, j'ai ressorti le polaroïd que Carys avait pris de moi. Je l'ai posé sur le bureau pour le prendre en photo et le poster sur Insta. Au bout de trois secondes, le premier commentaire est arrivé, suivi de plein d'autres. J'ai passé plusieurs minutes à les faire défiler et à réagir à ceux des gens du collège :

Eva !!! T'es trop HOT 🔥

🔥🔥🔥 *J'adore ta coupe*

❤ *Trop beaux tes cheveux !!!*

J'étais en train de répondre au troisième commentaire de Jenna quand j'ai entendu ma mère m'appeler :

— Eva ! Sasha a une place pour toi à sept heures et demie.

— Du matin ? ai-je lancé.

— Oui ! C'est complet demain, mais elle ouvre un peu plus tôt spécialement pour me rendre service.

« Super, ai-je pensé. Comme ça, on est sûrs de pouvoir filmer... »

— Tu mettras le nouveau haut que je t'ai laissé sur la porte de l'armoire, d'accord ?

J'ai poussé un soupir. Pourquoi elle ne me laissait jamais choisir mes vêtements ? Carys avait le droit de se ronger les ongles et de se faire faire un piercing à l'oreille alors que moi, je ne pouvais même pas mettre le T-shirt que je voulais. J'ai pris le haut en question : il n'avait pas l'air trop mal, en fait... Jusqu'à ce que je voie le dessin au dos : un citron chaussé de baskets, avec écrit en très gros « ÇA PRESSE ! ».

27

PREMIÈRE RÈGLE DU JUJITSU

Le lendemain, j'ai été obligée de me pointer au salon de coiffure avec mon super T-shirt citron. Sinon, j'avais interdiction à vie de remettre les pieds chez Carys... J'aurais bien voulu recouvrir le message au marqueur, mais j'avais dû me lever super tôt et ma mère n'avait pas arrêté de me presser, justement.

— Oh, Eva ! C'est sublime sur toi, le court ! a commenté Sasha en passant ses doigts dans mes cheveux.

J'ai senti ses ongles me gratter doucement le crâne.

— Bon, OK, je peux rattraper ça sans problème. On y va ?

J'avais prévu de ne pas décrocher un mot pendant la coupe, mais Sasha était tellement gentille que j'avais vraiment du mal à m'en tenir au plan. J'ai fixé le plafond pendant que ma mère filmait le shampoing.

— J'étais tellement choquée quand j'ai vu que tu t'étais coupé les cheveux, Eva ! Raconte un peu ! Sérieusement, je n'étais pas du tout au courant qu'elle allait faire ça ! On dirait qu'elle ne m'entend pas à cause de l'eau qui coule, a-t-elle ajouté, comme si de rien n'était.

Mais je voyais bien que ça l'atteignait.

Pendant que Sasha donnait des coups de ciseaux à l'arrière de ma tête, elle a braqué la caméra sur le miroir.

— C'était tellement drôle ! Elle qui rentre avec presque plus de cheveux, et moi qui pars en vrille !

Elle a entamé le récit des événements de la veille, en omettant bien sûr le verre de vin renversé et l'appel à la mère de Carys. J'aurais pu la reprendre, mais à quoi bon vu qu'ils supprimeraient mon intervention au montage ?

Plus tard dans la journée, ils ont publié la vidéo « EVA COUPE TOUT !!! » avec, sur la miniature, des smileys qui hurlent. Je suis allée directement consulter les commentaires.

Trop drôle !!!! 

J'en reviens pas que t'aies fait ça, Eva !!!

Super jolie avec les cheveux courts ! J'adore.

Vous pouvez faire d'autres vidéos défi ?

J'en étais au centième, plus ou moins, quand j'en ai remarqué un posté par quelqu'un dont le pseudo était LePenseur : *Regardez bien le visage d'Eva à 4,45 et 5,20. Pas envie d'être là, maman...* Neuf pouces levés, et seize pouces baissés. Je suis allée voir les réponses :

Haha, oui. C'était drôle, ça.

J'ai remarqué aussi. Faut pas filmer si elle veut pas.

C'est de l'exploitation.

NON ! Elle fait toujours ça. C'est une ADO ! Super famille.

Oui... Forcer la gamine à se couper les cheveux pour un coup de pub...

C'EST PAS LEUR FILLE, C'EST UNE ACTRICE.

J'ai tout de suite lâché mon téléphone quand ma mère a frappé à la porte.

— Coucou ! Tu veux descendre faire une session unboxing ? J'ai des trucs magnifiques pour ta nouvelle chambre.

— Pas vraiment.

— Tu es malade ? Tu as les joues un peu rouges...

Elle est venue poser sa main sur mon front.

— Pas de fièvre, ça va. Tu sais quoi ? C'est peut-être tes règles qui reviennent.

J'ai pris une grande inspiration.

— J'ai pas envie, là, c'est tout.

— Tu veux que je t'apporte un peu de soupe bien chaude ? On pourra déballer tout ça demain. On regarde un film sinon, juste toutes les deux ?

En vrai, ça ne m'aurait pas déplu de me blottir contre elle devant la télé. Sauf que « juste toutes les deux », ça voulait dire elle, moi, et tous leurs abonnés. À tous les coups, elle préparait une vidéo du genre « LES RÈGLES D'ÉVA : LE RETOUR !!! », et il ne valait mieux pas que je reste dans le coin.

— Non, je vais chez Spud. Il m'a dit qu'on pouvait tester le vidéoprojecteur qu'il a fait lui-même.

Je ne mentais qu'à moitié. C'était vrai, cette histoire de projecteur qu'il voulait fabriquer.

— D'accord, a-t-elle fait en souriant. Mais quoi qu'il arrive, ne le laisse pas toucher à tes cheveux.

Je n'étais pas folle, non plus.

Quand je suis arrivée dans son allée, l'éclairage de sécurité s'est déclenché. La petite porte en bois était ouverte. Ça faisait des années que je n'étais pas entrée dans la chambre de Spud par l'arrière : il y a un vieux chêne dans le jardin, dont une branche monte pile jusqu'à sa fenêtre. Quand on était petits, on descendait toujours par là. En levant les yeux, j'ai vu que la lumière était allumée.

J'ai écrit : *J'arrive*, puis j'ai posé le pied sur la première branche. C'était plus difficile que dans mon souvenir de trouver une prise. En poussant sur l'autre jambe, j'ai réussi à enfourcher la branche et, l'œil sur celles qui formaient comme une arche au-dessus de ma tête, je me suis dit : « OK. Ça n'a pas l'air si galère que ça. »

J'étais coincée depuis à peu près cinq minutes quand j'ai fini par me décider à appeler à l'aide. J'avais tout tenté pour atteindre la fenêtre de Spud, mais son père avait dû tailler l'arbre, ou un truc du genre. Impossible de trouver le moindre point d'appui, et je n'avais pas assez de force dans les bras pour me hisser sur la branche à laquelle j'étais agrippée. J'ai essayé de redescendre, mais c'était plus facile à dire qu'à faire. Et je ne pouvais pas récupérer mon portable dans ma poche sans lâcher la branche. Donc en gros, je n'avais plus le choix.

— SPUD ! ai-je hurlé de toutes mes forces. Spud !

Chip, son frère, a ouvert les rideaux de la fenêtre d'à côté. Le visage collé contre la vitre, il avait le nez tout écrasé. Ça faisait un bail que je ne l'avais pas vu, et il avait l'air d'avoir pris au moins un mètre depuis l'entrée à l'université. Quelques poils de torse dépassaient de son T-shirt. J'ai rougi de honte.

— Eva ?

Son souffle a fait de la buée tout autour de sa bouche.

— T'es dans l'arbre ?

— Tu peux aller chercher Spud, s'te plaît ? ai-je crié.

Il a ouvert la fenêtre.

— T'es en train de l'espionner ?

— Mais non ! Je suis venue regarder un film !

Il m'a jeté un regard méfiant.

— T'aurais pu rentrer par la porte...

— Je sais... Écoute, j'ai les mains qui glissent. Tu peux lui dire de venir m'aider ?

Il est resté là sans bouger au moins une minute.

— Et si je te jette une corde ?

— Non, merci ! ai-je fait en soupirant.

Il est parti et, quelques secondes plus tard, Spud est apparu à sa fenêtre.

— Eva ? T'as les cheveux courts ?

— Spud ! me suis-je exclamée. Tu veux pas juste m'aider à descendre ?

— Je vais chercher ton père ?

Bien sûr. Une vidéo YouTube de moi coincée dans un arbre, c'était pile ce qu'il me fallait, là tout de suite.

Il s'est penché un peu plus pour évaluer la distance entre moi et le sol. Mes paumes étaient moites. J'allais lui dire d'accélérer quand j'ai entendu Chip lâcher :

— Peut-être que je peux faire marcher la vieille tronçonneuse.

— Spud ! Ne le laisse pas s'approcher de cet arbre ! Spud ?

Pas de réponse. C'est là que j'ai compris qu'ils s'étaient éclipsés tous les deux.

Après encore quelques instants de silence, j'ai entendu le bruit de quelque chose qu'on traînait sur la pelouse.

— C'est bon ! m'a crié Spud. Tu peux sauter !

— T'es complètement dingue ou quoi ? ai-je fait en tentant de regarder ce qui m'attendait en bas.

— Allez ! Le trampoline est juste là !

J'ai changé de position pour mieux voir.

— Tu rigoles... Je vais me casser les jambes !

— Ça va aller ! J'ai fait le calcul, en gros. Tu ne vas rebondir que sur deux ou trois mètres, promis ! Sinon, je t'aurais bien rattrapée, mais vu la hauteur, y a de grandes chances que tu m'écrases.

Debout à côté de lui, Chip a lâché :

— J'parie dix balles sur une fracture.

J'ai vu le reflet d'un rayon de lune sur quelque chose de métallique.

— T'as pas intérêt à filmer !

— Bah non ! C'est mon casque. Tiens !

Il me l'a lancé, puis l'a récupéré. Je n'avais pas voulu risquer de tendre le bras pour l'attraper.

— Fais un effort, Eva ! m'a crié Chip.

Spud a tenté un second lancer, mais je n'osais pas lâcher la branche.

— Pas question que je mette ce casque débile, ai-je décrété en leur jetant un coup œil.

Je distinguais vaguement les contours d'un trampoline.

— T'es sûr que ça risque rien ?

— Tu peux lui faire confiance ! a lancé son frère. Il va être docteur, un jour.

— En sciences, pas en médecine. Qu'on soit clairs, a précisé Spud dans la foulée.

Chip a rigolé :

— On est prévenus !

De toute façon, impossible de bouger. Après un dernier regard en contrebas, j'ai retenu mon souffle et j'ai lâché la branche.

Vingt minutes plus tard, j'étais assise dans la chambre de Spud, un sac de petits pois congelés sur le front. Je m'étais pris la branche dans la tête au rebond – exactement comme il l'avait prévu. Ça faisait à peu près cent fois qu'il éclatait de rire.

— OK, j'aurais dû mettre le casque, ai-je admis. Ça se voit vraiment ? ai-je ajouté en tâtant ma bosse, aussi grosse qu'une balle de golf.

— On dirait un œuf, a-t-il déclaré en la scrutant des yeux. Qu'est-ce que tu faisais dans l'arbre, au fait ? Ça fait des années que c'est fini, l'escalade.

— Ouais, et maintenant je sais pourquoi. C'est un danger public, ce truc. Faudrait le couper.

Il a rigolé, avant de prendre un air grave tout à coup.

— Hé, j'ai quelques idées que j'aimerais bien voir avec toi, m'a-t-il expliqué en sortant un bout de papier de sa poche. Je cherche un nouveau nom... Dis-moi ce que t'en penses.

— Pourquoi ? Tu vas prendre un deuxième cochon d'Inde ?

— Non... c'est pour moi. À la place de Spud.

— C'est quoi, le problème ?

— Ça manque de maturité...

Je lui ai lancé un drôle de regard.

— C'est juste qu'en société, ça n'aide pas trop, un nom de patate...

— D'où tu sors ça ?

Mais c'était évident.

— Ah... c'est à cause de ce qu'a dit Gabi.

Il a haussé les épaules.

— Ça fait un moment que je veux changer, de toute façon. Qu'est-ce que tu penses de Fossile ?

— « Fossile » ? C'est une blague ?

Il a poussé un soupir.

— Pardon. C'est juste qu'on t'a toujours appelé Spud, et j'ai du mal à t'imaginer avec un autre nom... surtout Fossile. Vas-y, dis-moi les autres. Promis, je ne rigole pas.

J'ai serré les lèvres.

— Volt ?

Un éclat de rire m'est sorti par le nez.

— OK, c'est bon. J'arrête !

— Désolée ! Mais c'est que des noms de... de catcheurs.

Il a pris un casse-tête sur son bureau – un de ces labyrinthes en plastique où il faut faire rentrer de toutes petites boules argentées dans des trous – et s'est mis à jouer.

On est restés assis en silence pendant un moment. Enfin, pas tout à fait en silence, vu que le film d'animation japonais qu'on était en train de regarder continuait – mais c'était en VO et on ne lisait plus les sous-titres, ni l'un ni l'autre... J'entendais même les bulles éclater dans ma limonade.

— Je suis vraiment désolée, ai-je répété en reposant la liste sur son bureau. Je comprends, je te jure. Mais tu sais, Spud de la tribu des Geekophobes, c'est plutôt cool, en fait. Tu peux juste... être toi-même. Genre fabriquer des trucs bizarres dans ton garage et développer toute une théorie sur *Minecraft*, sans personne pour te juger. T'es libre, quoi. Enfin, j'sais pas... Moi, si je me coupe les cheveux, j'ai droit à l'avis d'un million de personnes.

— Il ne faut pas lire les commentaires, a fait Spud en souriant et en imitant de son mieux l'accent de mon père.

— Ouais, je sais, ai-je dit en tentant de lui rendre son sourire. Bon, si tu veux vraiment du changement, t'as quand même pas oublié ça ?

J'ai ouvert un site sur mon portable avant de le lui tendre.

— Le générateur de noms ! a-t-il pouffé.

La dernière fois qu'on l'avait utilisé, chaque membre de notre classe de primaire s'était retrouvé avec un nouveau surnom : pour Mr Eliot, c'était capitaine SautdeJambes. J'avais failli m'étouffer de rire.

On a tapé « Spud », et ça a donné « Pleurnichiard ». On s'est mis à rigoler si fort que sa mère est venue voir si tout allait bien.

— Merci pour les petits pois congelés, ai-je dit à Spud un peu plus tard, au moment de partir. Et de m'avoir sauvé la vie, évidemment.

— C'est quand tu veux.

— Pour info, je pense pas que t'aies besoin de changer de nom. Tu t'en sors pas mal comme ça.

— Merci, a-t-il fait en souriant.

Et quand j'étais dans l'escalier, il m'a lancé :

— Tu sais ce que j'ai réalisé quand t'étais coincée là-haut ? T'es vraiment nulle en jujitsu.

Ça m'a tellement fait rire que je n'ai rien trouvé à répondre.

Sur le chemin du retour, je me suis rendu compte qu'il y avait au moins une chose que je devais à *La Vie d'Eva :* sans la chaîne, je n'aurais jamais eu Spud comme voisin. Même s'il était capable de vous faire exploser un poumon de mouton en pleine tête, c'était aussi le genre d'ami qui savait exactement quand vous passer un casque de protection – et peut-être le genre d'ami que j'aurais dû écouter depuis le début.

28

ARME SECRÈTE

En arrivant dans le salon, je suis tombée sur une énorme bannière « UN DEMI-MILLION D'ABONNÉS ! » : c'était comme si on venait de me balancer une grenade en plein dans le bide.

— Vous avez passé les cinq cent mille ? ai-je fait à mon père, occupé à disposer des ballons dorés en forme de chiffres gonflés à l'hélium.

— Ah, Eva, te voilà ! a-t-il répondu en éloignant un zéro en or du mur. Non, il nous manque encore quelques milliers... Tu peux m'attraper les canons à confettis qui sont là, sur le côté ?

— Mais c'est quoi, tout ça, alors ?

— Avec Jen, on s'est dit que la première vidéo n'était pas tout à fait à la hauteur, tu vois ?

J'ai attrapé les trucs qu'il m'avait demandés.

— On doit refaire, du coup ?

— Oui ! Deuxième prise ! Avec un peu de chance, cette fois, ce sera la bonne. Et puis tu as changé de coupe de cheveux, donc...

— Eva, tu es rentrée ! l'a interrompu ma mère en déballant une guirlande de fanions dorés. J'allais t'écrire... Oh mon Dieu. Qu'est-ce que tu as sur la tête ?

J'ai touché ma bosse.

— J'ai sauté d'un arbre... Mais ça va. Ça fait mal que quand j'appuie.

Et là, un des canons m'a explosé au visage.

— Eva ! a-t-elle hurlé.

— Oups, ai-je lâché en enlevant des confettis dorés de mes cils. C'est dangereux, ce machin.

Elle a laissé la guirlande sur la table pour venir m'examiner le front à la lumière du lustre.

— Oh, Eva, tu ne t'es pas loupée... Qu'est-ce que tu faisais dans un arbre ?

— J'ai pas fait exprès de tomber, non plus.

— Bon, on ne peut pas faire la vidéo maintenant, du coup, a-t-elle lancé à mon père. Pas tant qu'elle a cette bosse énorme sur le front. Franchement, Eva... tu choisis toujours le pire moment !

— Mmm... a fait mon père en s'approchant pour voir de plus près. C'est si grave que ça ?

Elle lui a jeté un regard noir.

— Ça pourrait peut-être se camoufler, je veux dire ?

— Je peux mettre la cagoule de papa, ai-je proposé, mais ils ne m'écoutaient pas.

— Même avec du maquillage, on verra la bosse...

Ma mère a laissé échapper un soupir.

— Il faut qu'on attende quelques jours. En croisant les doigts pour que ça dégonfle avant qu'on parte chez Farmor mercredi ! Plus d'escalade, d'accord ? Jusqu'à ce qu'on arrive au demi-million, en tout cas. Je croyais que c'était fini, tout ça, à ton âge...

Elle m'a fait un bisou sur la bosse. Peut-être qu'à l'avenir, je pouvais tabler sur quelques petits traumatismes crâniens pour échapper à la caméra ?

Ce soir-là, Farmor m'a appelée en FaceTime pour voir ma nouvelle coupe. J'ai levé mon téléphone pour lui montrer l'arrière aussi, et elle m'a dit qu'elle adorait avant d'ajouter :

— *Dit indre er endnu smukkere end dit ydre.*

Ce qui signifie : « Tu es encore plus belle de l'intérieur que de l'extérieur. » Elle avait dû oublier qu'elle était en vidéo, parce qu'elle avait collé son téléphone contre son oreille, mais ça n'était pas grave. Je l'ai écoutée me parler des nouvelles pâtisseries du café de bord de mer, du bruit des bateaux de pêche dans le port et d'une collection d'art fraîchement arrivée au musée qui devrait me plaire. Chaque mot venait tapisser le sol de ma chambre, un peu comme les feuilles habillent les chemins en automne. Et la pièce me semblait soudain un peu moins vide.

Mes parents étaient plus ou moins en train de se rouler une pelle quand je suis allée mettre mon bol au lave-vaisselle le dimanche matin. Sur la table, à côté d'un énorme bouquet de roses rouges, une carte avec deux poêlons à raclette qui se tenaient la main, et le message « Tu me fais fondre ».

— Vous ne pouvez pas attendre que je sorte ?

— Oh, ça va... a fait mon père. C'est la Saint-Valentin, Eva !

— Ah ouais ? J'avais pas remarqué, ai-je rétorqué, un toast en forme de cœur à la main.

Ma mère tripotait la caméra en rigolant.

— Ah, Eva, mets ça !

Elle m'a tendu un serre-tête en fourrure rouge, avec deux cœurs pailletés sur ressorts. J'ai failli me prendre une poutre en reculant.

— Attention la tête ! s'est-elle écriée.

Pile à ce moment-là, Miss Bubulle est arrivée, vêtue d'un gilet recouvert de petits cœurs roses.

— Oh mon Dieu... ai-je fait en la prenant dans mes bras. Toi aussi, ils t'ont eue, hein ?

J'ai repéré une deuxième carte sur le plan de travail, qui disait « À fond sur toi ». À croire que le fromage, c'était le thème commun cette année.

— Tu veux des fraises ? a proposé mon père en me tendant un saladier plein.

— J'ai pas très faim.

J'ai débarrassé la chatte de son pull et elle a aussitôt décampé pour se réfugier sous la table. « Bien joué », ai-je pensé.

Et là, j'ai entendu Spud frapper à la porte – il toquait toujours de la même façon. Il est entré avec une toute petite plante à la main.

— J'ai réussi à bouturer mon attrape-mouche, a-t-il annoncé, tout fier. Je me suis dit que ça irait bien dans ta nouvelle chambre.

— Merci, Spud ! C'est assez mignon, en fait, les minidionées, ai-je déclaré après l'avoir examinée.

— Ooooh, regarde, Lars ! s'est extasiée ma mère en se lovant dans les bras de mon père. Les plantes de Spud ont fait un bébé et il l'offre à Eva pour la Saint-Valentin !

Il est devenu tout rouge.

— C'est aujourd'hui ? a-t-il fait avec un petit rire gêné. J'avais pas capté... C'est juste que je me sens un peu coupable pour la bosse à la tête.

Il a attrapé une poignée de fraises.

— Et les dionées attrape-mouches ne font pas de bébés, madame Andersen, a-t-il poursuivi. On parle de clones. La reproduction est asexuée, vous voyez... euh...

Il a dû comprendre qu'il valait mieux s'arrêter là vu le regard que lui lançait mon père. Ma mère et moi, on rigolait sans pouvoir s'arrêter.

Ce soir-là, en traînant sur Insta, je recommençais à stresser à cause de mes cheveux courts. J'ai cliqué sur la nouvelle photo de profil de Hallie : elle avait attaché ses tresses en gros chignon sur sa tête, et on ne voyait que la moitié de son visage parce qu'elle tirait sur son pull. J'ai vu qu'elle était connectée. J'allais lui écrire quand j'ai reçu un message d'elle : *Ça te va vraiment super bien, les cheveux comme ça.*

Merci.

Ta mère a fini par te laisser les couper 😄

Si on veut 😄 *Je suis trop désolée pour ta compétition… J'aurais dû être là pour toi.*

C'est pas grave, a-t-elle répondu. *Le médecin dit que ça devrait guérir sans problèmes en quelques semaines.*

J'ai liké son dernier message, puis posté une photo de ma nouvelle plante, et Jenna a tout de suite mis un cœur. J'ai hésité à commenter une photo de Gabi, pour montrer que j'étais prête à faire des efforts. Mais devant la vidéo d'elle en train de faire une souplesse avant dans le jardin de Hallie, je n'avais qu'une envie, c'était qu'elle se ramasse la tête la première dans le tas de compost. Je suis retournée liker la photo de profil de ma meilleure amie à la place, et elle a mis un cœur sur celle de Spud et moi en pleine expérience sur le ferrofluide. Je lui en ai renvoyé un, avec le sentiment de retrouver une petite part de moi qui s'était égarée.

Le lundi des vacances, j'étais chez Carys et on jouait ensemble à *Arcadia Colony*, un jeu où il faut construire des mondes. Je ne regardais qu'à moitié l'écran, parce que je surveillais la page YouTube de mes parents sur mon portable. J'ai cliqué sur une nouvelle vidéo : « On vide la chambre d'Eva ! »

— Qu'est-ce que ma mère fait dans ma chambre ?

Carys a tout de suite levé les yeux.

— Elle filme l'intérieur ?

J'ai hoché la tête, puis appuyé sur play. Une fois les pubs habituelles passées, on la voyait expliquer : « Donc, vous voyez, on a tout débarrassé ! On se croirait vraiment en prison ici ! » La caméra a balayé toute la pièce. « Je vais vous montrer son placard ! » Elle a ouvert, et s'est mise à sortir tout ce que j'avais mis là exprès pour cacher mes carnets à dessins. J'ai senti mon sang se glacer. « Il va falloir qu'on trouve plus grand. Regardez-moi la quantité de vêtements qu'elle a ! Je verrais bien le mur du fond en bleu nuit, et pourquoi pas un motif en 3D un peu design... » Elle a ramassé l'un des carnets et l'a ouvert. Je n'étais pas sûre d'avoir la force d'assister à ça. « Vous avez vu ce magnifique dessin de papillon qu'a fait Eva ? C'est incroyable, non ? J'ADORE, vraiment ! » Gros plan sur le croquis que j'avais fait il y a super longtemps. J'en aurais pleuré de rage. C'était comme si le monde entier était en train de feuilleter mon journal intime... « On pourrait le reproduire en très grand, couleur or, et le mettre là-bas... Et il nous faut un éclairage spécial, c'est sûr. N'hésitez pas à partager vos suggestions pour redécorer la chambre d'Eva ! On les attend en commentaires, et si à terme, on se sert de votre idée, vous recevrez un de nos fabuleux sacs cadeaux. N'oubliez pas de vous abonner ! »

La tête dans les mains, j'ai senti Carys passer son bras autour de moi.

— J'aime bien ta mère, Eva... mais là, c'est vraiment abusé.

Furieuse, je lui ai balancé un message : *Tu filmes pas dans ma chambre quand je suis pas là !*

— Faut absolument que je trouve une solution, Carys. Tous ces trucs que j'ai supprimés, ça n'a rien changé du tout ! Et la coupe de cheveux, ça leur a juste fourni encore plus de contenu... Regarde : la vidéo « EVA COUPE TOUT !!! » a trois cent mille vues ! Ils ne veulent pas comprendre...

Carys a pris le temps de réfléchir tout en tripotant sa boucle d'oreille.

— OK, donc faut qu'on fasse passer le message à tes parents et à tous leurs abonnés. Qu'on leur montre que t'en as marre d'être filmée. Je suis sûre que plein de gens arrêteraient de les suivre s'ils savaient que tu ne supportes plus la chaîne. Mais ça ne peut pas venir directement de toi, sinon tu vas avoir des soucis. Du coup...

Elle a attrapé son ordi.

— Du coup quoi ? l'ai-je encouragée.

Elle m'a adressé un sourire plein de mystère.

— C'est l'heure de passer au plan B.

— C'est quoi, le plan B ?

— Peut-être que j'ai une arme secrète.

— Allez, Eva, s'il te plaît...

C'était mon père qui insistait en me tendant les muffins qu'il avait préparés pendant que j'étais chez Carys, exprès pour me soudoyer. Double dose de sirop de sucre et fraises fraîches, plus vermicelles en chocolat sur le glaçage. J'en ai pris deux.

— Juste une toute petite vidéo où tu expliques qu'on est tout près des cinq cent mille, et après, on te laisse tranquille. Tout ce qu'on te demande, c'est un peu d'enthousiasme.

J'ai pris une énorme bouchée et montré du doigt ma bouche pleine : impossible de répondre.

— Ça fait toujours très plaisir à nos abonnés qu'on les remercie, a expliqué ma mère. Et pour nous, c'est l'occasion de se réjouir. On en est presque à un demi-million d'abonnés, tu te rends compte ? Lars, tu te souviens comme on était contents quand on en avait juste cent ?

— Comme tu étais contente quand on a eu notre premier, surtout, a-t-il répondu en l'embrassant sur la joue.

Ils ont échangé un sourire, et j'ai détourné le regard au cas où ils recommenceraient à se tripoter, ou je ne sais quoi.

— Ça fait du bien de savoir qu'on rend plein de gens heureux depuis des années, a ajouté mon père. Et si après le tournage, on allait à Redcliffe Woods ? Il nous reste encore quelques heures avant la tombée de la nuit.

— Parfait. On pourrait filmer une spéciale famille...

— Non merci, ai-je décliné en secouant la tête.

— D'accord. Et si on y allait que tous les trois ? a-t-elle proposé en me regardant. Sans caméras ?

— Ça me va, a fait mon père en haussant les sourcils. Eva ?

Peut-être que tout ce sucre m'était monté à la tête, ou que j'avais besoin de leur donner une dernière chance avant de lancer le plan B... En tout cas, j'ai souri et j'ai dit :

— D'accord.

Il ne faisait peut-être pas très chaud ce jour-là, mais on approchait du coucher du soleil et le ciel était en train de s'embraser. Mon père a secoué la couverture de pique-nique pendant que ma mère cherchait un truc dans son sac à dos. J'ai épousseté un tronc recouvert de feuilles mortes pour me faire un petit siège. Dans la voiture, je m'étais dit que si, pour une fois, ils arrivaient à tenir leur promesse, je ne posterais pas la vidéo qu'on venait de préparer avec Carys. Présenté comme ça, on aurait dit que j'étais en train de leur faire passer un test, et c'était sans doute un peu ça, finalement. Histoire de voir s'ils étaient réellement capables de faire un truc normal en famille. Entre nous, sans abonnés. Je m'accrochais encore à un minuscule espoir, comme ces tout petits bouts de papier qui restent dans le pli d'un carnet quand on vient d'arracher des pages. S'ils parvenaient à passer ce moment rien qu'avec moi, à trois, sans rien mettre en ligne, alors peut-être que les choses pourraient encore changer.

Les yeux fermés, au doux son du bruissement du feuillage au-dessus de moi, je me suis mise à rêver un peu. Qui sait ? Peut-être qu'ils pourraient passer à une seule vidéo par semaine ? Comme ça, ils partageraient de moins en moins de contenu sur moi, et certains jours (comme aujourd'hui), ils ne filmeraient même pas du tout... Ça ne me dérangerait pas qu'ils continuent à écrire leur chronique de magazine débile. De toute façon, c'était plus ou moins de la fiction – même ma mère l'avait avoué. Et puis personne ne lit les journaux au collège. J'ai senti un rayon de soleil me passer sur le visage, et c'est là que je l'ai entendu. Ce bruit qui me hérisse : *clic*. J'ai ouvert les yeux et ma mère était dans l'ombre, à quelques mètres, son portable pointé sur moi.

— T'avais dit pas de caméras, ai-je lâché en sautant du tronc.

— Oh, c'est juste pour Instagram, chérie. Tu ne seras même pas taguée.

Elle m'a envoyé un baiser avant de se remettre à consulter son téléphone.

Donc si jamais vous vous posiez encore la question, voilà ce qui m'a poussée à faire ce que j'ai fait. Parce que même quand on cherche désespérément le moyen de s'y prendre au mieux et le plus gentiment possible, sans blesser personne... eh bien, parfois, on cherche en vain.

J'ai sorti mon portable pour écrire à Carys.

OK, le plan B, c'est pour ce soir.

29

LE PLAN B

Carys m'avait dit qu'il ne se passerait pas grand-chose au début, que ça prendrait un moment (peut-être même quelques semaines) pour que les gens remarquent notre nouvelle vidéo. Sauf que tout est allé très vite, je n'en revenais pas. J'avais trouvé toutes les séquences dont on avait besoin sur la page YouTube de mes parents, et choisi la musique – une vieille chanson des années 1980, de Kim Wilde. Ma mère parlait d'elle dans les extraits de journal intime qu'elle avait partagés sur la chaîne quelques semaines plus tôt. Le titre aussi, c'était mon idée : « LA VIE D'EVA : et si la fille en avait marre que ses vlogueurs de parents la filment ? »

On avait rédigé presque tous les textes ensemble, mais c'est Carys qui s'était chargée de toute la partie sur l'« exploitation » des enfants. Elle est beaucoup plus forte en rédaction que moi : on aurait dit un discours d'adulte. Impossible qu'on nous soupçonne ; on s'était même inventé des pseudos pour créer la chaîne où on avait posté la vidéo.

Je savais bien qu'en la voyant, mes parents ne fermeraient pas pour autant leur page dans la seconde, ni quoi que ce soit du genre. Ils m'avaient suffisamment répété que notre « confort financier » reposait sur leur capacité à « assurer le succès » de *La Vie d'Eva*. Et même si je l'avais en horreur, je n'avais pas non plus envie que tout s'effondre dans ma vie (la vraie). Tout ce que je voulais, c'était les faire réfléchir une seconde, et qu'ils respectent un peu plus ma vie privée. Qu'ils se mettent enfin à m'écouter. Je me doutais bien qu'ils finiraient par tomber sur la vidéo et j'étais consciente que c'était une façon assez radicale d'attirer leur attention... Mais honnêtement, je ne pouvais pas imaginer que ça déraperait à ce point. J'étais même convaincue que personne ne verrait rien avant un certain temps.

Alors, quand j'ai consulté le nombre de vues dès le lendemain, mon sang n'a fait qu'un tour. « Huit mille ? » On n'en était qu'à neuf la veille !

— Ça va ? a fait mon père en passant la tête par la porte de ma chambre. On dirait que tu as vu un fantôme !

— Je suis juste en train de jouer, ai-je lâché, les mains crispées sur l'écran.

— Eh bien, dépêche-toi de t'habiller. Départ pour l'aéroport dans une heure !

J'ai hoché la tête et il a refermé la porte. Les yeux rivés sur mon portable, je continuais à me demander comment on avait pu passer de neuf à huit mille vues en une nuit.

J'ai écrit à Carys : T'as posté la vidéo sur d'autres sites ?

Une bulle de message est apparue puis a disparu presque aussitôt. Quelques secondes après, mon téléphone a sonné.

— On avait dit zéro trace, m'a-t-elle rappelé dès que j'ai décroché.

— Ah ouais, désolée. C'est juste que la vidéo a beaucoup plus de vues qu'hier, alors...

J'ai laissé la phrase en suspens.

— J'ai tagué deux trois personnes, a-t-elle murmuré. Des gens *importants*. On en est déjà à dix mille, là. Je t'avais dit, c'est mon arme secrète.

J'entendais sa mère parler derrière.

— Faut que j'y aille. Pas de messages, OK ? Tout se passe comme prévu. Plein de gens vont voir la vidéo. T'inquiète, dès que tu rentres du Danemark, on en parle.

J'ai raccroché et entamé la liste des commentaires :

J'ai vraiment envie de pleurer... pauvre gosse

J'ai honte pour elle

Toute la famille me rend malade 🤢

Horrible

Trop désolée pour Eva

LIBÉREZ EVA !!!!

J'ai posé mon téléphone pour passer à la salle de bains et, une fois dans la douche, je me suis répété : « Ça va aller. C'est parfait si plein de gens la voient. C'était le but, non ? » Alors pourquoi cette impression que mon cœur était en train de se noyer dans toute cette eau ?

De retour dans ma chambre, j'ai fait défiler le reste des commentaires pour m'assurer que personne n'avait tagué le compte de mes parents. Alors que la veille je me réjouissais à l'idée que tout ce monde regarde la vidéo, comme si c'était le remède miracle, j'étais soudain très consciente que ça pouvait tout compliquer : et si mes parents finissaient par se rendre compte que c'était moi qui avais tout orchestré ? Je suis retournée consulter le nombre de vues : quinze mille, seize mille, dix-sept mille... Le plan était en train de se réaliser.

C'est le moment qu'a choisi ma mère pour passer à son tour la tête par l'embrasure :

— Eva ! Tu as fini tes bagages, chérie ? Désolée de te presser, mais il faut qu'on parte dans pas trop longtemps, a-t-elle ajouté avant d'entrer.

Elle portait un legging à rayures roses et blanches, un pull avec un arc-en-ciel brodé dessus et un énorme ruban jaune dans les cheveux. Pour couronner le tout, elle avait l'air de s'être fait de fausses taches de rousseur sur le visage. Je l'ai regardée, bouche bée, en attendant qu'elle m'explique :

— C'est ma tenue de voyage ! J'en ai une pour toi aussi.

Elle m'a tendu des vêtements complètement identiques aux siens.

— Avant de refuser...

— Non. Pitié.

Elle a rigolé.

— C'est un peu coloré, je sais, mais...

— Maman ! C'est *exactement* la même tenue !

— Je sais ! C'est trop mignon, non ? Cadeau de Belles et Fières, spécialement pour l'occasion !

Je me suis laissée tomber sur le lit pour m'enterrer sous un oreiller.

— Allez, Eva, a-t-elle fait en riant. Tu pourras vite l'enlever, promis. C'est juste pour prendre une ou deux photos à l'aéroport... Si ça te gêne tant que ça, tu n'as qu'à prévoir une autre tenue dans ton bagage à main.

Elle a soulevé le coussin sous lequel je me cachais.

— La marque reverse dix pour cent de ses bénéfices du mois pour l'éducation des filles dans les communautés défavorisées.

— OK, ai-je grogné en lui prenant les vêtements des mains. C'est bien parce que c'est un truc caritatif... Et je monte pas dans l'avion comme ça.

— Merci, ma chérie, a-t-elle dit en déposant un bisou sur ma tête. Tu es un ange ! Mais il nous faut quand même des photos à bord... Tu te changeras une fois à Copenhague, d'accord ?

J'ai poussé un autre grognement et fourré un legging dans mon sac à dos. La conversation avait suffi à m'ôter le moindre état d'âme : maintenant, j'avais juste hâte de voir sa tête quand elle finirait par trouver la vidéo.

— Magnifique, Eva ! a lancé mon père à mon arrivée en bas de l'escalier.

Lui aussi avait le gros ruban jaune dans les cheveux.

— Quoi ? C'était pour pas me sentir exclu !

Je me suis dit que ça ne pouvait sans doute pas être pire... Et là, ma mère m'a remis une clé à donner à Spud pour qu'il puisse venir nourrir Miss Bubulle pendant notre absence.

— T'aurais pas pu me dire ça avant ?

— Dis bien à sa mère de faire attention à la clé ! a-t-elle crié comme si elle ne m'avait pas entendue.

Spud avait à peine ouvert la porte qu'il a éclaté de rire.

— Pas un mot, ai-je ordonné en lui refilant les clés. Et n'oublie pas les friandises de Miss Bubulle.

— Bon voyage ! s'est-il écrié au moment où je repartais. Si jamais l'avion a un problème de moteur, ils pourront se servir de ton nœud comme hélice !

On était dans la voiture depuis vingt minutes à peu près quand mon portable a sonné : Carys venait de m'envoyer une capture d'écran de la page Instagram de mes parents. Mon père avait posté une photo de ma mère et moi dans nos tenues assorties, où on ne voyait de lui que sa tête.

Son commentaire : *C'est un peu de la maltraitance.*

J'ai pouffé de rire.

— Qu'est-ce qui te fait rigoler comme ça ? a demandé ma mère.

— Rien. C'est juste une photo marrante que Carys m'a envoyée.

— Vous êtes sacrément copines, toutes les deux, a-t-elle commenté en vérifiant l'état de son maquillage. Vous ne me préparez pas encore un relooking complet, j'espère ?

— Nan, ai-je fait en lui souriant dans le petit miroir côté passager.

Ça n'était pas si loin de la vérité : poster une vidéo YouTube sur eux, ça ne rentrait pas vraiment dans cette case. J'ai jeté un œil au nombre de vues (presque vingt-cinq mille), posé mon portable et regardé passer les voitures. Mon père a mis la radio, et ils se sont mis à chanter tous les deux. Je n'avais pas remarqué que mes mains tremblaient avant d'attraper le baume à lèvres qui était dans mon sac.

Une fois les bagages enregistrés, on est allés au café de l'aéroport.

— C'est trop la honte, ai-je lâché.

— De quoi tu parles, chérie ? a dit ma mère en sortant son téléphone.

J'ai senti monter une petite bouffée de stress en la regardant le déverrouiller.

— Tout le monde nous regarde...

— Oh, ne dis pas n'importe quoi.

Elle s'est collée encore plus à moi pour prendre une photo, sous les yeux des gens à la table d'à côté.

— Ils sont jaloux de nos rubans, c'est tout, m'a-t-elle glissé dans un murmure.

Certaines des taches de rousseur qu'elle s'était dessinées avaient bavé : je me suis fait un plaisir de garder ça pour moi.

Dans la queue, les autres passagers ne quittaient pas des yeux l'énorme nœud que mon père portait dans les cheveux.

J'ai repéré une librairie en face.

— Je vais faire un tour là-bas, ai-je annoncé.

C'est à peine si ma mère a levé les yeux. J'ai retiré mon ruban et je l'ai jeté sur la table.

Une fois devant les bibliothèques, j'ai pris le premier livre en vue : *La Grotte aux fantômes*. J'étais en train de lire le petit paragraphe en quatrième de couverture quand j'ai entendu quelqu'un lancer :

— Eva ? Eva Andersen ? C'est bien toi, non ? Je viens de te voir en photo !

Je me suis retrouvée nez à nez avec une inconnue qui me fixait, bouche bée. C'était déjà arrivé une ou deux fois, mais pas depuis longtemps – et je n'étais jamais toute seule d'habitude.

— Bonjour...

Je n'ai rien trouvé d'autre à dire. Mon cerveau a tendance à bugger dans ce genre de situations.

— J'ai vu ta photo avec Jen à l'aéroport, et je n'arrivais pas à y croire ! a-t-elle poursuivi. On est en route pour Berlin, hein, chérie ?

Cachée derrière elle, sa fille me regardait elle aussi. Elle devait avoir deux ou trois ans de moins que moi.

Je suis restée là, muette, à battre des paupières sans savoir quoi répondre.

— Et toi, tu vas chez ta grand-mère !

Elle avait la peau luisante et les joues rose. Je lui donnais à peu près quarante ans, ou peut-être cinquante ? Difficile à dire.

— Tu n'étais pas plus haute que ça quand j'ai commencé à te suivre ! a-t-elle expliqué en plaçant une main au niveau de son genou. Tes parents sont tellement drôles ! Je les adore. Ils sont dans le coin ? Tu crois que ça les dérangerait que je vienne les saluer ?

J'ai lancé un regard vers eux, attablés au café en train de boire un chocolat chaud. Mon père avait étendu ses longues jambes si loin qu'elles arrivaient presque sous la table d'à côté. C'était le genre de trucs qui me rendait folle.

— Je suis tellement contente de te rencontrer ! a ajouté l'inconnue. Ça te dérange si on fait un selfie ?

— Euh... ai-je commencé, mais elle me serrait déjà le bras, et elle avait pris plusieurs photos avant même que j'aie le temps de dire non.

— Jen et Lars ! a-t-elle lancé en leur faisant un signe de la main. C'est fou !

Postée vers l'entrée de la librairie, j'ai vu le visage de ma mère s'illuminer à l'arrivée de cette dame avec sa fille. J'ai payé mon livre mais suis restée dans le magasin, à les regarder discuter. Le téléphone toujours à la main, la fan de mes parents s'était mise à poser avec eux. Les clichés seraient sans doute déjà en ligne dans quelques minutes. Elle n'était pas dans le même avion, au moins – il me semblait bien que Berlin n'était pas au Danemark. Même si, comme Mr Khatri l'avait fait remarquer dans mon bulletin de sixième, la géographie n'était pas vraiment un de mes points forts.

On était toujours habillées comme de vraies jumelles avec ma mère au moment d'embarquer. Comme d'habitude, mon père s'est proposé pour ranger les bagages de tout le monde dans les compartiments.

— Pas de souci, répétait-il, de toute façon, je suis à la bonne hauteur !

Il avait enlevé son ruban, c'était déjà ça...

Une fois assise, je me suis enveloppée dans une couverture pour lire *La Grotte aux fantômes*. J'avais beaucoup trop chaud mais, au moins, personne ne voyait ma tenue. Mon portable a sonné dans ma poche.

— Tu ferais mieux de l'éteindre, chérie, a conseillé ma mère.

C'était un message de Hallie, et j'ai souri en me disant qu'elle s'était peut-être souvenue qu'on partait chez Farmor aujourd'hui. Mais dès que j'ai lu le texto, mon cœur s'est arrêté : *Je sais pas si t'es déjà au courant, mais je viens de recevoir ça. T'es dessus, à 6:50. C'était juste pour savoir si t'avais vu ? J'espère que ça va. Trop désolée bisous*

J'ai tourné mon portable pour que ma mère ne puisse pas voir l'écran avant de cliquer sur le lien, qui mettait dix mille ans à charger.

— Lâche ton téléphone, Eva, a-t-elle répété. On décolle bientôt.

— Une seconde...

La page est apparue pile au moment où on a entendu s'allumer le signal lumineux – « Attachez vos ceintures »...

Ce n'était ni celle de mes parents, ni celle qu'on avait créée avec Carys, mais une vidéo intitulée : « Ces vlogueurs famille qui font de leurs enfants une source de revenus ». J'ai senti mon estomac se nouer.

— Soit tu l'éteins, a repris ma mère en me donnant un petit coup de coude, soit tu le mets en mode avion. Ooh, ça parle de quoi, ton livre ?

J'ai vu sous la vidéo qu'elle avait deux cent soixante-quatre mille vues. Le cœur battant, j'ai vite fermé l'appli et mis le téléphone en hors ligne. Ma mère a pris le livre sur mes genoux et a lu le résumé tellement fort que la moitié de l'avion a dû l'entendre, avant de se mettre à parler d'une série télé sur les fantômes pour laquelle elle avait passé un casting quand elle était jeune. Elle m'a embrassée sur la tempe, puis m'a passé un paquet de chewing-gums.

— Tu n'auras pas mal aux oreilles comme ça, ma chérie.

Mon père était en pleine conversation en danois avec un passager installé de l'autre côté de l'allée. J'ai tenté de me concentrer sur ce qu'il disait pour enrayer un peu la course folle de mes pensées : « "Faire de leur enfant une source de revenus ?" C'est ça qu'ils pensaient de mes parents ? Et si la personne qui avait fait cette vidéo était un de ces "gens importants" que Carys a tagués ? »

Je n'arrêtais pas de retourner dans ma tête les paroles de ma mère après leur passage dans *Bien le bonjour* : « On joue avec le feu quand on s'exprime dans les médias... Un seul mot mal choisi, et c'est la catastrophe. »

Elle m'a serré la main au décollage, comme toujours. Je me posais la même question en boucle : « Et si tout le monde se met à les détester ? »

30

FARMOR

Je me sentais super mal à l'arrivée à Copenhague. Je n'osais pas rallumer mon téléphone tant que mes parents étaient là (mais en même temps, je mourais d'envie de savoir ce que la vidéo disait sur moi), et j'étais au bord de la crise cardiaque chaque fois qu'ils consultaient les leurs. Au moment de récupérer les bagages, j'étais toujours habillée en minimaman et pendant que mon père attendait nos valises, j'ai filé aux toilettes me changer. Ma mère n'a pas arrêté de souffler parce qu'elle aurait voulu qu'on prenne encore une photo devant l'aéroport.

— Je ne vois pas le problème, Eva, a-t-elle fait à travers la porte de ma cabine, alors que j'enfilais mon legging. Tu ne connais personne ici !

— Si, Farmor, ai-je rétorqué en retirant le pull arc-en-ciel.

— Elle trouverait ça mignon.

Elle avait l'air d'y croire, en plus.

— J'aurais dû lui prendre la même tenue, comme ça, on aurait tous été assortis !

— C'est une blague, j'espère ?

J'ai mis mon sweat jaune à capuche et, en sortant, j'étais un peu agacée de réaliser que ça aussi, ça allait avec ce qu'elle portait. Mais au moins, mon père n'avait pas remis son gros nœud dans les cheveux. C'était déjà pas mal.

Je n'avais pas trop envie de parler mais, vu que le trajet en bus n'était pas très long jusqu'à Dragør, ils n'ont rien remarqué. Je ne pouvais pas regarder mon portable parce que ma mère était juste à côté. J'avais sûrement un million de notifications. J'ai jeté un œil à son écran : elle répondait à des commentaires sur Instagram à coup de smileys et de cœurs. J'ai essayé de me détendre mais mon cœur battait toujours la chamade, et j'étais sûre qu'ils allaient finir par l'entendre.

Il faisait nuit quand on est arrivés au chalet de Farmor, mais l'extérieur était éclairé. Elle nous attendait, assise dehors sur le petit banc en bois. Quand elle m'a vue, elle a ouvert les bras et j'ai couru me blottir contre elle comme quand j'étais toute petite. Des câlins comme ça, je n'en faisais plus à mes parents mais, avec Farmor, on n'avait jamais arrêté. Elle sentait la mer et, comme toujours, ses cheveux étaient tirés en arrière dans un chignon tressé dont quelques petites mèches s'étaient échappées et me picotaient le visage avec le vent.

— Bonjour, ma petite chérie, a-t-elle dit en me couvrant de bisous jusqu'à ce que ça me chatouille. Je suis tellement contente de te voir, *lille majroe* !

Ça veut dire « petit navet ». Apparemment, c'est à ça que je lui faisais penser tout bébé, et le surnom est resté. Je n'aurais jamais supporté que quelqu'un d'autre m'appelle comme ça mais, quand c'était elle, j'avais toujours l'impression d'être vraiment chez moi.

— Entrez, entrez ! a-t-elle lancé en embrassant mes parents et en les serrant dans ses bras.

Elle m'a pris la main, et on a emprunté tous les trois l'allée pavée qui menait à la porte du chalet aux murs jaunes.

Arriver devant cette maison, c'est toujours un peu comme un retour en enfance : les parois extérieures sont décorées de vignes et de fleurs peintes et, si on y fait bien attention, on voit que le toit de chaume est quadrillé. Tout en haut, juste à côté de la cheminée, s'élève un champignon recouvert de paille lui aussi. Petite, j'avais l'impression d'entrer dans une de ces chaumières enchantées de contes de fées – et ça me fait toujours le même effet maintenant que j'ai grandi.

Les portes sont un peu basses, donc, comme d'habitude, mon père doit baisser la tête. Farmor est minuscule, encore plus petite que moi, du coup, j'ai toujours imaginé mon grand-père en véritable géant. C'est une idée qui m'est restée. Mon père me racontait toujours qu'il avait dû quitter la maison à dix ans parce qu'il ne passait plus les portes. Maintenant, évidemment, je sais que c'est faux mais, pendant super longtemps, j'y ai cru.

— Aah... c'est tellement calme ici, Mathilde ! s'est extasiée ma mère en contemplant la ribambelle de lumières le long du port.

— C'est vrai, a répondu ma grand-mère, mais hier, il y avait un vent de tous les pélicans ! Je n'ai même pas pu prendre mon vélo.

Le sourire aux lèvres, je me suis mise à siroter le bol de soupe de *kartoffel* qu'elle m'avait tendu. J'adorais toutes ses expressions bizarres... La moitié de ce que dit ma Farmor n'existe même pas sur Google Trad.

— Je n'ai toujours pas de réseau ici ! a annoncé ma mère en brandissant son téléphone.

— Moi non plus, a dit mon père. C'est un des nombreux avantages de vivre à Dragør !

Elle a souri comme elle le fait toujours quand quelque chose ne l'amuse pas du tout, en réalité.

— Tu viendras avec moi au bord de la mer tout à l'heure ? J'aimerais bien consulter mes messages avant qu'on se couche, et il y a souvent plus de réseau là-bas.

J'ai bien vu le regard désapprobateur de Farmor à mon père : elle refusait toujours qu'ils filment chez elle. C'était aussi pour ça que j'aimais autant venir : on se serait cru dans un autre monde.

— Et si tu prenais ta soirée, Jen ? a suggéré mon père en se penchant pour déposer un baiser sur sa tête. On n'a qu'à se lever plus tôt demain. C'est les vacances... et tu as déjà fait la publication sur vos tenues.

— Tu as raison, a-t-elle répondu en souriant pour de vrai, cette fois-ci, avant de jeter son portable dans son sac. Dieu sait qu'une petite pause ne nous fera pas de mal !

Après dîner, sans doute parce que j'étais sûre qu'ils ne verraient pas la vidéo ce soir-là, j'ai senti mon estomac se dénouer un peu – peut-être aussi parce qu'il était plein à craquer de soupe de pommes de terre et d'*æbleskiver.*

— Bon, ma chérie, a dit Farmor en prenant mon visage entre ses mains, tu ferais mieux d'aller te coucher... Histoire de ne pas tomber dans les concombres !

Le lendemain, j'ai fait la grasse matinée, ce qui n'arrivait jamais d'habitude ici à cause des cloches de l'église qui sonnent toutes les heures. Mais j'avais mis très longtemps à m'endormir la veille à force de penser à ce que pouvait bien contenir la vidéo que m'avait envoyée Hallie. J'ai regardé mon portable, mais il n'y avait toujours pas de réseau, et Farmor n'avait pas le wifi. Ni la télé. C'était un peu comme voyager dans le temps. Après m'être brossé les dents, j'ai enfilé un jean et un pull avant de descendre les escaliers dont les marches en bois grinçaient.

— Bonjour ! a claironné mon père en danois. La belle au bois dormant se réveille !

J'ai bâillé longuement, tout en cherchant mes mots pour lui répondre.

— Pourquoi tu as déjà ton manteau ? ai-je fini par demander.

— On va à Copenhague tous ensemble. Tu veux un petit bol de *havregrød* avant de partir ?

C'est du porridge chaud (pour faire simple), mais il n'y a jamais assez de sucre quand c'est mon père qui le prépare. J'ai plissé le nez et Farmor a dit :

— On n'a qu'à emporter des petits pains.

Elle en a attrapé quelques-uns encore tout chauds dans une corbeille et les a mis dans un sac en papier.

— On ira prendre un vrai petit déjeuner en ville, a-t-elle ajouté.

— Mets ton manteau, a fait mon père. Jen nous attend.

Il a fallu un peu de temps à mon cerveau pour tout traduire. Parler danois avec mon père et ma grand-mère, c'était beaucoup plus dur que faire les exercices du niveau avancé sur *Hej Danmark!*

— OK, ai-je dit (je crois que c'est le même mot dans les deux langues).

On a retrouvé ma mère à l'arrêt de bus, tellement concentrée sur son portable que c'est à peine si elle nous a vus arriver.

— Qu'est-ce qui se passe ? a fait mon père devant la tête qu'elle tirait.

J'ai fourré mes mains dans mes poches pour qu'ils ne voient pas à quel point elles tremblaient.

— Regarde ça, a-t-elle répondu en lui tendant le téléphone.

Le son des cloches m'a fait sursauter, et Farmor m'a caressé le dos. Je scrutais le visage de mon père : il avait pris son air concentré, le front plissé. Un bus est apparu au bout de la route.

— On prend celui-là ? a suggéré ma grand-mère. Il fait un peu trop froid pour attendre le prochain...

Mais mes parents n'ont pas répondu, trop absorbés par la vidéo qu'ils regardaient, où on entendait une voix d'homme déclarer : « Bon, maintenant, passons à la question de la vie privée. Pour moi, il ne s'agit pas ici de ces vlogueurs qui postent de faux contenus, où tout est écrit et mis en scène. Aujourd'hui, on va parler de ceux qui, même s'ils sont très populaires, exploitent leurs enfants pour gagner de l'argent. »

Dit comme ça, ça avait l'air grave. Très grave, même. Je n'osais plus regarder mes parents, du coup je suis restée plantée là. Je ne voulais pas céder à l'inquiétude, mais j'avais du mal vu qu'ils ont quand même laissé passer le bus. Et ça continuait : « Des gamins ont aujourd'hui toute leur enfance en ligne. Et il y en a peut-être que ça ne dérange pas, mais on va voir plusieurs extraits où certains montrent très clairement qu'ils ne sont pas d'accord. Je vous ai déjà parlé des Hadley et des sales coups qu'ils font à leurs jumeaux, soi-disant pour rigoler, mais on va maintenant jeter un œil à quelques séquences de la famille Andersen. Les parents s'appellent Jen et Lars, et ce sont des vlogueurs connus : ils ont à peu près un demi-million d'abonnés, et ils publient en général deux à trois vidéos par semaine sur leur fille unique, Eva. Vous avez peut-être vu celle qu'ils ont postée sur ses premières règles. Eh non, vous ne rêvez pas : ils sont allés jusqu'à filmer les règles de leur fille ! »

J'ai failli m'étouffer, et ça s'est entendu (pour la discrétion, raté).

Mon père m'a jeté un regard.

— Je crois que c'est mieux que tu ne voies pas ça, Eva...

— Je suis d'accord, a dit ma mère en hochant la tête.

Elle avait les yeux tout humides ; on voyait bien qu'elle était au bord des larmes.

— Si si, ça va, ai-je lâché, complètement submergée. C'est qui ?

— Il s'appelle Brooklyn Evans, a expliqué mon père. Et ça n'a pas l'air d'être un grand fan. Regarde ses autres vidéos : « Mort aux vlogueurs famille », « Les pires familles sur YouTube »... Il en a fait des tonnes comme ça !

En déglutissant, je me suis dit que c'était typiquement le genre de personnes « importantes » que Carys avait pu taguer sur notre vidéo. Farmor a passé son bras autour de mes épaules et s'est adressée en danois à mon père, mais je n'ai pas compris ce qu'elle lui a dit.

— Oui, désolé, a-t-il répondu. Il faut qu'on s'occupe de ça tout de suite. Merci, *mor*.

— Et j'ai un message vocal du journal, a ajouté ma mère.

— Allez viens, on va faire un tour sur les quais, juste toutes les deux. On ira à Copenhague une autre fois, m'a fait ma grand-mère en m'entraînant avec elle.

Elle cherchait à me protéger, mais elle ne se doutait bien sûr pas que tout était de ma faute... Que dirait-elle si elle l'apprenait ?

31

TOUT CE QUI VOLE N'EST PAS CIGOGNE

La mer avait l'air calme mais le vent faisait tout de même voltiger les petites mèches folles de Farmor. Les bateaux, dont les voiles ondulaient, dansaient au bout de leurs pontons. J'avais beau être venue ici près d'un million de fois, tout me semblait différent ce jour-là. C'est fou comme un secret peut tout transformer… Même les yeux de Farmor, toujours humides les jours venteux, semblaient avoir changé de regard en se posant sur moi.

— Tes parents ont des petits soucis avec leur site Internet, a-t-elle commencé en s'asseyant sur un banc, face à la mer.

Elle avait l'air un peu essoufflée : on avait peut-être marché trop vite.

— On dirait… ai-je fait sans quitter l'océan des yeux.

— Et toi, mon *lille majroe* ? a-t-elle demandé en m'attirant contre elle. C'est quoi, ton souci ?

Elle m'a donné un petit coup de coude, et j'ai senti son souffle chaud sur ma joue.

— Rien…

J'ai remis derrière mon oreille une mèche de cheveux qui me tombait dans les yeux.

— Tss… Tu ne veux pas en parler à ta vieille Farmor, c'est ça ?

Elle a souri : ses rides s'étendaient du coin de ses yeux à l'extrémité de ses tempes.

— Très bien... Alors, dis-moi, vous avez fait quoi comme bêtises, encore, avec Spud ?

J'ai rigolé et, en lui racontant notre expérience avec le ferrofluide, j'ai senti mon cœur affolé retrouver sa cadence normale. Elle me parlait toujours comme à une enfant de six ans, mais c'était plutôt agréable. Très agréable, même.

Quand Farmor se sent vraiment à l'aise, elle a une phrase fétiche : « *Jeg har det som blommen I et æg* », ce qui signifie mot pour mot : « Je me sens comme un jaune d'œuf. » OK, c'est un peu étrange, mais ça veut dire qu'on se sent bien, en sécurité, et qu'on a tout ce qu'il faut – comme moi sur ce banc, lovée contre elle devant la mer. À ce moment-là, j'étais loin de m'imaginer qu'il me faudrait longtemps avant de retrouver ce sentiment.

Quand on est rentrées, mes parents n'étaient pas encore là et j'ai eu comme un frisson. Il fallait absolument que je sache tout ce que racontait Brooklyn Evans dans cette vidéo.

— Tu veux bien m'apporter une chaise, chérie ? a haleté ma grand-mère, la main sur le front comme si elle allait faire un malaise.

J'ai tiré une des chaises en bois de la table de la cuisine et l'ai aidée à s'asseoir.

— Ça va, Farmor ?

D'un revers de la main, elle m'a fait signe de ne pas m'inquiéter.

— Oui oui ! Il me faut juste une petite minute, le temps de reprendre mon souffle. Mets la bouilloire en route, *lille majroe.*

On a bu un thé en mangeant une part de son *drømmekage* maison. Ça veut dire « gâteau de rêve », et c'est vrai qu'il est plutôt pas mal. Bien meilleur que son infusion aux racines de pissenlit, en tout cas – ça, on aurait dit de la boue, même si j'ai fait semblant d'aimer.

— Alors, tout se passe bien au collège ? m'a-t-elle demandé en me resservant du gâteau.

— Plus ou moins. Mes notes ne sont pas vraiment… enfin, tu vois.

Elle m'a fait un sourire, avec une fossette sur chaque joue.

— Je m'en fiche, de tes notes. Je veux les potins ! a-t-elle lancé en riant. Les trucs que tu ne racontes pas à tes parents.

J'ai souri à mon tour. Hors de question que je lui parle de cette histoire de piratage… Pas sûre qu'elle sache ce que c'était et, de toute façon, je ne connaissais pas le mot en danois.

— Y a pas grand-chose à dire… ai-je commencé.

Mais j'ai lu dans son regard qu'elle voulait en savoir plus, alors je lui ai expliqué qu'on ne se voyait plus beaucoup, avec Hallie.

— Ah bon… Tu sais ce qu'on dit, tout ce qui vole n'est pas cigogne.

Je ne voyais pas du tout ce que ça pouvait bien vouloir dire.

Mes parents sont rentrés quelques heures plus tard. J'aidais Farmor à planter des graines dans le jardin quand j'ai entendu mon père nous appeler. J'étais complètement paralysée. Même sans savoir ce que la vidéo disait sur eux, impossible de ne pas avoir l'air coupable.

— *Hej*, a-t-il lancé. Qu'est-ce que vous faites ?

— Eva m'aide à planter des concombres.

— Ah, c'est reparti pour les conserves, c'est ça ?

Il avait l'air moins crispé que tout à l'heure, et m'a souri quand j'ai fini par lever les yeux du terreau.

— Tout va bien pour la chaîne ? s'est enquise ma grand-mère.

— Rien de grave, a-t-il répondu.

Mais quand ma mère est arrivée dans le jardin, ils ont échangé un regard qui voulait dire tout le contraire.

Plus tard dans la soirée, alors que Farmor était déjà au lit, je les ai entendus discuter, installés à la petite table de la terrasse juste devant la porte de la cuisine. Assise sous la fenêtre ouverte de ma chambre, osant à peine respirer, j'ai tenté d'écouter la conversation. J'ai saisi quelques bribes : « limiter les dégâts », « la marque », « la presse de notre côté ». Puis les cloches ont retenti, et après, silence : ils avaient dû retourner à l'intérieur.

Le lendemain matin, j'ai entendu le petit loquet de ma porte s'ouvrir.

— Bonjour, chérie ! a lancé ma mère.

Je me suis redressée dans le lit. J'étais déjà réveillée depuis un moment, mais je n'avais pas encore trouvé le courage de descendre. Vu le comportement de mes parents, j'étais certaine que le contenu de la vidéo était assez catastrophique, et c'était ma faute si Brooklyn Evans s'en prenait à eux...

— Ça te dit, une petite balade en ville ou en bord de mer ? Ce serait super de prendre l'air et de discuter juste entre filles.

J'ai pris une grande inspiration et scruté son visage pour tenter de voir si elle se doutait de quelque chose.

— D'accord ! ai-je lancé d'une voix beaucoup trop enthousiaste, alors que j'avais comme une chape de plomb sur le cœur.

Quand on est arrivées sur les quais, son téléphone s'est mis à sonner non-stop et elle a répondu à ses messages pendant que, assise sur le muret, les jambes dans le vide, je contemplais le ballet des bateaux amarrés dans le port. J'ai commencé à chercher des cailloux plats pour faire des ricochets, ce qui ne m'était pas arrivé depuis des années. Mon portable a vibré : trois messages de Carys. Je l'ai tout de suite remis dans la poche de mon manteau.

— Bon, ma chérie... a commencé ma mère en s'asseyant à côté de moi. Écoute, je sais que ce n'est pas très agréable à regarder, mais je préfère qu'on voie ça ensemble, plutôt que tu te retrouves à le faire toute seule ou avec quelqu'un du collège.

Elle m'a pris la main et, de l'autre, elle a déverrouillé son téléphone en ajoutant :

— Je voulais juste te dire qu'il n'a rien contre toi, d'accord ? On est les seuls concernés, avec ton père.

— OK...

Je l'ai regardée taper « Brooklyn Evans » dans la barre de recherche et, dès que la vidéo s'est affichée, ma gorge s'est nouée.

Elle m'a serré la main.

— Ne t'inquiète pas, chérie. C'est à nous qu'il en veut, pas à toi.

« Eh non, vous ne rêvez pas : ils sont allés jusqu'à filmer les règles de leurs filles ! » a-t-il lâché, et une photo de moi, la tête entre les mains, est apparue à l'écran. La vidéo était assez vieille vu ma coiffure – une mèche rose dans les cheveux, que je m'étais fait faire aux dernières vacances d'été.

« Pauvre petite, hein ? a-t-il poursuivi. Non, mais vous imaginez ? On m'a récemment signalé une vidéo de CrocPourri, que j'ai l'autorisation de vous diffuser. »

Mon sang s'est glacé : c'était le pseudo qu'on s'était trouvé avec Carys grâce au générateur de noms. J'ai senti mon pouls s'affoler ; la main que tenait ma mère était moite.

« C'est une compilation de tous les moments où Eva Andersen a clairement montré qu'elle n'était pas d'accord pour être filmée, et a même parfois demandé à ses parents d'arrêter. Et devinez quoi ? Ils continuent ! Ils en font même une sorte de caution humoristique. Je vous en passe un extrait. Si vous voulez voir l'intégralité, il suffit de cliquer sur le lien en description. »

Et voilà : au son de la chanson des années 1980 que je m'étais moi-même chargée de trouver, j'ai redécouvert notre création. Image sur image de moi en train de lever les yeux au ciel, de claquer les portes, de me couvrir le visage ou de pleurer, avec en légende les mots « exploitation », « cruauté envers les enfants » ou encore « Libérez Eva ! ». Ça m'a rendue malade à force et, une fois la vidéo terminée, je n'osais plus dire un mot de peur de m'incriminer d'une façon ou d'une autre. J'ai jeté quelques galets dans l'eau en attendant que ma mère relance la conversation.

— Apparemment, ce Brooklyn Evans s'attaque systématiquement aux vlogueurs famille. C'est même le principe de sa chaîne. Tu vois, a-t-elle fait en cliquant sur une autre vidéo, dans celle-là, il dit qu'on est tous des criminels...

Elle a poussé un soupir.

— Le journal nous a appelés : ils veulent publier quelque chose quand on sera rentrés.

— Un article ?

J'avais beau être assise, ça m'a donné le vertige.

— C'est ça, a-t-elle confirmé en continuant à pianoter sur son écran. La vidéo a déjà un million de vues ! Il va falloir qu'on filme un démenti. Enfin, ça n'est quand même pas de la cruauté ! Si ?

Même si mes mains tremblaient et que le vent couvrait en partie ma voix, je savais que c'était le moment ou jamais. J'ai pris une grande inspiration.

— Ben, des fois, je trouve ça un peu cruel...

Incapable de la regarder en face, j'ai suivi des yeux un yacht qui glissait sur l'eau au loin. Elle a posé la main sur mon bras :

— Vraiment ? Tu trouves qu'on est cruels avec toi ? *Cruels* ?

L'entendre répéter le mot encore et encore, ça n'aidait pas.

— Un peu... Enfin, ça arrive. Même si vous ne faites pas exprès.

— Quand, par exemple ? a-t-elle demandé, à peine plus haut qu'un murmure.

J'avais la nausée, comme si je venais de boire la tasse.

— Bah, le truc sur les règles, évidemment... Et quand vous avez filmé ma chambre et l'intérieur de mon placard. Je sais bien que vous ne vous en rendez pas compte, mais des fois, c'est comme si la chaîne comptait plus que moi.

— Oh, ma chérie...

Elle m'a prise dans ses bras, sans lâcher son téléphone qui recevait notification sur notification.

— Je suis vraiment désolée si tu as cette impression... Je vais faire des efforts. On va en faire tous les deux, ton père et moi.

Elle m'a caressé les cheveux et, l'espace d'un instant, j'ai de nouveau été tentée de tout lui raconter : que cette vidéo diffusée par Brooklyn Evans, on l'avait concoctée Carys et moi dans sa chambre, parce qu'ils ne m'avaient pas laissé le choix. Parce qu'ils ne m'écoutaient jamais et que c'était mon dernier recours.

— C'est normal que tu tiennes à ton intimité, Eva. Vraiment, je comprends. Pour moi, tu es toujours une petite fille... a-t-elle reniflé. Mais il faut bien que je me mette dans la tête que tu grandis et que tu prends ton indépendance.

Elle a pris quelques minutes pour regarder son portable.

— Ça te dit d'aller manger une glace ? C'est juste un peu plus loin sur le port. Il commence à faire froid ici.

— OK.

Elle m'a fait un câlin. En prenant une grande bouffée d'air marin, j'ai écouté le bruit des vagues et me suis dit : « C'est bon ! Tout va changer. Ça va aller... »

Et puis, alors que je prenais la direction du glacier, elle m'a arrêtée :

— Par là, chérie : il faut d'abord qu'on repasse chez Farmor se changer. Désolée, mais on a des publications à faire pour Belles et Fières, tu te souviens ?

Et là, j'ai été prise d'une folle envie de me jeter la tête la première dans l'eau glacée de la mer Baltique.

32

À L'AIDE !

Le lendemain, mes parents sont partis faire le tour d'une île voisine à vélo. Farmor avait prévenu qu'elle n'arriverait jamais à tenir toute la balade, et ça m'arrangeait bien de rester au chalet avec elle. J'étais en train de planter des betteraves quand j'ai entendu sa bêche tomber sur les pavés. Je me suis levée pour la rejoindre.

— Ça va, Farmor ?

Elle avait les joues rouges et le souffle court.

— Je t'apporte un peu d'eau ?

Je ne savais pas quoi faire d'autre. Elle a hoché la tête, les yeux fermés. D'un pas titubant, elle est allée s'asseoir sur le banc en métal près de la cabane de jardin et s'est mise à respirer profondément. Je me suis dépêchée de lui remplir un verre à la cuisine, mais quand je le lui ai tendu, elle ne l'a pas pris. La sueur perlait à son front, alors qu'il faisait un peu froid. Elle prenait de grosses bouffées d'air. C'était sans doute très grave pour une personne âgée d'avoir du mal à respirer, non ?

— Farmor, ça va ? ai-je répété.

Elle n'ouvrait toujours pas les yeux. Si seulement mon père était là...

— Tu veux que j'appelle quelqu'un ?

J'avais du mal à retenir mes larmes.

— Je ne sais pas quoi faire !

J'avais plein de phrases en danois complètement inutiles en tête, mais impossible de retrouver comment dire « À l'aide ! ».

D'une main brûlante et qui tremblait, elle a attrapé la mienne, et puis son autre bras a lâché et elle s'est effondrée sur le rebord du banc. Le verre d'eau s'est brisé en mille morceaux sur les pavés.

Après ça, je ne sais plus trop ce qui s'est passé. Tout ce que je sais, c'est que j'aurais dû appeler à l'aide avant.

Quand mes parents ont débarqué à l'hôpital, j'avais les yeux tout gonflés à force d'avoir pleuré. Astrid et Stefan, les voisins de ma grand-mère, étaient restés avec moi. J'avais l'impression d'être là depuis des heures. Ils se sont levés en voyant ma mère se précipiter vers nous dans le couloir. Moi, je n'ai pas réussi, tellement mes jambes me semblaient lourdes. Maman m'a prise dans ses bras et s'est mise à sangloter dans mon cou. Moi qui pensais avoir déjà versé toutes les larmes de mon corps, j'en ai senti couler encore tout un torrent sur sa cagoule.

— Oh, ma pauvre chérie... Je suis tellement désolée.

Mon père avait les yeux rouges, un paquet de mouchoirs à moitié vide dans la poche de son short de vélo. Ses jambes étaient couvertes de boue. Il s'est agenouillé pour nous serrer toutes les deux contre lui.

— C'est ma faute, ai-je lâché entre deux sanglots. Je ne savais pas quoi faire...

— Non, non, Eva... D'après le médecin, elle avait des problèmes de cœur depuis longtemps, a-t-il expliqué. Elle ne nous avait rien dit. À mon avis... elle voulait nous voir une dernière fois avant de partir. Pour pouvoir nous dire au revoir.

Je l'ai étreint de toutes mes forces.

— Si seulement j'avais été là... a-t-il ajouté. Elle était malade, et je n'ai rien vu !

Et pour la première fois de ma vie, je l'ai entendu jurer en danois.

Les doubles portes se sont ouvertes, et un médecin est venu parler à mes parents. Il a dit plein de choses que je ne comprenais pas et mon père, lui, a répondu qu'il aurait voulu être informé des problèmes cardiaques de Farmor. Les yeux rivés sur le carrelage tout plein de petites taches, j'ai repensé à ce matin où je pouvais encore la serrer contre moi, entendre sa voix et planter des graines avec elle dans le jardin, alors que, maintenant, je ne sentirai plus jamais la chaleur de ses bras, et elle ne verrait pas ses légumes pousser... Je savais déjà que mon cœur à moi ne s'en remettrait jamais tout à fait.

Au retour, la maison m'a semblé vide et grise. Ma mère n'a pas trouvé de sachets de thé normaux, donc elle nous a préparé une infusion de racines de pissenlit qui m'a tellement fait penser à Farmor que je n'ai pas pu la boire. Mais je n'arrivais pas non plus à lâcher ma tasse. Au fond de moi, la sensation étrange que le monde ne tournait plus tout à fait rond... Même le chalet était triste, comme si toute sa réserve de bonheur s'était envolée par une fenêtre laissée ouverte.

Le jour suivant, je suis restée assise sur le canapé sans toucher à mon petit pain du matin, pendant que mes parents dressaient une liste de toutes les démarches à faire. J'avais tellement pleuré que je ne sentais plus le moindre muscle de mon visage, et j'étais comme plongée dans le brouillard, enveloppée dans une bulle qui refusait d'éclater. Tout me semblait irréel, comme si une part de moi avait disparu.

— Bon, j'imagine qu'il faut que je voie si mes cousins veulent réserver un vol pour venir à l'enterrement, a dit mon père.

Le mot m'a frappée de plein fouet. J'ai mis la main sur mes yeux et senti son bras autour de moi.

— Ça va aller, ça va aller... Elle est avec ton *farfar*, maintenant.

Ça m'a aussitôt rappelé les vacances de Noël, où Farmor avait parlé de revoir mon grand-père. « Quand je serai morte, j'irai le retrouver. Ça fait tellement longtemps, tu sais... On a des choses à se raconter ! » J'ai senti une larme rouler sur ma joue : est-ce qu'elle était déjà malade à l'époque ?

— Tu seras toujours son *lille majroe*, a continué mon père en me caressant la tête.

Il venait d'enfoncer le couteau dans la plaie. Mon cœur s'est mis à saigner : plus jamais je n'entendrais ma grand-mère m'appeler comme ça...

Une fois dans ma chambre, j'ai sorti mon carnet et mes crayons de ma valise et, lovée dans une couverture qui sentait encore son odeur, j'ai dessiné au milieu de la page une aigrette de pissenlit dont certaines graines s'envolaient, et puis des vagues, quelques voiliers, des mouettes et un marsouin, le champignon à tête de chaume sur son toit, un petit navet. Toutes ces choses qui me faisaient toujours penser à elle, et tout ce que j'aimais chez elle. Une fois terminé, le dessin était taché de larmes, mais j'avais le cœur un peu plus léger.

Le loquet de ma porte s'est ouvert et ma mère a dit d'une voix douce :

— Coucou, chérie. Lars a fait de la soupe.

Elle a posé sur le bureau près de la fenêtre un plateau avec un bol et un morceau de pain.

— Il a ressorti les vieux livres de recettes de Farmor.

Pour une fois, je ne lui ai pas caché mon carnet quand elle a jeté un œil à mon dessin.

— Oh mon Dieu, Eva... C'est tellement beau. Elle va tellement nous manquer à tous, a-t-elle ajouté, une main sur ma joue.

Un peu plus tard, je suis partie me promener seule en bord de mer. Mes parents avaient rendez-vous avec quelqu'un des pompes funèbres, et ils me rejoindraient en sortant. Je me suis installée sur le muret, les pieds dans le vide, et j'ai attendu d'avoir du réseau en jetant des cailloux dans l'eau. Mon portable a sonné une première fois. Et puis une autre, et encore une autre, sans s'arrêter. J'avais des textos de Spud, Carys, Jenna, et même Gabi, plus un message vocal de Hallie, tous pour me dire qu'ils étaient désolés pour le décès de Farmor. Mais comment ils pouvaient être au courant ? Et puis avec un frisson de dégoût, j'ai pensé au compte Instagram de *La Vie d'Eva*. Ma mère n'aurait quand même pas osé... si ? Je suis allée sur l'appli, et bam : mon dessin à la mémoire de ma grand-mère. Je l'avais laissé sur mon bureau... Elle avait dû le prendre en photo pendant que j'étais en bas. En légende, elle avait mis : « Hier, la mamie adorée d'Eva nous a quittés. On l'aimait plus que tout. »

J'avais envie de hurler. Tous mes sentiments pour Farmor, tous les souvenirs que je gardais dans mon cœur, livrés en pâture au monde entier. Mon corps tremblait de rage et, après ça, j'ai arrêté de réfléchir.

33

AU REVOIR

— Comment t'as pu me faire ça ? ai-je crié à ma mère dès qu'elle est apparue avec mon père.

Je me suis levée avant de poursuivre :

— Il était pour Farmor, ce dessin ! Pas pour toi ! Et tu l'as partagé sans me demander, après tout ce que je t'ai dit !

Elle s'est mise à courir vers moi ; ses talons claquaient sur le sol.

— Eva, je suis tellement désolée... Calme-toi, chérie. J'ai fait ça sans réfléchir... Nos abonnés font un peu partie de la famille, tu sais, et...

— Non, maman ! C'est Farmor qui faisait partie de la famille, et elle aurait *détesté* voir mon dessin sur les réseaux !

— Allez, viens, Eva...

Mais même en prenant sa voix la plus douce, mon père n'arriverait pas à me calmer. J'avais l'impression qu'on venait d'arracher un bout de mon cœur.

— C'est vrai, tout ce que dit Brooklyn Evans dans la vidéo ! T'es vraiment *cruelle* ! ai-je craché en la fusillant du regard.

Puis j'ai foncé vers le chalet de Farmor, sachant très bien qu'elle ne pourrait jamais me rattraper avec ces chaussures. Mon père, lui, m'a suivie. J'étais dans une colère foudroyante. J'ai attrapé la clé cachée sous le pot de fleurs jaunes et me suis ruée à l'étage pour déchirer le dessin en mille morceaux.

— Eva ! a lancé mon père, qui avait bondi dans les escaliers derrière moi. Qu'est-ce qui se passe ? Qu'est-ce que tu fais ?

— C'était privé, papa, ai-je fait, les joues baignées de larmes. Tous mes souvenirs de Farmor...

Je sanglotais si fort que je peinais à reprendre mon souffle.

— Oh, Eva...

Il m'a prise dans ses bras, et mes larmes ont commencé à traverser la laine de son pull.

— On va retirer la publication, d'accord ? On va l'enlever.

J'ai entendu le bruit du loquet, puis la voix de ma mère :

— Désolée, Eva... Mais le dessin est tellement beau, et...

— Tiens, prends-le, ai-je lâché en poussant quelques morceaux vers elle.

— Oh, Eva ! Il ne fallait pas le déchirer ! J'allais retirer la photo... Mais les commentaires...

— Rien à faire de tes commentaires débiles ! ai-je hurlé. Je les connais pas, tous ces gens ! C'est pas mes amis !

J'aurais voulu continuer, mais mon cœur menaçait d'exploser dans ma poitrine.

— Je suis désolée, a répété ma mère à voix basse, avant de redescendre.

Après quelques instants de silence, mon père a dit en danois :

— C'est vraiment dur de perdre Farmor... Elle aurait dit que c'est un peu comme avaler un chameau.

Ça m'a fait rire et pleurer en même temps.

Et puis les jours ont passé. Mon père aurait voulu que ma mère rentre avec moi pour que je ne manque pas les cours, puis qu'on revienne pour l'enterrement, mais elle a refusé de le laisser seul à Dragør. Ils pensaient demander aux voisins de m'héberger pour une semaine, mais papa a changé d'avis quand Spud lui a raconté en FaceTime qu'il avait accidentellement fait un trou dans la porte du garage avec le pistolet à billes de Chip. Du coup, ma mère a prévenu Miss Wilson par mail que je ne serais de retour que la semaine d'après, et elle a échangé nos billets d'avion.

Mon père m'a demandé si je voulais lire un texte à l'enterrement de Farmor vu que j'étais sa seule petite-fille, mais j'avais trop honte de mon niveau en danois. Ma mère m'a proposé de m'aider à trouver un beau poème, mais j'aurais été incapable de le réciter à voix haute sans fondre en larmes, ou faire des erreurs. Alors, la veille, Astrid, la voisine de ma grand-mère, est venue me montrer comment faire une couronne mortuaire avec les fleurs sauvages du jardin. J'ai dessiné des cœurs sur une étiquette cartonnée et ajouté un tout petit navet – un *lille majroe* – dans le coin.

Mon père était assis sur le banc devant la porte d'entrée, mais quand j'ai voulu lui montrer la couronne, ma mère m'a arrêtée :

— Laisse-le un peu tranquille, chérie. Il a besoin d'être seul un moment pour penser à sa *mor*.

Je n'avais jamais vu Farmor autrement que comme ma grand-mère, mais ce jour-là, puis à l'enterrement, c'était surtout la mère de mon père. Et elle me manquait plus que jamais.

Ma mère m'a tendu les bras, et je me suis laissée aller contre elle. C'est vraiment dur d'en vouloir à quelqu'un dont on a tellement besoin... Elle aussi avait les yeux pleins de larmes.

— Il faut qu'on parle danois le plus possible demain, toi et moi, et qu'on soit tous là les uns pour les autres... Mais tu sais que tu peux aussi dire au revoir à Farmor à ta façon. C'est très beau, a-t-elle déclaré en contemplant ma couronne, qu'elle venait de prendre dans ses mains. Vraiment magnifique.

— Tu ne vas pas...

Elle a dû deviner ce que j'allais dire, parce qu'elle m'a serrée encore plus fort.

— Non, m'a-t-elle promis aussitôt.

Le lendemain matin, quand j'ai récupéré la tenue qu'elle m'avait aidée à choisir à Copenhague l'après-midi d'avant, la porte de l'armoire a grincé. C'était une robe gris foncé, et ma mère avait suspendu au cintre un collier dont la pierre ovale était du bleu pâle des yeux de Farmor et du ciel. En ouvrant les rideaux, j'ai vu le soleil percer entre les nuages posés sur l'horizon et contemplé le vol des mouettes entre les bateaux ; les cloches de la vieille église ont sonné sept fois.

En respirant profondément, je me suis enveloppée dans la couverture jaune en tricot de Farmor, et j'ai murmuré « *Farvel* ». Au revoir.

Dans le vol du retour, j'ai fait semblant de m'endormir pour que mes parents arrêtent de me demander si ça allait toutes les deux secondes. Ma mère a demandé au steward un plaid en plus, et je l'ai sentie couvrir mes jambes avec.

Je m'attendais à entendre le *clic* de son appareil photo, mais non. C'était déjà ça.

Il était tard quand on est arrivés, et la maison m'a semblée froide, étrange. Je n'avais pas du tout envie de défaire mes valises, ni de quoi que ce soit. Je suis tout de suite allée me poster à la porte de derrière pour appeler Miss Bubulle, histoire de vérifier qu'elle était toujours en vie après deux semaines sous la responsabilité de Spud.

— Tu es sûre de vouloir aller au collège demain ? a redemandé ma mère.

— Oui, ai-je dit en prenant la chatte dans mes bras.

Je l'ai serrée contre moi : elle sentait la lavande. Pourvu que ce soit à force de se frotter à celle qu'on avait dans le jardin, et pas parce qu'elle avait servi de cobaye à je ne sais quelle expérience bizarre... Ma mère m'a dit bonne nuit et fait un bisou, puis je suis montée dans ma chambre avec Miss Bubulle.

J'ai entendu mon père apporter les bagages, puis lancer :

— Jen, regarde le mail qu'Ash nous a envoyé sur cette histoire de piratage...

Je suis restée sans bouger quelques minutes à écouter mon cœur tambouriner et la chatte ronronner, alors que toute la culpabilité qui s'était accumulée en moi débordait pour se répandre telle une marée noire dans la pièce.

34

L'AVERTISSEMENT

J'ai mal dormi cette nuit-là. Pour la première fois depuis la mort de Farmor, j'avais passé des heures à écumer YouTube pour voir ce qui se disait sur *La Vie d'Eva*. Et ça avait pris des proportions inimaginables... Où que je clique, des gros titres et des vidéos, encore et encore :

« Condamnation de *La Vie d'Eva* : le procès des vlogueurs famille »

« Ces enfants devenus célèbres trop tôt sur Internet »

« Vlogueurs famille dans la tourmente : qui sont-ils ? »

« Les enfants qu'on voit sur YouTube peuvent-ils être consentants ? »

« Un influenceur s'interroge sur la sécurité des enfants qui grandissent sur YouTube »

« Qui voudrait vraiment être à la place d'Eva Andersen ? »

D'une certaine façon, je n'aurais pas pu rêver pire publicité pour la chaîne... C'est juste que je n'en attendais pas tant. Mes parents refusaient de me dire combien d'abonnés ils avaient perdus, mais quand j'ai vérifié, j'ai vu qu'ils en étaient à presque deux cent mille de moins. J'aurais dû me réjouir : le plan B était un succès. Comme aurait dit Farmor, la chèvre était tondue... Mais parfois, c'est seulement en touchant au but qu'on réalise qu'on s'est trompé sur toute la ligne.

Le lendemain, je n'avais même pas fini mon petit déjeuner que ma mère nous avait déjà lu les messages de neuf sponsors qui se retiraient. Mon père, lui, se préparait à passer des coups de fil difficiles. Je me sentais un peu déconnectée de tout, comme si j'étais assise tout au fond d'un lac sans pouvoir remonter à la surface.

Mon regard était perdu dans le vide quand ma mère m'a donné un petit coup de coude en me tendant le verre de jus d'orange que je n'avais pas touché.

— Eva, a-t-elle dit doucement, tu es sûre que tu te sens d'y aller aujourd'hui ? Je sais que moi, je passerais bien la journée au lit...

— Jen, est intervenu mon père, ça fait déjà longtemps qu'elle est absente.

— Ça va... J'ai envie de voir mes amis.

C'est fou comme la vérité peut sonner faux quand on est prêt à tout pour ne pas avoir l'air coupable.

— Bien sûr, ma chérie, a fait ma mère. On a prévenu Miss Wilson de toute cette histoire dans les médias, donc si quelqu'un t'embête avec ça, tu lui en parles, d'accord ?

— OK.

Je suis partie en laissant mon verre de jus sur la table.

— Tu m'envoies un texto à midi ?

— D'accord ! ai-je lancé en fermant la porte.

J'ai tout de suite appelé Carys. Elle n'avait répondu à aucun de mes trois derniers messages... Ça a sonné super longtemps. Pas de réponse.

Je l'ai attendue au coin de la rue avec Spud, qui ne me lâchait pas d'une semelle.

— Hors de question que je te laisse toute seule aujourd'hui, a-t-il décrété en réponse à mes protestations.

On est restés là encore quelques minutes : toujours aucun signe de Carys... Quand on est entrés dans le collège, j'étais inquiète : pourquoi elle n'était pas là ?

— Alors ? m'a demandé Spud tandis qu'on entrait dans la queue de la cantine à la pause. Qu'est-ce que t'en penses ?

— De quoi ?

— De toute ma théorie sur le jeu.

— Quel jeu ? ai-je fait en scrutant toutes les tables au cas où Carys serait arrivée en retard.

— T'as rien écouté de ce que je viens de dire, ou quoi ?

— Désolée, Spud... J'ai un peu la tête ailleurs.

— Normal... Elle était mythique, Farmor, a-t-il dit avant d'ajouter : Ou alors c'est à cause de tout ce qui est sorti sur *La Vie d'Eva* ?

— Tout le monde est au courant ? me suis-je enquise en attrapant un biscuit.

— *Tout le monde*, je sais pas... Miss Wilson nous a juste dit que tu revenais aujourd'hui et qu'on n'avait pas intérêt à parler de ce qu'on avait vu aux infos.

— Super...

— De toute façon, a-t-il ajouté en fourrant dans sa bouche un morceau de croissant, le premier qui te cherche se fait jujitser.

— Merci, Spud.

Et pour la première fois depuis longtemps, j'ai souri. Quand on est arrivés tous les deux à leur table, Gabi a marmonné :

— Je vois pas pourquoi il s'installe avec nous...

Mais Hallie lui a donné un petit coup de coude et elle s'est reprise :

— Enfin j'veux dire... Salut, Spud ! Pas d'autre explosion de poumon de mouton à signaler ?

— C'est marrant que tu dises ça, Gabi, a-t-il répliqué, tout sourire. Justement, j'ai gardé le chat d'Eva pendant qu'elle n'était pas là, et...

Il s'est interrompu en voyant mon regard noir.

— J'vous raconterai une autre fois.

Après manger, j'ai rappelé Carys, mais je suis tombée directement sur le répondeur. « Peut-être qu'elle n'a plus de batterie », me suis-je dit pour me rassurer, même si elle avait à peu près un million de chargeurs.

En anglais, Miss West nous a donné un sujet de dissertation : « Serait-on tous plus heureux dans un monde sans Internet ? » J'ai mâchonné le bout de mon stylo, puis colorié entre chaque mot.

Elle a dû voir que je ne faisais rien, parce qu'elle m'a lancé :

— Écris la première chose qui te vient, Eva. Juste ce que tu en penses, ça suffit.

Et elle m'a fait un sourire. Étrange... On aurait presque dit un être humain.

Farmor disait toujours que la vie était plus belle avant l'arrivée des ordinateurs – même si ça n'était pas la mieux placée pour le savoir, vu qu'elle n'en avait pas. Un jour, elle avait utilisé l'ordi portable de mon père pour envoyer un mail à une amie en Nouvelle-Zélande, avant de décréter que c'était idiot et de ressortir son papier à lettres.

« Je pense que ma grand-mère n'allait jamais sur Internet, ai-je commencé. Son téléphone était éteint la plupart du temps, et elle ne cherchait jamais rien sur Google. Donc je me demande comment elle faisait pour savoir autant de choses... Elle répétait souvent... »

Je me suis arrêtée le temps de chercher les bons mots. « *Hvor skønt det er at ikke gøre noget* », ai-je écrit en espérant ne pas me tromper. Mais si je prenais mon téléphone pour vérifier, Miss West allait le confisquer.

« Ça veut dire : "C'est beau de ne rien faire." Et c'était comme ça quand on venait la voir : on jouait à des jeux de société en bois, elle cuisinait des recettes qu'elle connaissait par cœur et elle faisait sécher des fleurs entre les pages de ses livres. C'était un peu énervant des fois, quand je ne pouvais pas écrire à mes amis ou suivre ce qui se passait sur les réseaux... Mais c'était sympa, aussi. Son chalet, c'était un peu comme un tout autre monde, où on pouvait juste être soi-même, sans personne de l'autre côté de l'écran. J'imagine que c'était comme ça, autrefois. Quand les gens avaient une seule vie, et pas deux. »

— Spud, tu sais si Carys était en cours la semaine dernière ? ai-je voulu savoir sur le chemin du retour.

— Je crois...

Il a donné un coup de karaté à une branche basse, puis ajouté :

— Oui, c'est sûr qu'elle était là vendredi, parce que Mr Scott l'a mise en binôme avec moi en cours d'allemand.

J'ai pris mon portable et appuyé une nouvelle fois sur son numéro. Répondeur. Tous ses profils avaient disparu aussi : à croire qu'elle s'était carrément volatilisée.

J'ai dit à plus tard à Spud, et pris un raccourci qui arrivait directement au fond de Lavender Lane. Il fallait traverser un champ, enjamber une barrière, et j'ai dû sauter par-dessus une énorme flaque, mais c'était plus rapide que de passer par la route. Et là, en arrivant au coin de l'impasse, je l'ai vue : une voiture de police, garée devant la maison de Carys. Mon sang s'est figé dans mes veines.

35

PAS UN MOT

Je me suis tout de suite mise à courir. Pas en direction de chez Carys mais de chez moi, même si je n'en suis pas très fière. J'ai rebroussé chemin aussi vite que possible dans mes chaussures d'uniforme et suis arrivée dans ma rue complètement essoufflée. Sauf que, devant chez moi aussi, il y avait une voiture de police.

Je suis restée figée sur place, comme une braqueuse encerclée. Mon cœur battait si vite que je n'étais pas sûre de pouvoir faire le moindre pas, mais à ce moment-là, ma mère m'a vue par la fenêtre et m'a fait signe d'entrer. Je n'aurais pas su dire si elle était en colère ou non. Je suis passée tout doucement devant la voiture et ai poussé la porte d'entrée d'une main tremblante.

— Ah, enfin ! m'a-t-elle lancé.

Sur le canapé, un policier à la moustache grise et touffue, et, sur la table basse, des tasses de thé et une assiette de *kanelsnegl* (des roulés à la cannelle, version danoise). Mon père avait dû en faire exprès pour l'occasion. Ça m'a un peu rassurée : je le voyais mal se mettre aux fourneaux s'il venait d'apprendre que j'étais à l'origine du piratage de la chaîne... J'ai pris une grande inspiration et souri à l'agent sans oser croiser son regard.

Ma mère a reposé sa tasse sur la soucoupe : c'était le service à thé qu'ils utilisaient quand Farmor venait, d'habitude. Mon cœur s'est serré.

— Eva, je te présente le sergent Edwards, de l'unité de lutte contre la cybercriminalité.

Je m'attendais à tout, sauf à ça. Voilà qui semblait suffisamment sérieux pour mériter bien plus qu'un peu de thé et quelques pâtisseries.

— Bonjour, ai-je lâché sans quitter l'entrée.

— Il enquête sur les attaques dont la chaîne a été victime, a expliqué mon père.

Le mot « attaques » a résonné dans ma tête comme un coup de feu. J'ai remarqué qu'il y avait des miettes de *kanelsnegl* sur le parquet et que le policier n'avait pas retiré ses chaussures.

— Ça risque de te faire un choc, Eva, a repris ma mère. Le sergent a réussi à retrouver la trace du hacker, même s'il était... comment on dit ?

— En mode fantôme, a-t-il répondu en se raclant la gorge.

C'était comme s'il venait de me donner un coup de crosse en pleine tête. J'ai grimacé.

— La plupart du temps, les pirates utilisent un VPN, mais là, une des vidéos a été mise en ligne sans, donc on a pu identifier la source assez facilement.

J'ai repensé au moment où j'avais posté la vidéo, chez Carys. Est-ce que j'avais oublié le VPN ? Tout était de ma faute, alors ?

Le policier s'est laissé aller dans le canapé et, tout en sirotant son thé, il a expliqué :

— Oh, vous savez, monsieur et madame Andersen, ils finissent forcément par faire une erreur, et on est toujours là quand ça arrive.

J'ai tenté de rester concentrée, mais c'était comme si les mots n'arrivaient pas jusqu'à moi, se contentant de me contourner.

— Ce n'est pas facile à dire, a fait mon père en se tortillant sur sa chaise. Mais c'est quelqu'un qu'on connaît. Une amie à toi, en fait... Carys Belfield.

— Non ! ai-je crié.

— Je sais... Nous aussi, on a du mal à y croire, est intervenue ma mère. Elle a dû avoir accès à l'ordinateur quand elle est venue dormir à la maison, et elle a sûrement trouvé nos mots de passe. Le sergent Edwards pense même qu'elle a fait exprès de se lier d'amitié avec toi...

— Non... c'est pas vrai, ai-je fait en secouant la tête, incapable de continuer.

— C'est difficile à entendre, j'en suis sûr, a dit le sergent en me regardant.

Il se demandait peut-être ce que je faisais encore debout à côté de la porte.

— Mais Miss Belfield a avoué, et elle a dit qu'elle travaillait seule. Pas de complice, apparemment. C'est déjà une assez bonne nouvelle.

J'avais l'impression que les murs étaient en train de s'effondrer autour de moi. Carys leur avait raconté qu'elle avait agi toute seule ? Sans leur dire que c'était mon idée ? Et pourquoi je ne m'empressais pas de rétablir la vérité ? Les mots étaient là, coincés dans ma gorge, mais je n'arrivais pas à les sortir.

— Et maintenant, sergent ? s'est enquis mon père.

Mais il venait de mettre un *kanelsnegl* entier dans sa bouche, alors on a dû attendre qu'il ait fini de mâcher.

— Étant donné l'âge de Carys, les options sont limitées... Mais comme je vous le disais, elle a quand même contribué à votre perte de revenus, porté atteinte à votre image de marque, et cætera, donc on ne peut pas la laisser s'en sortir comme ça.

— Tu te rends compte, Eva ? a dit ma mère en lui tendant encore un gâteau. Cette séquence sur les requins, la suppression des vidéos de toi bébé, la compilation d'extraits pour donner l'impression que tu détestais la chaîne... Tout ça, c'était elle !

— Je vous l'ai dit la première fois que vous m'avez contacté il y a quelques semaines, madame Andersen, a répété le policier. Il suffit d'une erreur pour démasquer un pirate, et mon équipe est une des meilleures du pays.

Je me suis adossée au mur pour éviter que mes jambes cèdent sous moi. Je repensais à mes parties d'échecs avec Farmor, où j'étais souvent certaine de pouvoir bouger ma pièce en toute sécurité... sans voir, dans le coin, le fou adverse et son ombre qui s'étirait en diagonale jusqu'à recouvrir ma reine. Chaque coup que je croyais bien pensé était en fait une erreur, et Farmor finissait toujours par dire : « *Skakmat.* » Échec et mat.

Le sergent Edwards nous a expliqué que Carys recevrait un avertissement officiel. Elle et ses parents allaient devoir se rendre au commissariat et signer une sorte de formulaire qui, même s'il n'irait pas dans son casier judiciaire, serait stocké dans leur système informatique spécial.

— La plaisanterie est allée trop loin, a-t-il conclu en époussetant les miettes de *kanelsnegl* restées dans sa moustache.

Quelques journaux étaient étalés devant lui sur la table, et j'ai entrevu un ou deux gros titres : « La vérité sur *La Vie d'Eva* », et « Les Andersen : ces vlogueurs qui vendraient leur fille pour être célèbres ». J'étais tellement glacée que je ne sentais plus mes pieds.

— Eva ?

Ma mère s'est levée pour venir me voir.

— Tu es sous le choc, a-t-elle constaté en me frottant les bras comme pour me sécher à la sortie du bain. Lars, donne-lui un Coca, ou quelque chose comme ça.

Je l'ai sentie déposer un baiser sur ma tête.

— Tout va bien, ma chérie...

— C'est fou que Carys sache faire des trucs pareils à son âge ! a commenté mon père.

— Oh, vous n'imaginez pas tout ce qu'ils peuvent apprendre par eux-mêmes de nos jours, monsieur Andersen. Mais on essaie de garder une longueur d'avance.

Mon père m'a tendu un soda à la fleur de sureau ; il m'a vue trembler en l'attrapant et a posé ses mains sur les miennes.

— Tu es sûre que ça va, Eva ? Tu n'as pas laissé Carys utiliser notre ordinateur, hein ? Tu n'étais au courant de rien ?

— Bien sûr que non ! s'est offusquée ma mère. Elle sait très bien à quel point on a souffert de tout ça... Tu la crois vraiment capable de cacher une chose pareille en ayant vu tous les dégâts que ça a fait ? Je n'en reviens pas que tu lui poses la question, Lars !

J'avais l'impression d'être sous l'eau, en train de flotter dans l'un des aquariums géants du Centre de la Vie Aquatique. Je voyais et j'entendais tout ce qui se passait, mais je ne faisais qu'observer la scène, noyée dans mon propre silence.

— Je crois qu'on ferait mieux de monter, a décidé ma mère. Désolée, sergent... C'est un sacré coup dur.

— Je comprends, a-t-il fait en se levant. (Il était presque aussi grand que mon père.) Mais si tu penses à quoi que ce soit d'important, Eva, n'hésite pas à nous contacter. Plus on a de détails sur ce qui s'est passé, mieux c'est. Je te laisse ma carte, au cas où quelque chose te reviendrait.

Je n'ai rien écouté du reste, et j'étais déjà en haut quand il est parti. Hors de question que je l'appelle. J'avais même la très ferme intention de ne plus jamais parler à personne de toute ma vie.

En arrivant dans ma chambre, j'ai réalisé que je tenais toujours ma cannette de soda à la main. Ma mère l'a prise, l'a ouverte et l'a portée à mes lèvres.

— Allez, une gorgée, m'a-t-elle encouragée. Un peu de sucre, ça te fera du bien. Moi aussi, je tremble ! On est tous sous le choc, c'est affreux.

Je me suis assise sur mon lit et j'ai fermé les yeux. Elle a pressé sa main sur mon front.

— C'est quand même un peu chaud. À mon avis, a-t-elle poursuivi en mettant la couverture sur moi avec douceur, tu es complètement à bout. Repose-toi un peu. Je n'aurais jamais dû te laisser aller au collège aujourd'hui.

J'ai entendu la porte se fermer, puis la voix étouffée de mon père en bas, dans le couloir. Il n'y avait plus rien dans ma chambre : mon cœur battait entre quatre murs vides, dans un silence qui me rappelait que j'étais la pire personne au monde.

36

LES EXCUSES

Le lendemain, je ne suis pas allée en cours. Ma mère a décrété que j'étais toujours en état de choc, et ça n'était pas entièrement faux. Mais la vraie raison, c'était que j'avais trop honte pour sortir. Au petit déjeuner, mon père a fait des pancakes, et je suis restée toute la journée enfermée dans ma chambre, décidée à ne plus jamais quitter la maison. J'avais des milliers de messages de gens du collège qui me demandaient ce qui se passait. Un voisin de Carys avait vu la voiture de police, apparemment.

J'ai plus ou moins répondu à tout le monde : *Pour l'instant, je ne sais pas trop.*

Je n'ai pas réagi aux smileys de policiers publiés par Alfie Stevens, ni à sa vidéo sur TikTok avec comme bruitages des sirènes de police. J'ai fait défiler de vieux messages de Carys sans rien oser lui envoyer, de peur que le sergent Edwards soit en train de surveiller son téléphone, d'abord, et puis parce que j'étais trop lâche. Elle portait le chapeau à ma place et je la laissais faire... Comment la remercier ? Et qu'est-ce qu'elle devait penser de moi ? Je pourrais peut-être demander à mes parents de me changer de collège... Ou qu'on aille s'installer définitivement au Danemark. Je finirais bien par être bilingue, à force. J'étais prête à tout, sauf à affronter les autres ou, pire encore, dire la vérité maintenant qu'il était bien trop tard.

Hallie m'a appelée à midi. Je ne voulais pas répondre, mais je n'avais pas trop le choix.

— Alors, qu'est-ce qui s'est passé ? Carys a vraiment piraté la chaîne ? Tout le monde raconte qu'elle s'est fait arrêter !

— Elle est pas au collège ?

— Non... Miss Wilson ne veut rien nous dire, mais il paraît qu'ils l'ont renvoyée. Tu vois, je t'avais dit qu'elle craignait un peu... On t'avait prévenue, avec Gabi.

— C'est pas ce que tu crois, Hallie. Carys n'a rien fait de mal, je te jure.

— Je ne vois pas pourquoi tu la défends, surtout après ça.

J'avais vraiment envie de tout lui raconter, mais je ne pouvais pas. On aurait dit que mon cerveau avait scellé la vérité dans une boîte complètement hermétique. Du coup, je me suis contentée d'ajouter :

— Je crois que c'est juste un énorme malentendu...

Et à chaque mot, j'avais l'impression de partir à la dérive, de plus en plus loin.

J'ai tenté de regarder un film, mais j'ai fini sur la page de *La Vie d'Eva*, où mes parents avaient publié une nouvelle vidéo informant leurs abonnés des activités illégales sur leur chaîne, qu'ils devaient tirer au clair avant de revenir. « On vous aime ! », lançaient-ils à la fin.

En scrollant vers le bas, j'ai vu que les commentaires étaient désactivés. Je me suis demandé si Carys l'avait vue. Chaque fois que je pensais à elle, la culpabilité me brûlait la peau, comme si je venais de me rouler dans les orties. Allongée sur mon lit, les yeux au plafond, je rêvais d'être l'autre Eva. Celle qui pouvait couper certains épisodes de sa vie au montage. J'aurais voulu sélectionner toute cette partie et cliquer sur « supprimer ».

Au collège le jour suivant, j'ai évité tout le monde – même Spud. À midi, un groupe de filles de troisième m'a coincée à la sortie du bâtiment des arts plastiques pour me poser tout un tas de questions auxquelles j'étais incapable de répondre : « C'est vrai que Carys Belfield a été arrêtée ? Et qu'elle a piraté la chaîne de tes parents ? Elle a fait des vidéos sur toi ? Elle va aller en prison ? Tu savais qu'elle a été renvoyée ? »

Je me suis réfugiée à l'intérieur. Dans le couloir vide, je me suis mise à courir vers les toilettes ; Miss Wilson a surgi au détour d'un virage et je l'ai heurtée de plein fouet.

— Pas si vite, Eva !

Mais en voyant ma tête, elle a vite ajouté :

— Oh, ma pauvre, viens avec moi...

On s'est installées dans sa salle. Elle m'a tendu des mouchoirs et a commencé à dessiner. J'étais soulagée qu'on soit seules, vu que je pleurais sans pouvoir m'arrêter – sans doute parce qu'elle me répétait que ce n'était pas ma faute. Ça me démangeait de lui dire la vérité... mais les mots refusaient toujours de sortir.

Le soir venu, je me suis installée à mon bureau pour tenter d'écrire une lettre à Carys : si j'arrivais au moins à m'excuser et à lui expliquer que j'avais paniqué en trouvant un agent de police chez moi au retour du collège, il y avait peut-être une chance qu'elle comprenne... Il fallait qu'elle sache que je ne lui aurais jamais demandé de tout avouer et d'endosser la responsabilité. « Je suis tellement désolée, Carys, ai-je commencé. Je ne sais pas quoi faire. »

La porte s'est ouverte à la volée et j'ai aussitôt fourré la lettre dans mon tiroir.

— Spud ! J'ai failli faire une crise cardiaque !

— Les policiers sont déjà revenus ? a-t-il fait en souriant.

— Tu ne peux pas débarquer comme ça dans ma chambre !

— Ta mère m'a dit que je pouvais monter, désolé...

Il s'est assis sur mon lit. J'avais les yeux fixés sur le sol mais je sentais son regard sur moi.

— T'as réussi à joindre Carys ?

— Son portable est éteint.

Je n'arrivais même pas à regarder dans sa direction. C'est ça, le problème, quand on a un secret : il refuse de disparaître, même si on tente de se convaincre que ça n'a plus d'importance. Il reste là, obstinément.

— Tu t'en fiches de ce qui lui arrive ? a insisté Spud. Si ça se trouve, ils vont la renvoyer !

— Évidemment que je m'en fiche pas ! On est amies. Enfin, on l'était, en tout cas...

Il s'est déplacé pour se mettre droit dans ma ligne de mire.

— Quoi ? ai-je lâché.

— Rien... C'est juste que si tu pensais avouer, c'est peut-être le moment. C'est tout...

37

LES AVEUX

Chaque fois que je fermais les yeux pendant la nuit, j'imaginais Carys au commissariat ou chez sa tante Edna sur l'Île Sans ADSL. Et le pire c'est que, dans les deux cas, je la voyais complètement seule.

Le matin, j'ai dit à mes parents que j'irais chez Hallie à la sortie des cours. Au point où j'en étais, un mensonge de plus, ça ne changerait pas grand-chose. J'étais terrorisée au moment d'appuyer sur la sonnette. Si ça se trouve, Carys refuserait de m'ouvrir. Et que diraient ses parents ? Peut-être qu'ils l'avaient déjà envoyée chez sa tante... Je n'avais aucune idée de ce qu'elle leur avait raconté ou non. Je ne savais rien, finalement, mais j'étais convaincue que j'avais eu raison de venir. Même si, en même temps, j'avais l'impression d'être tout au bord d'une falaise, sur le point de tomber.

— Eva ! s'est exclamée sa mère à la porte. Oh, ma chérie, ça fait plaisir de te voir ! Mais tu ne devrais peut-être pas rester, vu les circonstances...

Elle a retenu Bernie par le collier pile au moment où il me bondissait dessus.

— On est tous tellement désolés que Carys ait fait ça...

— C'est bon, maman, a lancé cette dernière depuis le bas des escaliers. On a des trucs à se dire.

— Bon... dix minutes, alors. Pas plus.

Elle a souri et m'a laissée entrer.

J'ai suivi Carys dans une pièce que je n'avais encore jamais vue avec plein de tableaux aux murs, dont le portrait d'une femme aux longs cheveux roux qui flottait dans une rivière, la robe accrochée dans les roseaux.

— Tu peux t'asseoir, si tu veux, a-t-elle fait en s'installant sur un canapé placé sous la fenêtre.

Je suis restée plantée à côté d'elle, sans trop savoir où me mettre.

— J'ai essayé de t'appeler plein de fois.

— Mes parents ont confisqué mon téléphone, vu qu'ils me prennent pour une sorte de génie du crime.

En l'entendant rigoler, je me suis autorisée à sourire.

— Je suis tellement désolée pour tout ça, ai-je lâché. Tout est de ma faute !

On a entendu le parquet grincer, et Bernie est arrivé en trottinant. Après avoir reniflé mes chaussures, il s'est laissé tomber sur mes pieds. Je n'ai pas bougé, même s'il m'écrasait un peu.

— La police a dit quoi ?

— Oh, tu sais... « Vous avez le droit de garder le silence. Tout ce que vous direz pourra être retenu contre vous »... Je rigole ! a-t-elle ajouté, tout sourire. Je n'ai pas eu à aller au commissariat. Ils m'ont juste dit de ne pas recommencer. De toute façon, je ne peux pas, mon père a pris mon ordi portable.

— Vraiment désolée... Je ne savais pas que mes parents avaient contacté la police, promis.

— Je sais. Ce qui s'est passé à Saint-Augus, ça n'a pas aidé... En plus, ils pensent que j'ai fait exprès de devenir ton amie pour pouvoir m'en prendre à tes parents, et que j'ai agi toute seule.

J'ai baissé les yeux, avec l'envie furieuse de disparaître sous le tapis.

— C'est vrai que t'as été renvoyée de Hope Park ?

Elle a haussé les épaules.

— Ils n'ont pas encore pris leur décision. Mais je ne suis même pas sûre de vouloir y retourner, après ça.

— Désolée, ai-je répété, en me sentant complètement idiote de n'avoir rien de mieux à dire. Carys, je voulais vraiment tout leur raconter. J'ai essayé, je te jure... Mais j'étais tellement choquée de voir la police, et tout. Et ma mère n'arrêtait pas de répéter que jamais je n'aurais pu faire un truc pareil... Je n'arrivais pas à parler. J'ai voulu tout leur expliquer après, mais t'avais déjà dit que t'avais agi seule, alors...

Je n'ai pas pu finir ma phrase, parce que les larmes me montaient aux yeux.

— Je me sens tellement mal... ai-je ajouté.

— J'étais pas non plus au top ces derniers jours, a-t-elle lâché en scrutant mon expression.

J'espère qu'elle pouvait voir sur mon visage à quel point je m'en voulais.

— Eva, si on a fait tout ça, c'était pour montrer à tes parents que t'en pouvais plus de leur chaîne. Du coup, quand on s'est fait prendre, je pensais que tu allais tout leur expliquer... Sauf que maintenant, tout le monde pense que j'étais jalouse de toi et que j'ai fait ça pour te gâcher la vie. Alors que depuis le début, c'est pour t'aider à la récupérer.

— Je sais... ai-je répondu en avalant ma salive. Je suis vraiment désolée de tout ce qui t'arrive.

J'ai regardé le pelage de Bernie se soulever au rythme de sa respiration.

— Tu peux encore leur dire que c'était mon idée.

Elle a secoué la tête avant de rétorquer :

— Ça n'est pas à moi de le faire, Eva. Et je ne vois pas pourquoi ils me croiraient. Si tu veux vraiment que tes parents ferment la chaîne YouTube, c'est l'occasion ou jamais. Mais c'est *toi* qui dois tout leur raconter. Moi, j'ai dit ce que j'avais à dire, et si tu ne veux pas faire pareil, tant pis... Mais du coup ce sera comme si on avait fait tout ça pour rien. Écoute, ma mère ne va sûrement pas tarder à arriver, donc tu devrais peut-être...

— Ouais, je vais y aller, ai-je coupé en dégageant mes pieds.

Juste avant de partir, j'ai ajouté :

— Pourquoi t'as pas parlé de moi à la police ? Tout ça, c'était quand même mon idée...

— Parce que t'es mon amie, a-t-elle fait en haussant les épaules.

Et sur le chemin du retour, ces mots continuaient à résonner dans ma tête, de plus en plus fort.

Ce soir-là, j'ai attendu que mes parents aillent au lit avant de me relever. Pas besoin de réveil cette fois-ci : j'étais bien trop stressée pour m'endormir. J'en venais à me dire que s'ils m'entendaient et descendaient voir ce que j'étais en train de faire, tant pis. Il valait sans doute mieux arracher le pansement d'un coup ; comme ça, ce serait fait. Plus besoin d'attendre le lendemain. Peut-être que voir Carys m'avait donné du courage, ou que je me rendais enfin compte que mes amis méritaient mieux.

En tout cas, cette fois, mes mains ne tremblaient pas. Vu tout ce que j'avais fait – supprimer les vidéos, en fabriquer d'autres, mentir encore et encore –, dire la vérité n'avait rien de si effrayant. Aucune chance que Carys aille tout raconter, et on serait peut-être même restées amies (en secret, évidemment, vu que mes parents m'auraient sûrement interdit de la revoir). Mais le truc, c'est que j'avais passé bien trop de temps à tenter de me convaincre que, si personne n'apprenait jamais le rôle que j'avais joué dans toute cette histoire, ça ne compterait pas. Sauf que c'était l'inverse. Les secrets comptent du début à la fin, à partir du moment où ils vous font des petites bulles dans le ventre et jusqu'à ce qu'ils pèsent si lourd sur le cœur qu'ils menacent de l'écraser. Un secret finit toujours par avoir des conséquences pour quelqu'un, et il trouve toujours le moyen de sortir.

Le parquet a grincé juste devant le bureau. J'ai retenu mon souffle alors que la porte s'ouvrait lentement... mais ce n'était que Miss Bubulle. Soulagée, j'ai laissé échapper un soupir. Peut-être que tout ça me faisait quand même un peu peur, finalement. J'ai allumé la caméra, vérifié que j'étais bien dans le champ, puis lancé l'enregistrement. Après le *bip* si familier, je me suis dit : « Pas de marche arrière. » J'ai pris une grande inspiration, fait un sourire et me suis lancée :

« Bonjour, tout le monde. Moi, c'est Eva Andersen, même si vous êtes sûrement déjà au courant. Ce que vous ne savez pas encore, c'est tout ce que je vais vous raconter maintenant. Et vous n'imaginez pas non plus à quel point je suis désolée. Je ne sais pas trop ce que vous allez penser de moi une fois que j'aurai fini mais, de toute façon, si je ne vous dis pas la vérité, votre opinion actuelle ne sera jamais tout à fait la bonne. Alors c'est parti... »

À la fin, j'ai répété mon prénom, et donné la date. Pas sûre que ce soit vraiment obligatoire, mais au moins, ça donnait à l'enregistrement un côté un peu plus officiel. J'ai eu un peu de mal à me connecter à leur page vu que mes parents avaient encore changé le mot de passe, mais j'ai fini par le trouver sur un post-it, dans un classeur. Apparemment, ils ne se doutaient vraiment pas que cette personne qui avait réussi à s'introduire plusieurs fois dans leur compte, c'était moi... J'avais le cœur serré en les imaginant devant ma vidéo au réveil. Eux, et tous les gens du collège. Je me suis demandé si j'aurais droit à un casier judiciaire pour avoir menti au sergent Edwards même si, là tout de suite, c'était le cadet de mes soucis.

J'ai cliqué sur « créer » et tripoté le bord de la souris pendant que ça chargeait, en essayant de ne pas trop penser à ce qui allait se passer une fois que des millions de personnes auraient vu ça : « NOUVEAU ! Eva se confie sur le piratage ». J'ai ajouté la miniature que j'avais préparée, sélectionné « tout le monde » dans les paramètres de confidentialité et placé la souris sur le bouton « sauvegarder ». J'ai tendu l'oreille, histoire d'être sûre que mes parents dormaient toujours : pas un bruit dans la maison à part le ronronnement du chat à mes pieds et les battements affolés de mon cœur entre mes côtes. J'ai cliqué, et regardé tourner le petit cercle en pointillés qui m'indiquait la progression de la mise en ligne de la vidéo sur *La Vie d'Eva*. Il ne me restait plus grand-chose à faire.

J'ai décroché la carte du sergent Edwards du tableau d'affichage et l'ai retournée. Pour citer Farmor : « *Jeg er trådt ind i spinaten.* » Ça veut dire : « J'ai fait une erreur. » Enfin, littéralement : « J'ai marché dans les épinards »... Je me demandais ce qu'elle aurait à dire si elle était là et qu'elle apprenait ce que j'avais fait ; si elle comprendrait pourquoi. Elle aurait sans doute été déçue... Mais ça ne l'aurait pas empêchée de me préparer de la soupe de *kartoffel* et de me rappeler que, quoi qu'il se passe dans le monde extérieur, un autre, plus important encore, est là dans notre cœur. Et c'est ce monde-là qu'il faut protéger à tout prix. Avec Farmor, je me sentais en sécurité : elle savait toujours exactement quoi faire. Alors que moi, je n'étais jamais sûre à cent pour cent de mon choix.

J'ai copié-collé le lien de la vidéo dans un mail que j'ai envoyé au sergent, puis à Carys, Spud, Hallie, Gabi, Jenna et mes parents – je m'attendais à entendre leurs téléphones sonner, mais non.

De retour dans mon lit, j'étais frigorifiée, comme pendant les promenades en bord de mer l'hiver. Quand j'ai vérifié sur mon portable, le nombre de vues était déjà en train de grimper non-stop. Il était trop tard pour revenir en arrière...

38

LA VÉRITÉ

Je ne sais pas exactement à quoi je m'attendais au réveil... Un cri, peut-être ? En tout cas, quand la porte de ma chambre s'est ouverte à la volée, j'ai eu sacrément peur. Ma mère se tenait sur le seuil, les joues baignées de larmes. Mon père était juste derrière elle et s'est baissé pour entrer. J'avais une drôle de sensation dans la poitrine, comme si j'étais sur le point d'avoir le hoquet.

— C'est vrai ? a demandé ma mère en tordant la ceinture de sa robe de chambre entre ses mains.

— Alors, Eva ? Ces aveux, c'est la vérité ? a ajouté mon père en brandissant son téléphone. D'après Jen, tu aurais fait ça parce que tu crois devoir quelque chose à Carys...

J'ai pris une grande inspiration et avalé l'énorme boule coincée dans ma gorge.

— Oui, c'est vrai, ai-je fait à voix basse. Elle n'a fait que me protéger, c'est tout. C'était mon idée, de pirater la chaîne.

— Mais, Eva... a lâché ma mère en s'adossant au mur de ma chambre. Tu me trouves vraiment si horrible que ça ?

Je ne lui avais jamais vu si mauvaise mine à part le jour où elle avait eu la migraine, il y a des années. C'était la seule fois où elle n'avait rien voulu filmer. J'ai repensé à toutes les blagues qu'on m'avait faites sur mon costume d'avocat au collège, à la serviette hygiénique agrafée sur le Mur des Réussites, à l'air que tout le monde fredonnait à l'assemblée générale et au dessin que j'avais fait rien que pour Farmor posté sur Instagram.

— Je suis désolée... J'aurais dû vous dire tout de suite que c'était moi. Mais je vous avais déjà demandé d'arrêter de me filmer, et j'ai dit au moins un million de fois que je n'en pouvais plus d'être sur la chaîne... Sauf que vous ne m'écoutiez jamais et que ça continuait. Je ne savais plus comment faire autrement.

Ma mère est venue s'asseoir sur mon lit. Le contour de ses yeux était rouge, tellement elle les avait frottés. Peut-être que c'était le retour de la migraine ?

— Oh, Eva. Je suis désolée si on t'a poussée à faire une chose pareille...

Après s'être passé les mains sur le visage, mon père a déclaré :

— On ne va jamais s'en remettre... La nouvelle est déjà dans les journaux, regarde : « Piratage d'une chaîne YouTube : la fille des vlogueurs famille avoue ! » Mon téléphone n'arrête pas de sonner, a-t-il grogné.

— Éteins-le, Lars.

C'était la première fois que j'entendais ces mots dans la bouche de ma mère.

— Allez, vas-y, a-t-elle insisté. Et le mien aussi.

Elle a sorti son portable de sa poche et le lui a tendu.

— Je ne veux parler à personne aujourd'hui, sauf à notre fille.

Elle a pris mon visage dans ses mains.

— Je suis désolée qu'il ait fallu tout ça pour qu'on finisse par t'écouter, Eva. Et pour que je comprenne comment tu le vivais.

Mon père a poussé un soupir.

— Ça n'était peut-être pas la peine d'aller aussi loin...

— Papa ! Des millions de personnes étaient au courant de mes premières règles ! ai-je hurlé. C'était déjà allé trop loin à ce moment-là. Pour moi, en tout cas. J'ai essayé de vous le faire comprendre, mais rien ne marchait... Ma seule option, c'était de tenter de faire capoter la chaîne.

— Ah ça, c'est réussi ! a-t-il fait, le doigt sur son écran. Tes aveux ont déjà cinq cent mille vues... Tu veux que je supprime la vidéo ? a-t-il ajouté en regardant ma mère.

— Il vaut mieux la laisser, Lars. Sinon, ce sera encore pire.

D'un geste caressant, elle a écarté mes cheveux de mes yeux.

— De toute façon, *La Vie d'Eva*, c'est terminé maintenant... Dieu sait ce que les gens doivent penser de nous.

— Désolée, suis-je intervenue. C'était pas du tout pour que les gens vous détestent. Je ne pensais pas qu'ils allaient réagir comme ça... C'est juste que j'en avais marre d'être observée tout le temps. Je voulais avoir *ma vie à moi*, et pas la partager avec tout le monde.

— C'est normal, a dit ma mère. Si seulement on avait compris ça plus tôt...

Mon père s'est frotté l'arrière du crâne et a soupiré une seconde fois. Je ne l'avais jamais vu à court de mots – même en danois.

— Je n'arrivais pas à ouvrir les yeux, a poursuivi maman. C'est tellement devenu un réflexe, de tout partager... Peut-être que je refusais tout simplement de voir les choses en face.

Elle a levé le regard vers mon père.

— On a toujours su qu'il faudrait s'arrêter un jour, non ?

— C'est clair, a-t-il acquiescé en lui prenant la main.

Ils n'allaient quand même pas s'embrasser sur mon lit ?

— Mais ça n'était pas prévu comme ça... Je ne sais pas ce qu'on va faire, Jen. C'est la fin de notre réputation et de notre carrière de vlogueurs.

— Il va falloir qu'on déménage ? ai-je demandé.

Ce n'était pas l'idée la plus réjouissante au monde mais, au moins, si je changeais de collège, je n'aurais pas à affronter tous mes amis.

— Aucune idée, Eva... On trouvera bien une solution. Qui sait ? Peut-être qu'on va finir sur le plateau de *Danse avec les stars*.

Ma mère s'est mise à rire mais, quelque part au fond de moi, je me suis demandé si elle n'y pensait pas sérieusement.

Ils se sont relevés et mon père a lancé :

— Bon, autant prendre chaque jour comme il vient. Je vais commencer par faire des pancakes.

— Très bonne idée, je trouve, a-t-elle fait en souriant, avant de serrer ma main dans la sienne.

— Alors... je ne suis pas punie ?

— Oh que si, a-t-il rétorqué (mais il avait le sourire aux lèvres). Tu as marché dans les épinards, c'est sûr ! Il va falloir que tu écrives une lettre d'excuses à... Attends...

Tout en comptant sur ses doigts, il a continué :

— Au sergent Edwards, à Carys et à ses parents, à Mr Andrews, à Miss Wilson... Si je pense à quelqu'un d'autre, je te dirai. Et avec Jen, on va te préparer une sacrée liste de corvées en plus de tes devoirs. Mais pour l'instant, c'est l'heure des pancakes. Et tu sais, Farmor serait très fière de toi.

— Parce que j'ai complètement saboté *La Vie d'Eva* ?

— Non, a-t-il répliqué en manquant de se prendre l'encadrement de la porte en pleine tête. Parce que tu as pris tes responsabilités. Même si, quand j'y pense, elle est sûrement en train de se réjouir de la fin de la chaîne, là-haut. Maintenant, peut-être qu'on pourrait essayer d'avoir… qu'est-ce que tu disais dans ta vidéo ? *Et normalt liv*. Aujourd'hui, au moins.

Il y avait de quoi sourire. J'étais à peu près sûre de ce qu'il avait dit, mais quand ils sont redescendus, je suis quand même allée vérifier sur Google Trad au cas où. « *Et normalt liv* » : « une vie normale ».

J'ai repoussé la couette avec mes jambes et, après m'être frotté les yeux, j'ai consulté mon téléphone. J'avais au moins vingt mille notifications. J'ai d'abord répondu au OMG EVA *!!!* de Hallie : *Désolée de pas t'avoir dit la vérité avant. J'espère qu'on pourra continuer à se voir ?* Et dans la foulée, j'ai reçu : *Faudra peut-être que je demande au conseil des élèves 😜, on s'appelle bisous.*

Ensuite, je suis allée voir les messages de Spud.

Si t'es toujours en vie, un marathon Star Wars, ça te dit ?

Les Geekophobes te souhaitent la bienvenue au club.

Au fait, t'es pas si nulle en jujitsu finalement 🙂

En souriant, j'ai tapé : *Ouais OK bisous* parce que bizarrement, une soirée films avec Spud, ça me semblait le truc le plus cool à faire dans la vie normale – ma vie normale à moi, en tout cas. Et puis, exprès pour l'énerver, j'ai ajouté : *Star Wars, c'est celui où y a cette histoire de Hobbits ?*

39
IN REAL LIFE

L'air ne m'avait jamais semblé aussi rafraîchissant qu'au moment d'enjamber la clôture au fond de Lavender Lane. L'énorme flaque de la dernière fois avait séché, même s'il restait un petit tas de boue au centre. Les pins qui bordaient l'impasse n'avaient pas changé, mais les cerisiers, eux, étaient entièrement recouverts de fleurs dont les pétales partaient en voletant comme des confettis qu'on jette au vent. Dès que j'ai appuyé sur la sonnette, j'ai entendu Bernie foncer vers la porte. Le soleil se reflétait sur les fenêtres et j'ai vu Carys me regarder à travers la vitre. Je lui ai fait un signe de la main, et cette expression de Farmor sur le jaune d'œuf m'est revenue en tête. C'était étrange d'être aussi sereine après tout ce qui s'était passé ces dernières semaines : un vrai déluge de commentaires et de publications à mon sujet suite à mes aveux, et un sacré tas d'excuses à faire... Ça, ça n'était pas franchement glorieux. Mais là, devant la porte de Carys, à savourer les derniers rayons du soleil d'avril sur ma peau, je me sentais un peu comme un jaune d'œuf, malgré tout. Comme si le pire était passé. Et ça allait. J'étais en train de tout remettre en place comme je le voulais dans ma vie. J'essayais, en tout cas.

— T'es prête ? a-t-elle demandé en ouvrant la porte.

— Ouais, ai-je répondu en souriant.

J'ai caressé la tête de Bernie, en faisant de mon mieux pour passer entre les gouttes de bave.

— On y va.

On a pris le couloir, traversé la cuisine puis emprunté l'escalier du fond.

— Bonjour, Eva ! ai-je entendu sa mère lancer. On revient tout à l'heure, d'accord ?

— Merci, madame Belfield.

Et comme toujours, elle a répondu :

— Appelle-moi Caroline !

Les marches étaient étroites et il faisait froid. J'ai dû m'appuyer sur la rampe pour monter. Carys s'est retournée, le doigt sur la bouche :

— Faut vraiment pas faire de bruit.

J'ai hoché la tête et, quand on est arrivées en haut, elle avait le sourire. Il y avait une drôle d'odeur, un peu comme du foin mouillé. Elle s'est délicatement attaquée au loquet d'une porte en bois qu'elle a ouverte, pour me désigner le plafond d'une très petite pièce.

— Regarde tout en haut, m'a-t-elle murmuré. Ne t'approche pas trop.

En rampant, je suis passée à côté d'elle pour me glisser à l'intérieur. Au-dessus de ma tête, un enchevêtrement de brindilles et de paille. Je me suis avancée doucement sur le sol en pierre et me suis mise sur la pointe des pieds pour jeter un œil à l'intérieur. J'ai plaqué la main sur ma bouche pour retenir un cri d'excitation : dans le nid, trois bébés chouettes effraies, leur minuscule visage en cœur tourné vers moi. Le plus petit a penché la tête sur le côté. Ils étaient recouverts d'un duvet gris, comme si on venait de les plonger dans du coton. Lovée à côté d'eux, la mère me fixait de ses yeux noirs perçants. Mon cœur s'est envolé si haut qu'il aurait pu toucher le ciel : c'était le truc le plus incroyable que j'aie jamais vu. Dans la vraie vie.

Plus tard, en route pour le centre-ville, Carys m'a redemandé :

— T'es vraiment sûre que tu veux donner toutes tes affaires ?

— Trop tard pour changer d'avis, ai-je répondu. De toute façon, ma mère a invité la moitié d'Internet, et même des Amis d'Eva. Ou Ex-Amis d'Eva, comme mon père les appelle maintenant.

Elle a pris mon bras en rigolant.

— C'est quoi déjà, cet endroit ?

— Le *Bazar des Crêpes*. Ou le *Bizarre des Crêpes*, si ça te dit quelque chose.

— Et il y aura beaucoup de gens du collège ?

— Hallie et Gabi, Jenna, Nadira, Rami... et peut-être quelques autres.

J'ai attrapé une fleur de cerisier en train de tourbillonner vers moi.

— Miss Wilson a dit qu'elle viendrait. Et Spud, évidemment.

— Et tu vends vraiment tout ? Même tes vêtements ?

— Non, pas tout. Je garde les guirlandes, et un oreiller géant en forme de lama que j'ai trouvé dans un carton. Mais on avait plein de trucs tout neufs, même pas ouverts, que mes parents n'étaient pas obligés de renvoyer... Du coup, on s'est dit qu'en organisant une vente, on pourrait récupérer de l'argent pour faire des dons à des associations, tu vois. En plus, sur une des affiches, y a marqué : « Mange des paillettes le matin et brille toute la journée ! » Sérieux, manger des paillettes... Le pire conseil du monde.

— « Mange des paillettes le matin, et finis la journée aux urgences », a rectifié Carys en riant.

Elle a sorti son invitation de son sac, et les arabesques dorées que j'avais dessinées ont étincelé au soleil.

— « Des jours meilleurs », a-t-elle lu. C'est ça, l'association ?

— Ouais. C'est le nouveau projet de ma mère. Des millions de filles dans le monde ne vont pas à l'école, et ce n'est pas par choix : elles veulent vraiment, mais elles ne peuvent pas. Et nous, on a tous ces trucs super chers dont on n'a même pas besoin... Alors on a pensé à ouvrir une boutique éphémère, histoire de recueillir des fonds. Et mon père est content vu que c'est bon pour l'image de marque... Ils veulent continuer à utiliser leur réseau pour quelque chose, mais ils ne savent pas encore quoi. Tant que c'est pas moi, ça me va !

— C'est bien qu'ils n'oublient pas complètement ta petite sœur, la Marque, a-t-elle lancé, et on a rigolé toutes les deux.

Dans la rue principale, il y avait la queue devant le *Bizarre des Crêpes* – le *Bazar*, je veux dire. Il fallait que je fasse un effort, au moins pour la journée.

— Et qu'est-ce qu'ils vont faire de *La Vie d'Eva* ?

— Ils laissent quelques vidéos dessus, surtout les plus anciennes. Ça, c'est pas trop grave. Tout le monde ne peut pas se vanter d'avoir un million et demi de vues pour l'enterrement de son hamster, en vrai ! ai-je ajouté en souriant.

Mais ils n'en feront pas d'autres : ils l'ont dit dans « *La Vie d'Eva* : clap de fin », du coup, pas moyen de changer d'avis.

Peut-être qu'ils supprimeront tout un jour, ou qu'ils en feront quelque chose d'autre. De toute façon, sur Internet, rien ne disparaît jamais complètement... Ce qu'on a posté continue toujours d'exister quelque part, comme les souvenirs dans la vraie vie. Sauf qu'à partir de maintenant, je suis libre de faire ce que je veux sans des millions d'inconnus pour me surveiller. J'ai même fini par agrafer un de mes dessins au Mur des Réussites, et Miss Wilson l'a trouvé tellement beau qu'elle en a affiché une photocopie dans le couloir du bâtiment des arts plastiques. Alfie Stevens ne va sûrement pas tarder à coller une serviette hygiénique dessus, mais bon...

— On y va ? a suggéré Carys.

— J'attends juste Spud. Il m'a dit qu'on se retrouverait ici.

— Attends... c'est lui, là ? a-t-elle demandé en écarquillant les yeux.

Je me suis retournée pour le voir arriver dans la rue en costume d'avocat géant.

— Ça me va comme un gant ! a-t-il crié.

Un mois plus tôt, je serais morte de honte s'il m'avait fait un coup pareil. Bon, en vrai, c'était quand même un peu gênant, et je ne me suis pas privée de lui balancer mon sac dans le ventre... Je ne suis pas parfaite, non plus. Mais c'est ça le plus cool, avec des amis qui m'aiment comme je suis : pas besoin d'être parfaite – comment je le pourrais alors que je ne sais même pas qui je suis ? Je n'ai pas encore tout compris à la vie, mais c'est pas grave, maintenant que je suis la seule abonnée !

DÉCOUVREZ UNE AUTRE PUBLICATION DE TAMSIN WINTER CHEZ SLALOM

Une collégienne face à la grossophobie dans une ode à l'acceptation de soi touchante et drôle.

#Harcèlement
#AcceptationDeSoi
#Humour

Jemima a 13 ans, elle est brillante et pleine d'humour mais elle se sent insignifiante, sans cesse rabaissée par les remarques blessantes sur son poids. Comment s'accepter quand le regard des autres devient insupportable ? Comment s'intégrer quand on est forcé de participer au « Club des gros » à la pause déjeuner ? Alors qu'elle connaît la pire année de sa vie, Jemima va peu à peu se libérer du carcan dans lequel elle s'est enfermée pour enfin se révéler à elle-même... et aux autres.